D1393177

SOINS
À HAUTS RISQUES

RICHARD DOOLING

SOINS
À HAUTS RISQUES

*traduit de l'américain
par Marie de Prémonville*

l'Archipel

La traductrice tient à remercier le Dr Benoît J. Papon, de l'hôpital américain de Paris, pour son aide précieuse, ainsi que le Dr Lucile Andrac-Meyer et le Dr Pauline Campa.

Ce livre a été publié sous le titre
Critical Care
par Picador, New York, 1996.

Si vous désirez recevoir notre catalogue et être tenu au courant de nos publications, envoyez vos nom et adresse, en citant ce livre, aux Éditions de l'Archipel,
4, rue Chapon, 75003 Paris.
Et, pour le Canada, à
Édipresse Inc., 945, avenue Beaumont,
Montréal, Québec H3N 1W3.

ISBN 2-84187-155-X

Copyright © Richard Dooling, 1992.
Copyright © L'Archipel, 1998, pour la traduction française.

Chapitre 1

Le Dr Peter Werner Ernst était l'interne de garde chargé des décès survenant pendant la nuit. Tous les trois jours, Werner passait une nuit complète à diriger l'Unité des Soins intensifs du neuvième étage, depuis une console circulaire où s'empilaient des terminaux informatiques et des moniteurs cardiaques. A l'aube, il enchaînait sur l'habituelle journée de travail de douze heures, puis rentrait se coucher en titubant de fatigue.

Au début de ses nuits de garde, Werner aimait s'imaginer que la console centrale était le pont du vaisseau *Enterprise*, de *Star Trek*. Mais, au lieu de l'espace infini et de lointaines galaxies qu'il aurait scrutées du regard, Werner était entouré de huit box vitrés disposés en octogone autour de la console. Des portes automatiques transparentes s'ouvraient sur l'escalier de secours et la salle des visites. Sa rêverie spatiale se dissipait vers 2 ou 3 heures du matin quand il redevenait un savant fou comme les autres, un stéthoscope autour du cou, un bip glissé à la ceinture et une blouse blanche lestée de tout un barda chirurgical.

Derrière sa console de contrôle, Werner pivota sur sa chaise et embrassa du regard son laboratoire, où les montants métalliques des lits d'hôpital reflétaient la lueur bleuâtre des téléviseurs. Dans ce labo de la mort octogonal, chaque box contenait un mourant, nu, les poignets et les chevilles attachés aux barreaux du lit par quatre sangles renforcées. Des machines aux « bip » réguliers, des écrans clignotants et divers gadgets bourdonnants étaient reliés, branchés ou raccordés au corps par des tubes. Des points fluorescents traversaient en zigzaguant les oscilloscopes ; les respirateurs sifflaient ; les intraveineuses électroniques distillaient les médicaments avec un déclic.

Dans chaque box, un téléviseur couleur était posé sur des équerres fixées au plafond et inclinées vers l'avant pour obtenir depuis le lit un angle de vision optimal. Ces téléviseurs avaient de toute évidence été conçus par un architecte ou un intendant hospitalier qui n'avait jamais eu affaire à un patient des Soins intensifs. Quand avait-on vu pour la dernière fois un de ces macchabées regarder un match, assis dans son lit ? Au lieu d'assister, dans une ultime fulgurance, au film de leur vie, ces patients mouraient lentement en écoutant des publicités pour des voitures américaines, le financement à 2,9 %, les incroyables garanties offertes à l'acheteur...

Werner fixa le moniteur marqué « Lit 1 » et bâilla, un bâillement énorme qui lui fit monter les larmes aux yeux. « Café ! » cria-t-il à personne en particulier – et, trente secondes plus tard, personne en particulier lui déposa à portée de main un gobelet en polystyrène.

Plus que toute autre chose, Werner avait besoin de sommeil. Si le sommeil était une boisson, pensa-t-il, il en sifflerait une bouteille cul sec jusqu'à ce que mort s'ensuive. Si le sommeil était une substance illicite, il risquerait la prison rien que pour dormir huit heures d'affilée dans sa cellule ; si le sommeil était une femme, Werner coucherait avec elle – mais il serait trop fatigué pour la satisfaire.

Après vingt-quatre heures aux Soins intensifs, une petite partie de son cerveau, peut-être juste une glande, ne faisait plus qu'implorer un peu de sommeil. A sa sortie de l'École de médecine, tout ce qu'il attendait de la vie, c'était douze heures de sommeil. Un sommeil lourd, ininterrompu, vide. Étudiant, il pensait avoir compris l'*Ode au rossignol* de John Keats. Devenu interne, il s'aperçut que ce poème parlait d'un médecin accablé de fatigue.

M'évanouir bien loin, me dissoudre, oublier
Ce que, parmi les feuilles, tu ne connus jamais
La lassitude, la fièvre et le tourment
Tapis ici, où les hommes s'asseyent pour s'écouter gémir
Où les tremblotements de la paralysie agitent quelques
    vieilles mèches
Où la jeunesse pâlit, tel un spectre, pour mourir
Où penser ne mène qu'au chagrin
Et au désespoir qui ternit le regard
Où la Beauté voit s'éteindre ses yeux magnifiques
Et l'Amour nouveau se languir d'eux en vain.

Werner appuya sur un bouton et joua nerveusement avec un stylo offert par un laboratoire pharmaceutique, pressant sur le piston une douzaine de fois pendant que le moniteur cardiaque du Un déroulait le ruban de transcription de l'électrocardiogramme. Werner se plongea dans les résultats, luttant contre la fatigue cérébrale et la crampe d'estomac causée par la caféine. Un moniteur audio capta une interférence et se mit à jouer quelques notes d'une publicité pour de la bière, qui couvrirent les sifflements, les cliquetis et les « bip » des respirateurs artificiels.

Une infirmière s'approcha de Werner avec un papier, qu'elle voulait sans doute lui donner sans le déranger.

– J'ai les gaz du sang du Un, Dr Ernst, dit-elle timidement.

Werner avait pour principe de n'admettre que des infirmières d'âge mûr, chevronnées, qui connaissaient leur métier sur le bout des doigts, ou bien de plus jeunes, nubiles, qui le faisaient bander. Tout le reste formait un troupeau de marsupiaux, comme il aimait les appeler – à l'image de cette créature qu'il gardait toujours sous la main et à qui il n'aurait même pas cherché à témoigner de la compassion : cela n'aurait servi qu'à le distraire de son travail.

– Est-ce que j'appelle la pneumologie pour leur demander d'augmenter l'oxygène ? demanda-t-elle, son visage passant par quatre ou cinq nuances de rose.

Autrefois, Werner gaspillait un nombre incalculable d'heures par semaine à être gentil et agréable avec les infirmières et le personnel de l'hôpital. Très vite, il se rendit compte que, pendant qu'il était occupé à être gentil et agréable, les patients étaient occupés à tomber comme des mouches autour de lui. Plus grave encore, pendant qu'il était occupé à être gentil et agréable, d'autres jeunes internes étaient occupés à décortiquer les articles des revues médicales et les archives de l'hôpital. Être gentil et agréable avec les bien-portants avait déjà empêché Werner de se distinguer dans l'étude d'un cas particulièrement difficile de maladie du légionnaire – un étudiant en troisième année de médecine lui ayant grillé la politesse. Une autre fois, le fait d'avoir été gentil et agréable avec des bien-portants avait eu un autre résultat contrariant, quand un interne en radiologie avait diagnostiqué un syndrome de Goodpasture, alors que Werner avait précédemment expliqué à d'éminents professeurs, au cours d'une de leurs visites, qu'il s'agissait d'une hémosidérose pulmonaire idiopathique.

Juste après son internat, Werner avait compris qu'il fallait être solide et prêt à tout dans un univers comme celui du Centre médical universitaire et que, pour y parvenir, un interne devait préserver chaque petite provision de temps et d'énergie pour l'étude et la lutte contre la maladie. Les tâches de second ordre, comme être gentil et agréable, devaient être déléguées au personnel de second ordre. Si un interne voulait s'assurer un avenir au Centre médical, il devait judicieusement éviter d'engager la conversation avec qui que ce soit, à commencer par la potiche que Werner avait sous la main et qui pouvait se tenir en face d'un patient tout bleu, vous tendre ses résultats de labo qui confirmaient, comme vous le supposiez, que chaque cellule de ce patient était asphyxiée, et vous demander en toute innocence si vous vouliez qu'elle appelle le service de pneumologie pour augmenter l'oxygène.

– Non, répondit Werner sans la regarder. N'augmentons pas l'oxygène. Demandons plutôt au service d'entretien d'apporter un sac-poubelle.

– Un sac-poubelle ? murmura d'une voix rauque Marie Quelque-Chose, dont le visage aux capillaires engorgés avait viré au vermillon flamboyant.

– Ouais, dit Werner, comme ça on pourra l'enrouler autour de la tête du Un et voir combien de temps il faut à ces petits gribouillis rigolos pour disparaître de son moniteur cardiaque !

Werner vida la moitié de son gobelet de café froid et essaya de digérer cette insupportable réalité : il ne pourrait même pas voler une petite sieste avant de recommencer sa journée, trois heures plus tard, à 6 h 30.

Il s'inclina au-dessus de ses papiers et ferma les yeux. C'était une expérience encore plus terrifiante que de s'endormir au volant car, quand ses yeux se fermèrent, les coutures de son subconscient cédèrent et lui dévoilèrent toute une parade d'images oniriques. Pendant ces quelques instants, les moments de stress et d'angoisse accumulés durant la journée surgirent avec tant de vérité que Werner se redressa d'un bond et passa en revue les moniteurs, pour voir s'il avait quitté la route et tué quelqu'un aux Soins intensifs. Que se passerait-il si les cauchemars qui crépitaient comme des feux d'artifice dans son subconscient commençaient à envahir les moments de veille ? Des expériences ont prouvé que des sujets privés de sommeil en viennent à concrétiser leurs rêves dans la vie réelle. Que se passerait-il si, lors d'une de ses nuits blanches, Werner mettait à exécution l'un de ses rêves les plus chers, en pleine Unité des Soins intensifs ? Abattrait-il une infirmière au pistolet semi-automatique chaque fois qu'elle commettrait une erreur, ou étranglerait-il un patient dans un effort désespéré pour lui sauver la vie ? Il ne manquait pas d'infirmières ou de patients qui ne demandaient qu'à se faire étrangler ou frapper à coups d'instruments chirurgicaux. Est-ce que le Dr Marlowe, le chef des internes, croirait Werner s'il lui racontait qu'il ne se rappelait rien de cette histoire ? Que tout s'était produit alors qu'il divaguait ou jouait les somnambules ? Une sorte de sommeil hyperviolent ! Est-ce que les membres soi-disant «indépendants» du Conseil d'administration de l'hôpital avaleraient ça ?

«Un meurtre ? protesterait Werner. Elle m'a réveillé ! Est-ce que ce ne serait pas plutôt de la légitime défense ?» Et est-ce que l'assurance du Centre le couvrirait ?

Une autre infirmière tira brusquement Werner de sa somnolence. Elle avait des cheveux blonds, des lunettes rectangulaires couleur cuivre et deux poches de graisse couvertes de taches de rousseur à la hauteur des seins.

— Marie est en larmes, dit l'infirmière.

— Qui est Marie ? demanda Werner. La malade du foie, au box 6 ?

— Non. Marie. L'infirmière du Un.

— L'infirmière du Un est en larmes... répéta Werner, comme si on venait de l'avertir que la circulation était fluide sur l'autoroute de Los Angeles. Où est Stella Stanley ? Vous l'avez vue ?

Comprenant que Werner n'avait pas l'intention de s'informer de la cause des larmes de Marie, l'infirmière aux lunettes carrées poursuivit :

— Elle pleure parce qu'elle n'aime pas qu'on lui crie dessus.

Werner vida son gobelet et récupéra avec la langue les restes de café moulu pour éviter qu'ils lui collent aux dents.

— Oh ! dit Werner, je vois. Quelqu'un qui n'aime pas qu'on lui crie dessus a choisi l'école d'infirmières parmi toutes les formations possibles. C'est vraiment la nouvelle de l'année ! Et où est Stella Stanley, bon sang ? Stella !

Une voix s'éleva dans la semi-obscurité, à côté du lit 3.

— J'ai déjà monté l'oxygène de la Trois à 60 %.

— Bien. Merci.

— Pas de quoi, rétorqua Stella. Maintenant, vous pouvez le noter au dossier et vous rendormir.

Werner écouta Stella Stanley, infirmière diplômée d'État, faire ses vérifications des paires crâniennes à la Trois, une patiente de quatre-vingt-trois ans, à demi inconsciente et souffrant d'une occlusion intestinale.

— Hé ho ! dit Stella. Vous savez où vous êtes ?

— Oui.

— C'est bien, continua Stella. Maintenant, pouvez-vous me dire où vous êtes ?

– Je ne suis pas à la maison, répondit la patiente. Je suis ailleurs.

– Et vous savez où ?

– Je suis avec vous.

Stella lui prit la tension au bras.

– D'accord. Savez-vous quel jour on est ?

– Vendredi, l'informa la patiente. Le livreur d'œufs vient toujours le vendredi et il était là il y a une seconde. Mais il m'a dit l'autre jour qu'il ne pourrait pas venir avant samedi. Alors on doit être samedi.

– On est mardi, corrigea Stella, mais ce n'est pas grave, ne vous en faites pas pour ça. Moi-même j'ai parfois du mal à m'en souvenir. Juste une petite dernière, pour vérifier : qui est le président des États-Unis ?

– J'aime Ike [1], et vous aussi vous l'aimez. Vous me l'avez dit hier, pas vrai ?

– C'est bien possible, répondit Stella d'une voix chantante, mais vous voyez, je suis comme vous, je ne m'en souviens pas.

Stella remonta le drap sous le menton de la Trois.

– L'important, reprit-elle, c'est que nous jouions toutes les deux avec un jeu de cartes complet ; on mélange les cartes, on les distribue et après, on peut parier. Je reviens tout de suite avec vos médicaments.

– Merci, mon chou, lui lança la Trois.

Werner étala devant lui les courbes, les diagrammes et les analyses qui résumaient l'état du Un, puis essaya de se remettre à la tâche.

Le Un était avachi sur le dos, sous les lumières vives. Il avait la peau d'un bleu cyanosé, ratatinée par l'âge, et son torse était couvert de marques orange laissées par les cotons désinfectants. Un cadavre bien ventilé, parsemé de petits tampons orangés et de grains de beauté et moucheté de taches de vieillesse. Des fils et des tubes étaient reliés aux veines qu'on

---

1. Littéral. « I like Ike » était le slogan des partisans d'Eisenhower en 1953.

pouvait encore atteindre ; deux valves externes facilitaient l'accès à ses artères ; une couture d'agrafes métalliques maintenait ensemble les diverses parties de son tronc.

Presque tout le box 1 était occupé par un respirateur intra-aortique, plus volumineux qu'un bureau à cylindre, orné d'une panoplie de cadrans, de boutons, d'écrans et de compteurs que seul le technicien spécialiste de ce type de pompe savait faire fonctionner. De l'appareil sortaient de gros tubes en plastique, qui entraient dans l'artère fémorale par l'intérieur de la cuisse du Un ; d'autres serpentaient au-dessous de son cœur, où un ballon gonflable servait de valve supplémentaire. Les soufflets dans la pompe battaient doucement, comme au loin les tambours d'une tribu guerrière.

Quelques heures auparavant, les chirurgiens avaient descendu le Un. On lui avait ouvert le sternum à la scie, et on avait fourragé dans sa cage thoracique béante. Du personnel médical grassement payé l'avait examiné sous tous les angles. Leurs mains de caoutchouc et leurs instruments de métal avaient fouillé en lui, refait le capitonnage de son thorax, puis empilé ses poumons çà et là, comme des tranches de foie de porc bon marché. Quand les chirurgiens en avaient eu fini avec lui, le Un ressemblait à une créature tout droit sortie d'un cauchemar de Mary Shelley, toute bleue, hormis les taches d'aquarelle laissées par le désinfectant.

Le Un tapa dans le respirateur, signe qu'il avait besoin qu'on vidange le système et qu'on lui nettoie les poumons. Une femme en blouse blanche enfila des gants chirurgicaux. Elle détacha le Un de son respirateur et injecta 5 cc de sérum physiologique dans son tube endotrachéal. Le Un eut un haut-le-cœur et toussa tandis que la femme aspirait ses sécrétions pulmonaires dans un siphon spécial d'un litre.

– Voiiilà, dit-elle. Maintenant, on va vider toute cette saleté.

Sa fiche disait que les médecins avaient opéré le Un deux mois plus tôt pour changer une de ses valves cardiaques. Une intervention de routine, ce qui voulait dire qu'il était censé se réveiller après. Mais il ne s'était pas réveillé ; il était à présent une exception statistique, cette fine tranche représentant, sur

14

un diagramme camembert, les risques de complications lors d'un remplacement de valve aortique.

Quand des patients ne se réveillaient pas, il fallait consoler la famille en lui expliquant que toute opération comportait des risques, même si les risques de complications dans ce genre d'intervention étaient très réduits. Mais désormais, plus personne ne parlait du patient sans avoir d'abord appelé son avocat.

Les cardiologues disaient que les chirurgiens avaient sans doute libéré un caillot de sang pendant l'opération, que le caillot était alors remonté et s'était logé quelque part dans le cerveau, comprimant ainsi de façon notable l'alimentation en sang et en oxygène et réduisant à l'état de bouillie tout ce qui se trouvait au-dessus du cou. Les chirurgiens, quant à eux, émettaient l'hypothèse que les cardiologues n'avaient pas prescrit assez d'anticoagulants après l'intervention, ce qui avait engendré un caillot qui se serait formé de toute façon, avec ou sans opération. Les chirurgiens et les cardiologues étaient d'accord sur un point : le service de médecine interne était coupable d'avoir autorisé une intervention sur un patient à si haut risque.

Aux Soins intensifs du neuvième, le personnel jeune et dynamique se souciait du Un comme de l'an Mil, car tous avaient assez de rudiments en médecine et en physiologie pour savoir qu'il n'était plus qu'un morceau de viande tiède, avec des réflexes et des signes vitaux affaiblis – un mannequin grandeur nature, fait non pas de cire, mais de pâtée pour chat. Pourtant, tous éprouvaient aussi une sorte de respect salutaire pour le genre de coup que le Un pouvait leur réserver. Le Un pouvait rendre détestables les quatre prochaines heures de leur vie juste en modifiant le circuit électrique de son cœur et en entrant en code bleu. Il lui suffisait de plonger sans crier gare pour jeter les infirmières dans une panique hystérique digne des trois Parques.

Le mot d'ordre du jour était « résignation ». Tout le monde, depuis les infirmières jusqu'aux aides-soignants en pneumologie, en passant par les techniciens du labo, était déjà intimement

15

convaincu que le Un «ferait un code» tôt ou tard ce soir-là. Le cœur du Un s'arrêterait de battre, ou le Un cesserait de respirer, ou bien les deux ; il y aurait alors une annonce, répétée trois fois dans les haut-parleurs de l'hôpital, «code bleu aux Soins intensifs, neuvième étage», et une douzaine de soignants spécialement entraînés se jetteraient sur le lit 1, redresseraient d'un coup la tête du Un, lui colleraient un masque sur le visage et rempliraient ses poumons d'oxygène, lui injecteraient des doses massives de médicaments très coûteux dans certaines veines, prélèveraient du sang dans d'autres veines pour une série d'examens encore plus coûteux, lui feraient subir des électrochocs et, d'une façon générale, mettraient tout en œuvre pour le faire sursauter, un peu comme une bande d'adolescents saouls avec une Chevrolet 57 qui aurait lâché alors qu'ils partaient en boîte.

Cela durerait des heures. Il faudrait toujours plus de sang, d'instruments et de prélèvements à envoyer au labo. Pire encore, il faudrait tout noter avec soin pour le service juridique. Ensuite, il y aurait des auditions de témoins, sans doute aussi des dépositions, comme quand la crâniotomie du box 7 avait été frappée par un éclair jailli du câble du téléviseur.

Il n'y avait aucun intérêt pour le Un à mourir d'un banal remplacement de valve. Tous les avocats le savaient.

Parce qu'il était 3 h 30, Werner avait seul la responsabilité des cas comme le Un. Tous les vrais médecins et les médecins-chefs étaient rentrés chez eux, s'étaient fait griller un steak et avaient regardé la télé pendant quelques heures avant d'aller dormir. En sa qualité d'interne principal, Werner devrait répondre à toute urgence médicale survenant en dehors des heures normales de service – comme, par exemple, si le Un mourait trop tôt.

– Ce qui vaut le coup dans tout ça, dit-il au marsupial le plus proche, c'est de pouvoir aider les gens. C'est là que l'expérience paie.

Werner observa droit dans les yeux la crise médicale qu'il sentait naître en lui et, après avoir affûté ses armes, se mesura à elle. Sa confiance en lui venait tout juste à bout de son appréhension et de sa fatigue. Comme toujours, il combattit la montée de la panique en se répétant sa profession de foi : « Je suis le Dr Peter Werner Ernst. Je suis sorti major de ma promotion à l'École de médecine. A l'université, j'ai été rédacteur en chef de la revue médicale. Je suis compétent et apte à pratiquer la médecine. Je ne céderai ni à la panique ni à la pression, afin d'éviter toute mauvaise décision. Ce serait irrationnel et en désaccord avec mon expérience. »

Sachant que le Un était un cas désespéré, un autre interne que lui aurait peut-être baissé les bras et accepté l'inévitable. Un autre interne que lui aurait peut-être été découragé par la résignation peinte sur le visage des infirmières des Soins intensifs – des visages qui semblaient dire : « Le Un va faire un code, et ça va nous coller sur le dos un tas de boulot inutile et des tonnes de paperasses. » Oui, un autre interne aurait peut-être laissé les événements de la vie humaine suivre leur cours normal, dégénérer, sombrer dans le Chaos, la Mort et le code bleu. Mais pas Werner Ernst. Werner était doté d'un esprit médical supérieur, parfaitement rompu à l'art de soigner.

La formation rigoureuse de Werner l'avait préparé à cet instant où lui, l'interne chargé du centre médical et responsable du bien-être du Un, débarquerait avec la bonne combinaison de médicaments à mettre dans le goutte-à-goutte, les dosages exacts donnés aux intervalles exacts pour maintenir la tension, empêcher le CO_2 de remonter, garder des pulsations cardiaques aussi régulières que possible, permettre l'écoulement de l'urine, bref, maintenir le tout en l'état pendant six ou sept heures, de sorte que le Un viderait ses tubes et claquerait dans les mains de l'équipe de jour plutôt que dans celles de l'équipe de nuit. De sorte que Werner pourrait manger et peut-être dormir un peu ce soir-là, au lieu d'avoir à superviser l'agonie d'un patient. De sorte que le personnel infirmier des Soins intensifs pourrait aussi faire un peu de broderie ou lire un roman à l'eau de rose pendant les premières heures du jour. De sorte que le Un pourrait avoir une dernière nuit de sommeil calme, un sommeil de légume, avant d'être pris d'assaut par une équipe de démolition spécialiste des codes

17

bleus, qui s'acharnerait à lui sauver la vie. Et, par-dessus tout, de sorte que toute cette merde cruelle et dérisoire concernant le décès du Un (qui à peine deux mois plus tôt était encore un grand-père, un mari attentionné et un père pour ceux qui l'avaient amené ici) reviendrait à son médecin principal et à l'équipe de jour. L'équipe de jour avait conseillé le Un et sa famille, en leur disant qu'à quatre-vingts ans il n'était pas trop tard pour essayer un nouveau remplacement de valve. Quatre-vingts ans ? Le médecin principal du Un, son chirurgien des voies respiratoires et sa famille lui avaient préparé une pochette-surprise pleine de cauchemars et de douleurs. Pourquoi ce serait à Werner et à l'équipe de nuit d'ouvrir le paquet ?

— Hé, Wiener, cria un infirmier dans le box 1, la pression capillaire pulmonaire du Un recommence à descendre.

Werner dirigea son regard sur les lignes vertes phosphorescentes qui ondulaient à travers l'écran n° 1.

— Est-ce qu'on a ses premières courbes ? demanda Werner. Il y en a trois ou quatre pages ?

— Sa tension s'effondre de nouveau, répéta l'infirmier.

— Bon, donnez-lui la même chose que la dernière fois qu'il a joué aux casse-cous. Et dites-lui qu'il ne doit pas mourir avant de voir les visages souriants de l'équipe de jour.

Werner s'attarda un instant sur la réflexion suivante : si le Centre médical était un système fermé, gouverné par la Raison (et non un système d'illusions grand ouvert gouverné par des êtres humains), le médecin attitré du Un l'aurait peut-être déclaré «non code», auquel cas le Un aurait pu mourir sans être malmené dans ses derniers instants. Mais comme en avait décidé la malchance, son médecin attitré était Randolph Hiram Butz (plus connu sous le nom de «Cul-de-Bouteille» dès qu'il quittait la pièce). Cul-de-Bouteille était un alcoolique sénile, incapable de produire le moindre effort intellectuel ou moteur à partir du déjeuner. A midi tapant, il sortait une flasque de Johnnie Walker Black Label et, passé 13 heures, on le voyait déambuler d'un air joyeux dans les couloirs de l'hôpital, de préférence aux Soins intensifs, où les patients étaient si sonnés qu'ils n'étaient pas en mesure de remarquer l'haleine parfumée au scotch de leur médecin principal.

Butz avait déjà eu la commission médicale sur le dos au moins à deux reprises, mais s'était à chaque fois montré plus habile qu'elle. Avant de sombrer dans l'alcool, Butz avait accumulé une masse impressionnante de certificats et suffisamment de contacts politiques pour saborder les enquêtes de la commission. Quarante ans auparavant, Butz était sorti de l'École de médecine de Yale *magna cum laude*. Puis, deux décennies plus tard, avant de faire la connaissance de Johnnie Walker, il avait coécrit un livre intitulé *Les Fondements de la médecine interne*, mis à jour tous les cinq ans par des batteries d'assistants d'édition. Ce texte était toujours utilisé dans les deux tiers des écoles de médecine du pays et le nom de Butz figurait toujours en couverture, même si ce dernier n'était plus capable d'écrire une phrase complète ou de tenir un carnet de chèques sans trembler. Son incapacité à écrire le protégeait aussi des procès pour erreur médicale, car il était le seul à pouvoir lire ses propres ordonnances. En conséquence, les prescriptions écrites dans les dossiers de ses patients disaient toujours, à la virgule près, ce qui arrangeait ses avocats.

Les commères les plus mal intentionnées de l'hôpital faisaient courir le bruit que Cul-de-Bouteille avait toujours porté des chaussures à lacets, des Brooks Brothers, et que ces derniers temps il ne portait plus que des modèles souples, faciles à enfiler. Elles ajoutaient que c'était Mona Washburn, l'infirmière en chef du service cardiologie, qui l'avait converti à ce type de chaussures, parce qu'elle en avait assez de devoir lui attacher ses lacets chaque fois qu'il était trop ivre pour s'en charger lui-même.

– Hé, Wienerhead! lança une infirmière aux jambes courtes, du genre «commando de la santé». Voilà les résultats des électrolytes du Deux, Dr Wienerschnitzel, et si vous voulez mon avis, ils sont bons à foutre à la poubelle.

Stella Stanley, infirmière DE, plus connue dans le service sous le nom de Stan, avait derrière elle vingt ans de mort, de maladie et de sécrétions. Pendant quatre ans elle avait travaillé pour l'armée à San Francisco, où on l'avait formée pour traiter les amputés et les grands brûlés de la guerre du Viêt-nam. Puis elle était restée cinq ans à Chicago en équipe de nuit dans le service des grands brûlés, à décoller des morceaux de peau morte de plaies carbonisées. Après cinq ans passés dans ces conditions, elle avait commencé à ressentir des douleurs dans l'oreille. Elle avait d'abord vu un oto-rhino. Puis elle avait attaqué en justice l'hôpital où elle travaillait, expliquant que ses problèmes d'audition étaient dus aux cris infernaux des brûlés. Elle avait raconté au tribunal que lorsqu'elle rentrait chez elle le matin pour essayer de dormir, ses oreilles résonnaient pendant des heures des gémissements de ses patients, jusqu'à ce qu'elle soit forcée de se traîner hors du lit pour noyer ce bruit dans un pack de douze Budweiser. Elle rendait donc l'hôpital responsable de sa surdité et de son alcoolisme. Au bout du compte, elle avait perdu le procès et les dommages et intérêts, et il lui avait fallu composer avec une simple indemnité de compensation. Peu après, elle était venue au Centre médical, aux Soins intensifs du neuvième. Elle insistait sur le fait qu'à côté du service des grands brûlés, c'était un hôtel trois étoiles. Quelque part en chemin (sans doute à Chicago), elle avait attrapé des manières de loubard, et avec les patients sa voix était aussi douce qu'une sonde rectale à bord cranté.

– Comment va son potassium, Stan ? demanda Werner à propos des électrolytes du Deux.

– Quoi ? hurla Stella, une main en coupe derrière l'oreille. Mon audiophone s'est fait la malle !

– Je dis : COMMENT VA LE POTASSIUM DU DEUX ?

– Oh. Ça dépend, cria-t-elle d'une voix à faire revenir les quatre comateux d'entre les morts.

Elle fit claquer sa langue pour ramener entre ses molaires une boulette de chewing-gum.

– Ça dépend de ce que vous voulez faire quand vous serez grand, Wiener. Si vous voulez être croque-mort, alors je dirais que le potassium du Deux va très bien. D'un autre côté, si vous voulez être médecin...

– Merci, Stanley, ce sera tout.

20

– Quoi ?

– J'AI DIT : MERCI.

– De rien, mon pote. Au fait, c'est toujours d'accord pour vous, si je flanque 10 mg de morphine au Sept à chaque fois qu'il se réveille et qu'il chambarde tous ses tubes ?

– OUI, Stanley.

– Et vous voulez bien l'écrire dans le dossier avant de repartir pour votre petite sieste ?

Le Deux avait un teint que n'importe quel jeune homme blanc de vingt-trois ans aurait mis trois semaines à obtenir sous le soleil des Bahamas. Cet « auto-bronzage » était le résultat de déchets toxiques dans le sang. Auparavant, les reins les filtraient et les faisaient passer dans la vessie, d'où ce poison orange était largué selon l'envie du Deux. Mais maintenant, tout ce vinaigre et cette pisse suintaient de sa peau. Son hâle était profond, sombre et intégral, et il aurait fait mourir d'envie tout le service s'il n'avait pas été le signe que le Deux était au bord du gouffre.

– Y a rien de plus déprimant qu'un jeune malade des reins, dit quelqu'un dans la salle des dossiers médicaux.

– Oh si, il y a pire, répliqua Stella Stanley. Nettoyer les selles d'un jeune malade des reins.

N'importe quel médecin qui se consacre à la néphrologie (l'étude des maladies rénales) vous dira que le corps humain n'est en fin de compte rien d'autre qu'un kart équipé d'une simple pompe, de tubes, de câbles, d'une masse grise en guise de batterie, de deux poches de gaz et de divers systèmes d'alimentation et de reproduction – le tout au service de deux mécanismes électrochimiques extrêmement sophistiqués appelés « reins », ces organes à côté desquels les ordinateurs les plus performants ressemblent à des tableaux de fusibles.

On a vu des cas de néphrologues qui, pendant leur internat, étaient athées ou agnostiques. Arrivés en néphrologie, ils avaient eu un aperçu de ce qui se passe vraiment à l'intérieur d'un rein, et avaient commencé à avoir des expériences mystiques, comprenant que seule une intelligence divine et omnisciente avait pu concevoir une telle machine.

L'équilibre fragile mais parfait des électrolytes, des hormones, des toxines, des fluides, des gaz en solution, des sucres et des particules circulant dans le rein et traversant ses membranes dépasse l'entendement. On dit que si saint Paul vivait aujourd'hui, il ne se ferait pas désarçonner par un grand éclair sur le chemin de Damas ; il deviendrait interne en néphrologie et serait lui aussi subjugué. Certains néphrologues en sont venus à abandonner leur spécialité pour se reconvertir en télé-évangélistes. Leur message est simple : le chemin vers la vie éternelle passe par la compréhension du rein.

Ça n'était pas écrit sur son front, mais le Deux venait d'obtenir son diplôme d'ingénieur en physique nucléaire. Il s'était rendu à Seattle, où il avait décroché un emploi dans l'aérospatiale auprès d'un des grands fournisseurs de l'armée. Le Deux était rentré à la maison annoncer son embauche à la femme la plus charmante qu'on ait vue aux Soins intensifs. Il était allé à une soirée et s'était défoncé à la piña colada. Il s'était aussi fait un neuf trous au golf avec son meilleur ami. Deux jours plus tard, il s'était mis à cracher du sang ; le lendemain, les reins avaient lâché. On l'avait amené aux Soins intensifs, où on avait diagnostiqué une hémosidérose pulmonaire idiopathique, ensuite corrigée en syndrome de Goodpasture. Cette maladie doit sans doute son nom à quelqu'un qui pensait que l'herbe est plus verte dans l'autre vie, car ce syndrome est presque toujours mortel [2]. Le stade ultime du traitement est l'ablation des deux reins et une dialyse à vie, trois fois par semaine. Mais en général, même cette solution ne marche pas.

Personne ne sait ni ce qui déclenche un syndrome de Goodpasture, ni pourquoi il frappe surtout de jeunes hommes pleins de santé, qui plus est toujours brillants, populaires, talentueux, et qui ont un avenir prometteur. Personne ne sait pourquoi un ingénieur en physique nucléaire et futur jeune

---

2. Jeu de mots sur « good pasture », qui signifie « bon pâturage ».

marié doit, du jour au lendemain, se transformer en grand malade. Ça arrive, voilà tout. Et quand il se passe quelque chose de grave – quelle qu'en soit la gravité – la meilleure chose à faire reste de voir le bon côté de la situation. Werner aurait pu s'asseoir là, à se tordre les mains en pensant aux aléas du destin pendant des semaines ou des mois. Mais Werner était du genre pragmatique. Si tous ceux qui touchent à la médecine ont entendu parler du syndrome de Goodpasture, seuls de rares élus ont eu l'occasion d'en voir un de près. Le Deux était l'occasion rêvée de suivre un cas clinique en phase terminale, et Werner s'était juré d'apprendre de lui tout ce qu'il pourrait avant que le Deux prenne le dernier tournant et fonce droit sur le mur.

En plus de rendre sa peau orange, les toxines qui s'accumulaient dans le sang du Deux le rendaient plus cinglé qu'une punaise dans un bocal de gaz hilarant. Il avait disjoncté et, depuis trois ou quatre jours, ses yeux reflétaient une sorte de stupéfaction folle. La dialyse, évidemment, n'avait rien arrangé.

– Bonjour, dit Stella, retirant avec les dents le capuchon en plastique d'une seringue et rechargeant le goutte-à-goutte du Deux. Le docteur dit qu'on doit vous mettre à jeun strict. Ça veut dire qu'on peut rien vous donner de liquide, vous comprenez ? Et on peut rien vous donner de liquide parce que vous avez plus de rein, alors vous pouvez pas pisser. Vous m'suivez ? Mais si vous voulez, je peux vous donner des rondelles de glace à sucer, de temps en temps. Vous en voulez une maintenant ?

La bouche du Deux s'ouvrit dans un grand désarroi.

– Je ne crois plus en Dieu, l'informa-t-il.

Stella cracha le capuchon de la seringue dans la corbeille la plus proche.

– Hé ! Poindexter, beugla-t-elle sans tourner la tête vers les autres box.

– Quoi ? répondit la voix d'un infirmier du côté des box 7 et 8.

– Le Deux ne croit plus en Dieu.

– Je sais, dit la voix. Il me l'a dit hier quand je lui faisais ses vérifications crâniennes.

– Dieu a été assassiné, continua le Deux, et je sais qui a fait le coup.

– Dites, reprit Stella, cette histoire avec Dieu, c'est un peu à côté de la plaque, non ? Les gens comme vous, en général, ils deviennent croyants, pas athées.

Stella injecta le contenu d'une seringue dans le tube orange planté dans le nez du Deux et écouta le doux gargouillis du sérum physiologique entre les roseaux et les joncs de ses organes.

– Dieu ne répondrait pas à mes prières en me faisant souffrir comme ça.

Stella clampa le tube orange et balança la seringue dans la corbeille.

– Je ne sais pas, conclut-elle. Selon moi, quand il y a des problèmes, il y a forcément un responsable quelque part.

Chapitre 2

Sept ans plus tôt, Peter Werner Ernst avait obtenu son diplôme universitaire en Arts et Lettres. Il était aussitôt rentré chez lui pour se jeter sur tous les livres qu'il n'avait pas eu le temps de lire à l'université. Il avait trouvé un travail à mi-temps – il chargeait les camions d'un service postal express – et avait loué un appartement pas trop cher. Comme il était convaincu que les meilleures choses dans la vie, y compris dormir et lire, se faisaient en position allongée, il avait sobrement meublé l'appartement d'un lit et d'un canapé. Puis il avait entrepris de découvrir s'il était possible de passer sa vie à courir les femmes et à étudier les auteurs classiques.

Mais les autres personnes importantes pour Werner avaient d'autres projets importants pour lui. Les belles femmes, ses parents, et même son meilleur ami lui expliquèrent qu'il lui fallait trouver un travail. Pour manger et avoir un toit sur la tête, disaient-ils.

Werner jugea leur point de vue discutable. Tous les grands penseurs dont il avait entendu parler à l'université avaient commencé par lire et courir les femmes pendant un bon moment avant d'accomplir quelque chose dans leur vie. Socrate, saint Augustin, Voltaire, Ignace de Loyola, James Boswell, Samuel Johnson, Rimbaud, Valéry, Nietzsche – tous ces types avaient passé des années dans la lecture et la débauche avant de daigner lever le petit doigt pour se nourrir et sortir les poubelles. D'ailleurs, depuis que Werner s'était spécialisé en linguistique et en philologie, la moindre parole prononcée devant lui le plongeait dans une intense réflexion sur la nature des mots.

Au final, Werner avait essayé de dénicher un travail de gentil garçon bien éduqué, qui aime rester couché et lire. L'art et la littérature l'avaient formé aux exigences de la position horizontale et de la lecture, ses diplômes et son curriculum vitae le confirmaient. Il avait battu le pavé et dépouillé toutes les petites annonces d'offres d'emploi. Il avait traqué tous les messieurs « On vous rappellera » et avait franchi le fossé qui sépare un homme convaincu de la supériorité de ses références d'un homme désespérant de pouvoir trouver un jour un travail.

Après des recherches intensives, la réalité s'était imposée, troublante : il n'existait aucun débouché pour un type sympa, bardé de diplômes et adepte de la position du lecteur couché. Tous les postes étaient déjà occupés par d'autres types sympas qui étaient restés si longtemps à lire et à dormir qu'ils avaient fini par décrocher une thèse dans les deux spécialités. La civilisation occidentale s'était dégradée à un point tel qu'elle n'offrait aucune issue pour un homme de la Renaissance ayant acquis une spécialisation en linguistique, et pas mal de connaissances superficielles glanées ici et là. Sous la pression croissante des belles femmes qui disaient qu'elles ne coucheraient pas avec lui s'il ne trouvait pas un bon travail et ne parlait pas mariage d'abord, Werner avait envisagé de se faire chasseur-cueilleur ou membre d'une tribu kurde. Non, avaient ajouté les belles femmes, pas seulement un travail : un bon travail.

Freud s'était retourné dans sa tombe quand Werner, l'homme de la Renaissance, avait consulté aux frais de son père un conseiller professionnel censé l'aider à distinguer un bon travail d'un travail.

– Un bon travail, c'est celui qui fait se rencontrer vos compétences et vos préférences, avait dit le conseiller. Avant tout, vous devez passer en revue vos compétences et vos réussites, puis nous chercherons ensemble à quels métiers elles correspondent. Ensuite, nous n'aurons plus qu'à classer ces métiers en fonction de vos préférences.

– Combien paient les gens pour ce genre de conseils ? demanda Werner.

Werner avait recensé ses réussites par la négative : il n'était pas alcoolique, il ne se droguait pas, il n'était pas violent. Pour les compétences, il en avait dénombré deux : 1) tomber amoureux des belles femmes, 2) lire.

La séance avait tourné court quand Werner avait posé sa candidature pour le poste du conseiller, qui avait aussitôt retourné à son père la moitié de ses honoraires.

Pendant un temps, de belles femmes avaient couché avec Werner parce qu'il était à la recherche d'un bon travail et jurait ne pas être opposé au mariage. Werner avait sauté sur l'occasion de chercher un bon travail, mais répugnait à passer à l'exécution ; de fait, il n'avait pas trouvé de bon travail.

Ses parents avaient de leur côté perçu un fil directeur dans l'écheveau des passe-temps universitaires de leur fils et n'avaient pas tardé à lui proposer des carrières passionnantes. Après tout, il y avait de très nombreuses orientations, toutes plus stimulantes et honorables les unes que les autres, pour un jeune diplômé brillant et ambitieux. Pourquoi pas le droit ou la médecine, des secteurs d'activité que tout le monde serait heureux de représenter ? Et si aucun des deux ne l'attirait, aucun problème, que dirait-il de devenir docteur, ou même magistrat ? Soucieux de préserver leur crédibilité auprès de leur fils, les parents de Werner avaient même été jusqu'à lui faire entendre qu'il y avait pire dans la vie que de devenir consultant médical ou conseiller juridique. Et pourquoi pas généraliste, ou avocat ? Deux professions ab-so-lu-ment parfaites. Toutefois, si cela ne lui convenait toujours pas, il pourrait encore chercher dans le domaine juridique ou médical en s'inscrivant en droit ou à l'École de médecine...

Devant cette soudaine abondance de vocations, Werner avait opté pour la médecine. En septembre, il était mort des suites d'une longue maladie, puis était entré en première année. Après quatre ans passés en position horizontale à lire de volumineux manuels scientifiques et à remplir des QCM, Werner avait commencé à penser que la médecine, au fond, ce n'était peut-être pas si mal. Bien sûr, de lui-même, il aurait choisi de lire autre chose, mais après avoir été gavé de ces pensums, il avait fini par les trouver presque intéressants. Il y voyait une certaine cohérence interne, du moins tant qu'on s'abstenait de regarder de trop près les hypothèses principales. Et après tout, avait-il conclu, c'était un métier où l'on était payé pour soulager les souffrances d'autrui.

Tout cela, c'était avant sa première nuit aux Soins intensifs. Après quelques heures de garde, Werner s'était métamorphosé en une créature surnaturelle, plongée dans une sorte de coma, un pur esprit condamné à arpenter les couloirs en linoléum du labo de la mort.

Les narines de Werner s'arrondirent et tremblèrent légèrement, non que d'appétissants spécimens de femelles fussent entrés en scène, mais parce qu'il venait de presser l'interrupteur lumineux qui commandait les portes automatiques de l'Unité des Soins intensifs ; il se préparait alors à affronter l'odeur qui allait le submerger.

La première fois que Werner avait respiré l'air de l'hôpital, son nez l'avait averti qu'il entrait dans le domaine du mal et de la décrépitude. C'était au rez-de-chaussée, où même l'encaustique, la moleskine et les fleurs à l'entrée de la boutique de cadeaux ne suffisaient pas à couvrir les odeurs d'antiseptique et de chair humaine en décomposition. Ce qui était vrai pour le reste de l'hôpital l'était à la puissance dix aux Soins intensifs. Le labo de la mort était le sas de compensation de tous les effluves récoltés un peu partout dans l'hôpital.

Werner prit une profonde inspiration, essaya de la faire durer le plus longtemps possible avant d'inhaler de nouveau l'air des Soins intensifs.

La société avait promis qu'elle paierait un jour Werner très cher s'il cultivait l'autodiscipline et apprenait à son cerveau à ne pas céder à l'instinct de fuite sitôt que des bouffées de gaz s'élevaient des cadavres comme d'un marécage. Werner était donc resté et inhalait l'odeur de la mort jour après jour, sachant que cette même odeur aurait commandé à ses lointains ancêtres de réunir femmes, bêtes et enfants et de migrer vers d'autres plaines.

Par moments, Werner jouait au docteur : il arrachait le ruban d'un moniteur cardiaque et étudiait les résultats de l'ECG.

Il embrassa du regard les huit cubes vitrés et se fit la réflexion que les stores vénitiens qui les tapissaient n'avaient, d'aussi loin qu'il puisse s'en souvenir, jamais été baissés – sans doute que les macchabées à moitié nus n'avaient jamais repris leurs esprits au point de réclamer un peu d'intimité. Le personnel préférait laisser les chambres froides éclairées 24 heures sur 24, ce qui leur permettait de garder depuis la console un œil sur les huit spectres.

– Dr Salami, comment ça va ?

Werner n'était pas mécontent de voir Stella Stanley, infirmière DE. Elle n'était certes qu'une infirmière, mais elle avait beaucoup pour elle. Par exemple, elle ne souffrait ni de diabète, ni de troubles cardiaques, ni d'arthrite rhumatismale, ni d'emphysème. Elle n'avait pas beaucoup d'ancienneté dans le service et ne refusait pas d'effectuer des prélèvements d'urine.

– Une journée exécrable, si vous voulez mon avis, répondit Werner. La mort et le chaos, et même pas un peu de sexe pour arrondir les angles. De plus, j'ai décelé une erreur médicale.

Stella ne prit pas trop au sérieux cette histoire de mort et de chaos. Si Werner se plaignait, c'est qu'il était encore capable de jugement. Et le fait de parler de « journée exécrable » prouvait que le jeune médecin distinguait encore une journée de la suivante, ce qui n'était pas mal pour quelqu'un qui ne voyait jamais le soleil se lever ou se coucher et passait une nuit sur trois sans dormir.

– Vous voulez dire, le Un ?

– Tout juste ! acquiesça Werner en lui montrant le paquet des courbes les plus récentes estampillé d'un grand « 1 » rouge et bardé de notes autocollantes mentionnant les allergies. Qu'est-ce qui s'est passé ?

– On lui a peut-être donné trop de dopamine. Ne me regardez pas comme ça. Je croyais qu'il allait passer l'arme à gauche avant midi.

– C'est quelqu'un de l'équipe de jour qui a fait ça, et je vais trouver qui, menaça Werner en grimaçant. Ils ont pourtant plus de monde pour gérer ce type de problèmes, non ?

– Tout à fait d'accord, Dr Frankfurter, répliqua Stella. L'équipe de jour est mieux qualifiée pour traiter les décès. Ils sont bien meilleurs quand il s'agit d'expliquer pourquoi quelqu'un est mort. Tandis qu'avec nous, les patients cassent leur pipe comme ça, sans cérémonie, et on ne s'embête pas à en chercher les raisons.

– La Famille est venue, ce soir ?

– Par convoi spécial, et ils sont furieux qu'on ne les laisse entrer que dix minutes par heure.

La «Famille» était le terme générique utilisé par le personnel des Soins intensifs pour désigner les gens de passage dans le service qui n'étaient ni du personnel soignant, ni des patients. Ces intrus portaient en général aux patients un intérêt hautement affectif, mais tout à fait inutile d'un point de vue médical. Ils avaient tendance à s'enraciner, à broyer du noir, à poser des questions stupides – surtout la nuit.

Pendant le tour de jour, le programme d'assistance de l'aumônerie grossissait le personnel hospitalier de religieux et de religieuses de toutes confessions, secondés par une escouade de séminaristes, de diacres, de nonnes et d'aumôniers qui accompagnaient les familles auprès des malades. Ce programme avait eu des retombées presque immédiates, car il laissait aux médecins plus de temps pour appliquer les procédures nécessaires. Au lieu d'avoir à réconforter des familles éperdues dans la salle des visites, les médecins pouvaient retourner à leur travail aux Soins intensifs. Mais la nuit, le service d'assistance fermait, et les familles s'adressaient aux internes et aux infirmières.

Werner regarda sa montre, puis scruta le couloir qui menait à la salle des visites. C'était l'heure.

Il voyait la Famille arriver, les petits groupes avancer à pas lents, hébétés, comme des animaux progressant vers un point d'eau en période de sécheresse.

– Les voilà, annonça Werner. Je vais leur donner votre numéro de téléphone perso.

La famille du Un fit son apparition aux portes des Soins intensifs. L'épouse, créature molle, ronde et courtaude aux cheveux argentés, boitait. Le fils était un vieux fermier bedonnant chaussé de santiags, portant une salopette en jean et une casquette publicitaire. Ils étaient tous les deux si gros et si décrépits qu'on aurait très bien pu les installer à leur tour sur une civière et les conduire jusqu'à leur box personnel.

Werner enfouit sa tête dans le dossier du Un. Il avait déjà dit à ces gens une bonne douzaine de fois ce qu'ils ne voulaient pas entendre.

– Comment va-t-il ? demanda la vieille femme en reniflant.

Stella se rendit jusqu'au box 1 et retira un thermomètre de sous l'aisselle du patient.

– Un peu mieux, répondit-elle. On lui donne plus d'oxygène qu'avant, mais pour la couleur, ce n'est pas encore ça. Sinon, il nous a fait un peu d'urine, ce qui est déjà plus que ce qu'il fait d'habitude en une semaine.

Le fils se racla la gorge.

– Alors il y a de l'espoir, dit-il en se balançant d'une santiag sur l'autre.

– Il n'est pas encore réveillé ? enchaîna la vieille femme en boitillant jusqu'au lit.

Ses coudes ressemblaient à des crevasses rougies ourlées de chairs flasques et ballottantes.

– Non, répliqua Stella. Il n'a aucune réaction.

Elle s'approcha derrière les barreaux du lit.

– Hé, Melvin ! SERREZ MA MAIN, VOUS M'ENTENDEZ ? SERREZ MA MAIN !

La vieille femme sursauta et gémit :

– C'est Elvin, son nom. Pas Melvin.

Le fils essaya de se rendre utile et dit :

– P'pa, c'est Earl. Serre la main de l'infirmière si tu nous entends.

Stella se mit au travail ; elle appuya sur des boutons et régla des cadrans. La femme et le fils prirent place de part et d'autre du lit. Ils restèrent là à fixer la poitrine qui se levait et s'abaissait au rythme des soufflets du respirateur, et à se demander pourquoi Elvin avait toujours les yeux ouverts s'il était dans le coma.

– Comment il va, doc ? brailla le fils en direction de Werner. Werner leva le nez de ses courbes.

– Son potassium va mieux. Dites-moi, que diriez-vous d'un petit café ?

Le petit café offert à la Famille était le signal convenu ; les infirmières devaient alors retirer les visiteurs des pattes du médecin. Marie Quelque-Chose répondit donc promptement au signal et entraîna Earl et sa mère vers la salle des visites.

Si le truc du café ratait, Werner avait un accord secret avec Stella Stanley. Si jamais Werner disait : « J'attends un coup de téléphone » alors qu'il était en train de parler avec la Famille, Stella se précipitait dans la pharmacie, faisait sonner son beeper et le prévenait qu'il était attendu en salle d'urgences.

Werner nota la date dans le dossier du Un. Il la connaissait, mais n'était pas sûr du jour. Dans l'univers non médical, c'est en général l'inverse. Dans le monde des affaires, par exemple, la plupart des gens se rappellent le jour, mais pas la date exacte. En outre, la plupart des gens s'imaginent volontiers en victimes subissant le supplice de l'écartèlement. Ce supplice comprend cinq étapes, qui sont les cinq jours de la semaine, pour qu'à tout moment la victime reste consciente de la distance que la roue et le pignon doivent encore parcourir avant de se heurter au répit du week-end. Les week-ends n'existant pas pour Werner, il ne savait jamais quel jour on était. Mais la date exacte lui sautait littéralement au visage sitôt qu'il ouvrait un dossier pour y noter ses prescriptions.

Werner savait qu'il était 2 heures du matin et qu'il risquait de passer les seize prochaines heures sans dormir, ici, au Centre hospitalier universitaire. Il savait que, en plus du Un et du Deux, il aurait à surveiller six autres légumes. Il savait aussi que les sucres du Huit défiaient les statistiques ; que les battements ventriculaires du Trois dessinaient des pics vertigineux sur l'écran du moniteur ; que si l'état du Sept continuait à se dégrader, la banque d'organes lui retirerait les reins pour les donner au Deux ; que le Cinq avait une déficience respiratoire grave ; que le Six avait une déficience respiratoire grave ; et il savait que lui, le Dr Peter Werner Ernst, était, du moins pour le moment, le seul et unique responsable de leur bien-être à tous alors même qu'il n'avait qu'une envie : rentrer chez lui, faire sauter la capsule d'une Budweiser glacée et savourer une rediffusion de *Star Trek*.

A ses débuts, Werner avait constaté que les patients sous assistance respiratoire se débattaient dans leur lit, gesticulaient et articulaient du bout des lèvres des mots silencieux à son intention. Comme il était naïf, il avait eu pitié de leurs efforts et, après leur avoir détaché les mains, il leur avait donné des blocs-notes, attendant patiemment qu'ils lui gribouillent des messages. Il avait observé leur fastidieux manège, leur façon de former les syllabes en exagérant les plus impor-tantes, toujours dans le plus grand silence. Les internes plus expérimentés se tenaient, pendant ce temps, à la porte du box, consultant leur montre et enjoignant Werner, d'un mou-vement de tête, de passer au patient suivant.

Il était resté au moins trois quarts d'heure à essayer de communiquer avec son premier patient, un petit jeune tout bouffi – la soixantaine – atteint d'une cirrhose pour avoir bu chaque jour depuis quarante ans son demi-litre de pur malt. Le malade avait tiré avec frénésie sur la manche de Werner, signifiant ainsi qu'il voulait un stylo et du papier pour écrire ce que sa sonde endotrachéale l'empêchait d'articuler. Werner était persuadé que ce patient avait un message de la plus haute importance à transmettre, pourvu qu'on prenne le temps de l'écouter. Et il avait fini par déchiffrer le gribouillis avec l'aide d'une infirmière. En lettres énormes et tremblo-tantes, reliées par des traînées d'encre, était écrit : « Papa est sorti. »

Après quelques séances de ce genre, Werner avait pris connaissance d'autres messages tout aussi décisifs. Un patient de soixante-quinze ans avec rupture d'anévrisme dans l'aorte avait voulu savoir où sa défunte sœur avait mis son caleçon. Un autre, soixante-dix-neuf ans et trois pontages, s'était contenté de plaquer l'oreille de Werner contre sa sonde et d'articuler « armes ». Werner avait répété : « Vous voulez des armes ? » Et le ponté avait secoué la tête en formant le « O » de « OK » avec son pouce et son index.

Cependant, l'inefficacité de la lecture sur les lèvres et de l'écriture automatique s'était rapidement révélée évidente, même pour Werner-le-Naïf. Il ne recevait presque jamais de message sensé et, lorsque cela arrivait, il s'agissait toujours d'une demande qu'une infirmière aurait été plus apte à contenter.

Werner entendit la patiente du 4 grogner, ce qui lui procura un frisson de joie étrange. Il décida de profiter de son humeur loquace.

– Bonjour, dit-il. Comment on se sent ?

Les yeux écarquillés et la bouche entrouverte, la Quatre fixait un point au plafond. De toute évidence, elle n'entrait pas dans la cible de consommateurs visée par la publicité pour les céréales que diffusait le téléviseur suspendu dans un coin. Elle grogna de nouveau et, sans pour autant bouger les yeux, prononça tout à fait intelligiblement « Docteur ». Werner s'approcha aussitôt de la tête du lit et scruta les yeux vides.

– Oui, c'est moi, votre docteur.

La Quatre replia les doigts, toujours plongée dans sa contemplation du plafond.

– Vous m'entendez ? demanda Werner en touchant une de ses mains.

Il dirigea sa lampe-stylo dans les yeux de la femme, qui cligna des paupières.

– Hé, Stella ! appela Werner.

L'infirmière apparut aussitôt et pressa l'interrupteur. La pièce fut inondée par la lumière crue des néons.

– Qu'est-ce qui cloche ? s'inquiéta-t-elle. Sa tension allait bien il y a dix minutes.

– C'est incroyable, dit Werner en glissant son stéthoscope dans sa poche et en donnant un petit coup de son marteau en caoutchouc sur la tête de Stella.

– Qu'est-ce qui cloche ? Elle est bien rose et elle ventile, insista-t-elle, cherchant en vain un signe quelconque de déficit neurologique ou un changement de couleur chez la Quatre.

34

– En effet. Vous ne pouvez pas savoir ce que ça représente pour moi, dit Werner en se dirigeant vers l'armoire contenant les dossiers. Les poumons sont propres, et elle m'a appelé «docteur».

– Sans blague, dit Stella en jetant un regard incrédule en direction du box.

– Mais si! Je crois que cette femme va sortir des Soins intensifs. Je vais contribuer aux soins d'un patient qui va se retrouver aux étages de médecine et de chirurgie! C'est énorme! Et si tout va bien, elle pourra même quitter l'hôpital!

L'alarme du box 7 résonna, et Stella se retourna pour s'assurer que quelqu'un s'en occupait.

– Bon, coupa-t-elle, à votre place je ne m'exciterais pas trop. Si elle vous a appelé docteur, c'est qu'elle est encore sacrément dans le cirage!

Werner ouvrit un dossier et envoya Stella à la machine à café. Il sortit une calculette. Stella rapporta deux gobelets de polystyrène remplis d'un breuvage à l'odeur de goudron, en tendit un à Werner et ajouta du sucre et du lait en poudre dans le sien.

– Vous avez jeté un coup d'œil à la Famille dans le box 5? demanda-t-elle en appuyant sur un bouton pour faire sortir l'ECG du moniteur n° 1.

– Non, répondit Werner, occupé à passer en revue dans le dossier de la Quatre les prescriptions du médecin. Pourquoi? C'est bien cette grosse stupide qui veut toujours parler à un docteur?

– Je ne sais pas si elle est stupide, mais ce dont je suis sûre, c'est qu'elle n'a pas un pet de graisse.

Werner regarda à travers la paroi vitrée du box 5 et rencontra le spectacle habituel d'un patient inerte recouvert d'un drap. Mais juste au-dessus, au-delà de la forme sous le drap, une jeune femme se tenait près d'une pile de linge propre. La tête penchée, elle suivait avec une intense concentration les images sur la télé murale, et les reflets bleus et roses des publicités caressaient les courbes lisses de son visage. Sans baisser les yeux de l'écran, elle buvait à la paille un Coca light. Elle avait les cheveux noués en deux tresses lustrées qui se rejoignaient sur la nuque pour former une sorte de petite brioche ; cependant, quelques boucles s'échappaient dans un savant désordre sur chacune de ses tempes. De ses oreilles pendaient deux anneaux en or, que la douce lumière faisait briller contre la peau mate. Elle porta à ses lèvres un emballage froissé et y déposa un chewing-gum. Son vernis à ongles était coordonné à son rouge à lèvres.

Werner ressentit une forte production d'énergie synaptique, ce qui engendra un fourmillement et une congestion vasculaire périphérique dans l'instrument qu'il utilisait d'ordinaire pour ses auscultations pelviennes privées les jours de repos. L'un des moniteurs se mit à bourdonner et cracha sur Stella et Werner une retranscription d'arythmies cardiaques.

– C'est le Sept qui recommence à débloquer, commenta Stella.

Le Dr Werner Ernst fixa le principal point d'intérêt du tableau délimité par la fenêtre du box 5. Elle dominait la composition, vêtue d'une jupe et d'une veste rose quelque peu déplacées dans ce labo de la mort – comme si un maître flamand déchaîné avait décidé de remplacer, dans le *Retable d'Issenheim*, les personnages drapés de lourdes toges par des pin-up en dessous sexy.

Stella sortit une seringue de 10cc de sérum physiologique, l'injecta dans une fiole de dopamine et aspira le mélange.

– Un sacré morceau, pas vrai, Wiener ?

– Passez-moi le dossier du Cinq.

La lecture en diagonale du dossier confirma les hypothèses : il s'agissait d'un spécimen classique du labo de la mort. « Homme blanc, soixante-neuf ans, lésions internes multiples. » Il aurait été vain de rechercher le diagnostic datant de son admission, les cinq premiers volets de son dossier ayant été envoyés aux archives médicales depuis belle lurette. Mais Werner n'avait pas besoin de l'intégralité du dossier pour savoir que le plus gros problème du Cinq, c'était son médecin attitré, le très estimé Randolph Hiram Butz. Mais si l'auteur alcoolique des *Fondements de la médecine interne* était son médecin sur le papier, c'était Werner qui se chargeait de toute la basse besogne.

Stella se rappelait le jour où le Cinq s'était fait poser un pacemaker, celui où on l'avait opéré de la vésicule biliaire, ses occlusions intestinales chroniques – qui avaient abouti à l'ablation du côlon –, son amputation du mollet pour stopper la gangrène, sa dialyse, ses diverses sondes stomacales et son opération de la cataracte. Toutes ces interventions avaient eu lieu au cours du séjour du Cinq aux Soins intensifs du septième étage, et si les souvenirs de Werner étaient exacts, on avait même dû en pratiquer certaines une seconde fois dans son propre service.

Au moins la moitié des maux dont souffrait le Cinq était ce qu'on a coutume d'appeler des troubles iatrogéniques, c'est-à-dire provoqués par ses médecins, et la plupart de ses infections étaient d'origine nosocomiale – autrement dit, on lui avait inoculé des souches de bactéries qu'on ne trouve qu'en milieu hospitalier et que des dizaines d'infirmières et d'aides-soignants répandaient de chambre en chambre, de box en box.

Il fut un temps où les médecins pouvaient en toute sérénité communiquer entre eux en griffonnant des messages en grec et en latin dans les dossiers des patients ; les troubles iatrogéniques (origine : les médecins) et les infections nosocomiales (origine : l'hôpital) étaient alors monnaie courante. Mais quand les dossiers avaient commencé à tomber entre les mains d'avocats qui avaient eux aussi étudié le grec et le latin, la médecine moderne avait soudain été contrainte de faire reculer la plupart des troubles iatrogéniques et des infections nosocomiales. C'est du moins ce qu'on déduisait de la lecture des dossiers des patients.

Werner suivit Stella dans le box 5 et essaya de garder ses yeux rivés sur le patient, lequel faisait bien ses quarante kilos (moins la jambe coupée). On distinguait sans peine son crâne transparent sous le masque mortuaire de peau desséchée. Au lieu d'une sonde endotrachéale, le Cinq avait un tube de trachéotomie qui plongeait droit dans ses poumons. Le court tube blanc était maintenu en place par un bandeau en tissu et raccordé à des tubes plus gros, flexibles – eux-mêmes reliés à un respirateur noir et carré, surchargé de cadrans, de jauges, de voyants lumineux et d'écrans à cristaux liquides. Le respirateur faisait monter et descendre la cage thoracique du patient dans un sifflement rythmé de pompe pneumatique. Un soufflet montait, lui aussi, dans le spiromètre, et retombait en cadence avec la machine.

. Un tube nasogastrique de caoutchouc orange sortait d'une des narines du Cinq, passait sous les barres latérales du lit et aboutissait à une grande bouteille en verre posée sur le sol.

Au-dessus du lit, sur une petite étagère, un écran transcrivait en courbes vertes phosphorescentes ses pulsations cardiaques. Trois électrodes descendaient de l'écran comme des tentacules sinueux et se ventousaient aux points stratégiques de son torse nu et recousu ; retenus par des pastilles adhésives, les trois reptiles attendaient avec patience le moment exact de la mort.

– Je suis Félicia Potter, dit la créature.

– Dr Ernst, répondit Werner. Heureux de vous rencontrer.

– Est-ce que mon père entend quelque chose quand je lui parle ?

La tête du Cinq remua sur l'oreiller. Ses lèvres gercées avaient été enduites de pommade cicatrisante. Les longs os de ses jambes, plus fins que les bras du docteur, s'élargissaient à la hauteur du genou et s'effilaient de nouveau sous la peau imberbe, jusqu'au pied unique, jaune et rabougri.

Werner se dit qu'il n'avait pas besoin de se référer à un quelconque dossier ou autre bulletin de santé pour savoir que si le Cinq entendait quelque chose, c'était les trompettes du Jugement dernier et le hurlement du vent dans les abîmes de l'Éternité. Puis il se reprit, résista à la tentation de prendre place à côté de l'ange et s'assit encore plus loin que pour n'importe quel visiteur. Il répéta le discours habituel : «La médecine ne peut pas établir ce que votre père entend ou n'entend pas. Nous pouvons mesurer ses ondes cérébrales au moyen d'un électroencéphalogramme, ou ECG, et il s'avère que nous en enregistrons encore certaines.»

Werner n'alla toutefois pas jusqu'à lui expliquer que même l'eau de mer produisait sans doute plus d'énergie électrique que les ions en train de fermenter dans le crâne du Cinq. Le fin mot de toute cette histoire étant de révéler à cette femme le grand mystère de la vie et la profonde complexité de la médecine moderne, que seuls des gens exceptionnels, comme Werner par exemple, pouvaient saisir.

– Je reste là à attendre, attendre encore...

Sa voix vacilla, ses beaux yeux s'embuèrent de larmes.

– ... parce que je veux être là s'il se passe quoi que ce soit... Mais parfois, on dirait qu'il est déjà parti.

Werner regarda le moniteur cardiaque et le soufflet du respirateur. Il n'avait aucune envie de contredire cette femme-là.

Un visage rubicond et rond comme une lune apparut dans l'embrasure de la porte. Celui d'une femme vêtue de noir, portant un châle pour cacher son obésité.

– Salut, Connie, lui lança la créature.

– C'est le médecin de garde ? demanda l'obèse.

– Dr Ernst, dit Werner en serrant sa main replète, se rappelant soudain qu'il n'avait pas serré celle de l'ange – par peur sans doute de le faire disparaître. Bonsoir. Ou plutôt bonjour, corrigea-t-il en regardant sa montre et en haussant les épaules.

– Je suis Constance Potter. Comment va Papa ?

Werner l'avait aussitôt reconnue : il l'avait déjà remarquée au chevet du Cinq, serrant une Bible contre sa poitrine et priant avec ferveur. Il marqua un temps de réflexion, avant de lancer :

– Son potassium va mieux.

L'ange renifla derrière un Kleenex.

– Je ne supporte pas de le voir souffrir comme ça.

– Ne t'en fais pas, hasarda Face-de-Lune, il va mieux. Cet après-midi, il m'a serré la main. Je sais qu'il m'entend, n'est-ce pas, Papa ?

La grosse femme contourna le lit. En y regardant mieux, Werner se dit que les chairs bouffies du visage de Constance Potter ne tenaient pas simplement à l'obésité, mais aussi au syndrome de Cushing, sans doute engendré par des stérides.

Elle prit la main squelettique du Cinq entre ses mains potelées.

– Je sais que Papa m'entend.

Le bras du Cinq se contracta et ses doigts se crispèrent un instant sur ceux de la femme.

– Vous voyez, dit-elle en désignant le métacarpe et les phalanges de la main droite du Cinq.

– Vous avez peut-être raison, concéda poliment Werner, mais lorsque vous sentez la main de votre père se contracter, ce n'est peut-être rien de plus qu'un tremblement nerveux, ou ce que nous appelons une fasciculation, c'est-à-dire un réflexe spasmodique. Comme vous avez dû le remarquer, votre père tremble assez souvent, il est donc difficile d'établir s'il vous presse la main en signe de réponse, ou s'il a juste... une fasciculation.

– Je sais qu'il m'entend, insista la femme. Ça fait des mois que je viens tous les jours et que je lui parle. Une pression pour oui, aucune pour non. C'est comme ça qu'on faisait après sa première opération. Et maintenant, vous voulez me faire croire que ça n'est rien d'autre qu'un réflexe spasmodique ?

Werner ne put se résoudre à lui dire que le langage qu'elle avait mis au point avec son père comprenait sans doute trop peu de vocabulaire.

Chapitre 3

Soixante-douze heures plus tard, Werner était assis sur le siège de sa tour de contrôle, au milieu de l'aéroport des Soins intensifs du neuvième étage, et le contrôleur aérien maintenait huit avions en procédure d'attente. Les moniteurs cardiaques lui crachaient des arythmies au visage, des techniciens de labo en blouse blanche lui apportaient des listings de résultats et, dans chacun des huit box, des infirmières lui criaient les taux et la tension des patients. Au lieu de prendre son habituel petit déjeuner dès 2 heures du matin, il s'était fait servir un dîner en provenance directe du distributeur : un gâteau au cœur de confiture caoutchouteux, des chips de maïs et du Coca.

La veille, l'équipe de jour avait arraché toutes les agrafes du Un et l'avait descendu en salle d'opération pour une nouvelle révision cardiaque. On l'avait ouvert, l'hémorragie avait été stoppée, puis on avait procédé à une palpation des organes internes, retiré la rate à tout hasard, avant de le refermer avec de nouvelles agrafes. Une intervention à quinze ou vingt mille dollars. Ensuite, le Un était parvenu à montrer des signes de regain énergique pendant trente-six heures, avant de devoir quitter les Soins intensifs les pieds devant, son torse, son bras droit et son orteil gauche ornés d'étiquettes à son nom.

Une journée comme les autres pour le Un – en plus court.

– Harold a emmené le Un hier soir, dit Stella en faisant allusion au plus ancien employé de la morgue de l'hôpital.

– Oh ! répondit Werner. Le Un est mort. Ça veut dire qu'on va devoir faire une ristourne à sa famille.

– Une ristourne ? s'exclama Stella.

– Eh oui, c'est une nouvelle garantie de remboursement : si on ne vous remet pas sur pied et que vous ne rentrez pas chez vous, vous ne payez pas la note.

– Ça me paraît juste, dit Stella. Quand Harold vient chercher le corps, on pourrait lui donner un chèque de remboursement pour la famille.

– Harold viendra pour chacun d'entre nous un jour ou l'autre, tel un funeste chevalier sur son destrier fantôme. Le Grand Ordonnateur est impitoyable dans ses arrêts.

Harold était un ancien ouvrier du bâtiment qui avait trouvé un poste à la morgue à la suite d'un accident du travail. Il détestait la morgue. Ses cheveux étaient coiffés à l'ancienne, une brosse très courte relevée en crête gominée sur le devant. Il passait son temps à mâcher du tabac et à cracher dans un gobelet en plastique qu'il coinçait dans sa poche de chemise. En général, il ne prenait pas la peine de sortir le gobelet de sa poche ; il baissait le menton, penchait l'épaule gauche en avant et visait. Quand quelqu'un faisait la grimace ou osait une remarque, Harold tapotait le gobelet en disant : « Nettement plus pratique qu'une simple poche de chemise ! » Et puis c'était un expert des tournures délicates du style : « Où qu'il est, le patient qu'a plus de pouls ? », ou encore « Qui c'est qu'on va mettre au lit avec une pelle ? », qui voulait toujours savoir à tout prix qui était mort, et de quoi, avant de l'emmener.

C'était d'ailleurs son seul véritable plaisir dans son travail, parce qu'il pouvait alors faire remarquer qu'il n'y avait jamais eu ce genre de maladies dans sa famille et que lui-même ne fumait pas et ne buvait pas.

Quand un patient mourait, les infirmières appelaient la morgue et Harold débarquait, la mine renfrognée, poussant un chariot spécial muni d'un double fond et d'un couvercle amovible. Aidé des infirmières, Harold déposait le corps dans le double fond, rabattait le couvercle par-dessus et recouvrait le tout d'un drap de fortune. Ainsi le funèbre cortège pouvait-il passer aussi inaperçu qu'un simple chariot de linge.

Harold détestait ce subterfuge. Il se rappelait que, par le passé, les visiteurs se rangeaient avec une mine solennelle quand ils s'apercevaient que deux pieds aux orteils étiquetés dépassaient du drap blanc. Il prenait même la peine de siffloter avec désinvolture pour leur montrer qu'il lui fallait plus qu'un cadavre pour être impressionné. Mais depuis que le Centre médical avait adopté le chariot à double fond, les visiteurs ne voyaient plus passer qu'un banal préposé à la blanchisserie et non un professionnel qui côtoyait quotidiennement la mort.

Ce que Harold détestait par-dessus tout quand il se retrouvait avec son chariot dans un ascenseur bondé de familles, c'était de les voir mâchonner leur chewing-gum, regarder comme des bovins les numéros lumineux des étages qui défilaient, ou bien discuter paisiblement entre eux. Il aurait voulu ouvrir le chariot sous leurs yeux, ou au moins faire une annonce, au beau milieu du groupe : « Y a un cadavre là-dedans. Moi, ça me fait ni chaud, ni froid. Et vous, ça va ? »

Pour Werner, Harold n'existait pas en dehors de son travail. Quand il était de garde et qu'il voyait passer ce dernier, il l'appelait « le pâle confesseur des âmes muettes » ou « le passeur du dernier voyage ». Harold, pour sa part, avait une dent contre ceux qui se moquaient de sa brosse, et aurait volontiers enfermé un de ces internes à la con dans son chariot, histoire de voir qui avait l'air le plus idiot.

Werner tenait avant tout à garder Harold à bonne distance du vieil homme du box 5. En effet, cela lui avait au moins permis, toute la nuit précédente, alors qu'il n'était même pas de garde, d'appeler Stella à plusieurs reprises. Il avait pris pour prétexte de lui demander un rapport détaillé sur l'état de ce malade, qui venait tout juste de faire plusieurs arythmies en quelques heures. Car l'idée que le Cinq puisse mourir dans ses pattes et le priver, par la même occasion, de mieux connaître l'ange sexy, avait provoqué chez Werner des arythmies de compassion. Il n'avait, en outre, pas confiance en l'interne de garde et craignait que le Cinq ne soit pas assez surveillé. Il l'avait donc confié aux soins experts de Stella Stanley pendant son temps de repos, en laissant à cette dernière le devoir de le réveiller au moindre problème.

Quand Werner était revenu aux commandes, il avait chargé l'infirmier connu sous le seul nom de Poindexter de surveiller le Cinq durant toute la garde de nuit.

Poindexter était un homoncule blafard à lunettes qui avait pour habitude de trimbaler son attirail chirurgical sens dessus dessous. Son visage était parsemé de petites touffes de poils trop éparses pour pouvoir prétendre former une barbe, et les lunettes épaisses qu'il portait le faisaient ressembler à une créature exophtalmique des profondeurs, comme une anguille, ou, mieux encore, au Gollum de Tolkien. Il souffrait de morosité chronique et ne se sentait ragaillardi que dans une salle remplie de machines branchées sur un patient. Il était la preuve vivante que des soins de qualité passent avant tout par la collecte et l'analyse de données pertinentes, car il était réputé pour n'avoir jamais laissé mourir quiconque pendant ses surveillances. Il en mourait parfois un quelques minutes après son départ, mais jamais pendant son service. S'il avait le matériel adéquat, il pouvait vous maintenir n'importe quel cadavre en vie pendant des jours, cela depuis que, quelques années plus tôt, un de ses patients avait fait un code pendant qu'il prenait sa pause déjeuner. Ce code et le danger d'une mort imminente qu'il induisait avaient constitué une telle menace pour sa réputation que, depuis, il apportait toujours de quoi manger dans un sac en kraft et déjeunait dans la salle de repos, de façon à pouvoir se précipiter toutes les cinq minutes pour vérifier les moniteurs cardiaques. C'est ainsi que, toutes les deux heures au plus, Poindexter surgissait du box 5 avec des liasses de listings et autres courbes de pression veineuse ou pulmonaire assortis des résultats d'analyses correspondants.

– J'ai des courbes bizarres sur le Swan, dit Poindexter en tendant à Werner un ruban de papier.

44

– Attendez une heure et apportez-moi les courbes après avoir augmenté sa dopamine, d'accord ?

Cette nomination de Poindexter par Werner n'était pas du goût de Martha Henderson, l'infirmière en chef du service de nuit. C'était à elle de répartir les tâches dans son unité, pas à un petit morveux d'interne. Elle s'était donc traînée hors de la pharmacie pour foncer sur Werner, bien décidée à tirer cette histoire au clair avec lui avant qu'il parte s'écrouler dans la salle de repos. Werner fit alors mine de se plonger dans une lecture attentive du dossier du Cinq pour échapper à la créature la plus redoutée de tout le Centre médical. Puis il évita son regard accusateur et tenta d'oublier pendant un instant que tout le service la surnommait la Grosse Martha.

Soudain, elle débula dans l'espace vital de Werner avec la grâce d'un semi-remorque s'engageant sur l'autoroute. Les bras croisés, elle se mit à rôder autour de lui, tandis qu'il griffonnait quelques notes sur le dossier de son patient. Elle tapa d'un pied, puis de l'autre, ce qui n'eut pour seul effet que de produire un tremblement ridicule qui remonta de son arrière-train vers les deux amas bulbeux de sa poitrine. Des lunettes Pierre Cardin retenues par une simple chaîne pendaient à son cou et valdinguaient dans son décolleté. Elle les repêchait de temps à autre pour en mordiller les branches.

– Vous avez vu les sucres du Huit ? demanda-t-elle d'une voix de basse profonde.

– Oui, j'ai vu les sucres du Huit, marmonna Werner. Et vous ?

– Évidemment, sinon je ne vous poserais pas cette question !

– Évidemment... répliqua Werner. Eh bien ! oui, je les ai vus, sinon je ne vous demanderais pas si vous les avez vus ! Donc, si j'étais vous, je lui donnerais quarante unités d'insuline et j'enverrais un nouvel échantillon de sang au labo. Cela dit, si j'étais vous, je serais infirmière, pas médecin, et je ne me permettrais pas de donner des ordres tant qu'on ne m'aurait pas demandé mon avis, n'est-ce pas ?

– Vous avez jeté un œil au Six, récemment ? poursuivit-elle d'un ton haineux.

– Garez le chariot dans sa chambre et priez pour qu'il tienne jusqu'à l'arrivée de l'équipe de jour.

– Et le Sept ?

– Un cadavre. Pas de code.

– Vous vous êtes mis d'accord là-dessus avec le Dr Butz ?

– Le Dr Butz n'est pas là pour l'instant. Mais peut-être souhaitez-vous lui téléphoner ?

Il lui tendait une perche grosse comme un tronc de séquoia car le Dr Butz était réputé pour donner par téléphone des ordres de psychotique, ivre mort de surcroît – comme par exemple prescrire des médicaments à doses mortelles pour les patients –, puis pour nier le lendemain matin avoir parlé à qui que ce soit durant la nuit. Stella n'appelait jamais Butz sans avoir placé un témoin sur une autre ligne.

– Les résultats de labo du Cinq, aboya Martha en les tendant violemment à Werner. Je pense qu'il faudrait être un peu plus agressifs si on ne veut pas que la situation nous échappe.

– En effet, professeur Henderson, répondit Werner. Libérons notre agressivité et dirigeons-la contre le patient.

Martha essaya tant bien que mal de tourner les talons avec élégance et de regagner d'un pas dédaigneux la pharmacie, mais la manœuvre échoua et elle effectua en lieu et place une pirouette digne d'un ballet d'ours polaires.

Tandis que Poindexter s'occupait du Cinq, Werner gardait un œil averti sur les portes automatiques, guettant le retour de Félicia Potter. Chaque fois que les portes coulissaient et s'ouvraient sur toute autre personne que l'ange sexy, le métabolisme de Werner s'affolait et produisait de la chaleur – une réaction que l'on pourrait confondre, si l'on n'avait pas de formation médicale, avec le désir. Werner en était même à envisager un tour en salle des visites – une pure folie pour un interne de garde, qui serait aussitôt assailli par l'hydre de la famille désespérée, une marée de visages suppliants et assoiffés de nouvelles rassurantes.

Au travers des portes vitrées de son poste, Werner avait une vue imprenable, depuis les couloirs faiblement éclairés jusqu'au large rayon de lumière provenant de la salle des visites. Et il observait les membres des familles qui sortaient en titubant se chercher des cigarettes ou un café, les enfants des malades, terrassés par le chagrin, perdus dans leurs angoisses et leurs prières, partis à la recherche d'un distributeur de boissons ou d'une cabine téléphonique. Une forme se détacha du groupe des familles, que Werner identifia comme la silhouette qui le hantait depuis deux jours : les seins épanouis, la taille bien prise, les hanches cambrées au mouvement ondulant... Il étudia sa démarche. Quand il lui semblait presque entendre le rythme primitif des muscles de sa ceinture pelvienne, ou le leitmotiv entêtant de ses déhanchements qui lui rappelait « l'idée fixe » de la *Symphonie fantastique*, Werner devenait alors ce poète transi qui venait de l'apercevoir dans la salle de bal bondée. Mais il ne lui suffisait pas d'entendre la musique : il voulait la jouer, et sur *cet* instrument.

Si seulement il l'avait rencontrée ailleurs, dans un mariage ou dans une soirée, par exemple, les choses auraient pu être différentes. Ici, elle incarnait cette terrible dichotomie entre ce qu'il faisait et ce pour quoi il était fait. La médecine était sa profession... et la romance sa vocation. Hélas ! l'histoire de la civilisation occidentale avait plongé Werner dans cette fichue décennie qui considérait le romantisme comme une activité trop peu lucrative. Les valeurs de la société étaient complètement à côté de la plaque. La société rétribuait généreusement ses juristes, ses médecins, ses comptables, ses ingénieurs en physique nucléaire, ses agents de change et ses athlètes, mais n'avait rien à offrir à un pauvre hère éperdu d'amour.

Werner fut tiré de ses pensées par l'ouverture des portes automatiques. Il se retourna brusquement vers la console et les moniteurs en feignant de se passionner pour un rythme cardiaque qui n'avait pas varié depuis des semaines.

– Dr Ernst ?

– Oui, répondit-il en simulant à peine la surprise. En quoi puis-je vous aider ?

– C'est mon père, dit-elle en désignant d'un mouvement de tête le box 5. Je voulais juste...

Une larme perla au coin de son œil. Son visage défiait la description clinique, si lisse et si impeccable qu'on l'aurait dit moulé dans de la cire, ou dans du beurre de cacao. Werner craignait de voir la larme dissoudre la joue et y laisser une balafre indélébile.

Elle ouvrit son sac à main pour en sortir un mouchoir en papier, faisant passer le poids de son corps sur ses hanches moulées dans un body bordeaux. Son genou enveloppé dans un bas aux reflets d'argent scintilla dans l'échancrure de sa jupe, qui remonta juste assez haut pour révéler ce que Werner aurait appelé en temps normal le vastus lateralis – en l'occurrence, un pan de cuisse à la peau tiède, prolongé d'un genou tendre et d'un mollet galbé. En remontant vers le visage, les yeux de Werner s'attardèrent sur l'opulent centre de gravité de ce corps. Il lui aurait juste fallu un point d'appui et un peu d'audace pour la faire gentiment basculer sur le dos...

— Je ne peux plus entrer là-dedans, dit-elle en penchant la tête vers le box 5. Je ne peux plus le regarder. Qui sait ce qu'il ressent ? Il pourrait bien souffrir le martyre, je n'aurais jamais aucun moyen de le savoir.

D'autres larmes perlèrent, entraînant derrière elles des ruisselets gris de mascara. Elle se mit à sangloter et à trembler, et Werner aurait pu jurer qu'il s'agissait des premiers signes d'un trouble qui tournerait sans aucun doute à l'hystérie. Il jugea qu'il pouvait la pousser dans la salle de repos sans éveiller de soupçons.

— Et qu'est-ce que vous diriez d'une tasse de café ?

En entendant les mots magiques, la Grosse Martha se redressa tout d'un bloc, prête à se débarrasser de la visiteuse, et s'approcha de Félicia. Werner la renvoya d'un geste énergique.

— Avec grand plaisir, répondit Félicia en maculant de mascara son mouchoir roulé en boule.

— Vous me trouverez dans la salle de repos, annonça Werner à la cantonade en ouvrant la marche.

La Grosse Martha et une infirmière échangèrent des regards lourds de sens.

Le temps d'arriver à destination, Félicia s'était remise à pleurer. Werner sentit monter en lui des relents de compassion. Il avait déjà vu tant de larmes qu'il ne les concevait plus que comme un réflexe, au même titre que le hoquet, le bâillement, la toux ou la déglutition. Pleurer en public lui paraissait grossier, autant que se livrer à sa toilette intime devant des spectateurs involontaires.

La salle de repos était une petite cuisine installée derrière la pharmacie, meublée de tables en PVC et de tabourets disposés autour d'un petit comptoir. Werner avança un tabouret à Félicia, eut des vapeurs en respirant son parfum et s'assit de l'autre côté de la table. Dans les circonstances présentes, il eût sans doute été opportun de la part d'un médecin particulièrement compatissant de consoler la famille noyée dans le désespoir. Mais de Félicia émanaient des rayons, comme une aura d'énergie, et son contact semblait aussi dangereux que celui d'une ligne à haute tension mal isolée.

— Je me sens tellement stupide, dit-elle alors que ses larmes redoublaient.

— Il ne faut pas, répliqua Werner en lui touchant le coude. Ce qui arrive est terrible, alors vous êtes bouleversée. J'ai vu ça des millions de fois auparavant.

Les larmes reprirent de plus belle. Werner alla chercher une boîte de mouchoirs.

— Je ne parviens plus à dormir, poursuivit-elle au milieu du torrent d'eau que charriaient ses yeux. Je n'arrive pas à me détendre, je suis épuisée... Je suis épuisée et pourtant je ne ferme pas l'œil de la nuit, vous pouvez m'expliquer ça ?

Werner aurait pu y aller de sa rengaine : manque de sommeil ? Fatigue ? Vous voulez qu'on en parle ?

— J'ai déjà plein de problèmes de santé, alors tout ça les fait revenir, parce que je dors mal et que je mange mal.

Un regard humide et bouleversant croisa celui de Werner.

— Vous êtes médecin, vous savez à quel point c'est important de bien dormir et de bien manger.

— Bien sûr, répondit Werner.

Il décida de passer sous silence le gâteau caoutchouteux et les chips de maïs. Puis il y eut encore des larmes, les épaules qui tremblent, tous les signes qui indiquaient à Werner qu'il était temps d'aller déjeuner. Car en général, quand il revenait, la famille finissait juste de pleurer et pouvait se remettre à poser des questions d'ordre médical.

– Quelles chances a mon père d'aller mieux ? demanda-t-elle.

C'était le métier de Werner de prendre ces questions-là au sens... littéral. Il y avait toujours une chance, même infime, d'aller mieux. Mais, à moins de devoir prendre une décision grave, il valait mieux s'en tenir à : « Ses chances sont bonnes » ou « Ses chances sont minces ».

– Les statistiques n'ont de sens que quand on parle de groupes, expliqua Werner. Qu'est-ce qui arriverait si je vous disais que votre père a 99 % de chances de se remettre complètement ? Vous seriez heureuse, vous seriez soulagée, au moins au début. Mais s'il se révélait que votre père faisait partie du 1 % qui ne se rétablit pas ? Est-ce que vous vous sentiriez mieux ?

– Oui, dit-elle.

Une larme égarée alla se dissoudre dans la fossette de son menton. Elle continua :

– Et si ses chances n'étaient que de 1 % ?

– Il n'a pas tiré la bonne carte, répondit Werner, mais ses chances sont meilleures que ça. Que diriez-vous de... 2 % ?

– D'accord. Vous pouvez m'expliquer ce que c'est que ce tube qu'on veut lui mettre ?

– La gastrotomie ? C'est pour faire passer la nourriture. Comme vous le savez, nous l'avons jusqu'ici alimenté par tube nasogastrique – le tube orange dans son nez. Le problème, c'est que le tube passe ensuite par la gorge jusqu'à l'estomac et, de ce fait, il y a des reflux dans les poumons. Or, ces reflux provoquent une infection des poumons, autrement dit, une pneumonie.

– Il a déjà eu ça, c'est vrai, se souvint Félicia.

– Nous avons aussi essayé la nutrition parentérale totale, la NPT, qui consiste à injecter par intraveineuse de la nourriture concentrée. Mais ça coûte extrêmement cher, plus de trois cents dollars la dose, et ça ne peut pas durer indéfiniment. La gastrotomie est une petite incision pratiquée dans l'abdomen. Elle nous permet de faire passer une solution nutritive directement dans l'estomac sans boucher les voies respiratoires ni les poumons.

– Bon, dit-elle en reniflant, il ne peut pas manger, c'est ça ? Il ne peut pas boire, ni respirer, c'est la machine qui s'en charge ; il ne peut pas marcher – on est toujours d'accord ? –, il ne peut pas voir parce que ses yeux sont fermés ; et il ne peut pas parler non plus, à cause du tube dans sa gorge... Alors qu'est-ce qui lui reste ? C'était un véritable athlète, autrefois...

De nouvelles larmes apparurent aux coins de ses yeux maquillés. Des images du Cinq jeune jaillirent dans l'esprit de Werner. Le Cinq en train de faire l'amour avec sa femme dans un lit gigantesque, la peau bien irriguée, le sang chargé d'oxygène, les muscles toniques ; le Cinq jeune, capable de se situer dans l'espace, les pupilles égales et réagissant à la lumière, le ventre secoué de borborygmes, les organes génitaux et le sphincter en parfait état de marche... Le Cinq jeune et sa femme, atteignant l'orgasme les yeux dans les yeux. Puis se servant deux verres de chardonnay glacé, étincelants dans le soleil printanier. Une pièce blanche, un ventilateur blanc qui tourne au plafond avec lenteur. Deux portes vitrées donnant sur un balcon. La brise de mai qui fait onduler les rideaux. Le Cinq et sa femme qui s'essuient en gloussant dans les draps, qui emplissent leurs poumons de rires et de grand air...

– En regardant de nouveau le dossier, j'ai remarqué qu'il y avait désaccord familial au sujet de la gastrotomie, avança Werner.

– Oui, répondit-elle, ma demi-sœur Connie a du mal à accepter la réalité, alors elle veut faire durer les choses aussi longtemps que possible, même si ça signifie encore plus de souffrances pour mon père.

Elle avait un instinct médical étonnant pour un membre de la famille.

– C'est plus compliqué que ça. La chance n'est pas du côté de votre père. Beaucoup de médecins, y compris le Dr Butz, voudraient maintenir un traitement agressif, parce que la guérison reste envisageable. On a déjà vu des patients en moins bon état que votre père se remettre et rentrer chez eux.

Werner croyait juste assez ce qu'il disait pour ne pas détourner le regard. Techniquement parlant, tout cela était exact.

– C'est ce que dit le Dr Butz. Mais vous, demanda Félicia, vous en pensez quoi ?

– Eh bien...

Werner ne faisait en réalité rien d'autre que songer : J'en pense qu'on devrait demander à Harold d'étiqueter le Cinq et de l'emmener. Moi, je pratiquerais avec vous une auscultation pelvienne privée, et nous pourrions profiter du lit vide.

– ... Eh bien ! le Dr Butz et moi formons une équipe, nous nous concertons, nous parlons avec les membres de la famille pour parvenir à une décision commune quant à la procédure à suivre.

Elle l'interrompit :

– Vous ne m'écoutez pas.

Et elle tourna vers lui son visage humide et gonflé comme un pétale froissé, avant de reprendre :

– Je vous ai demandé ce que vous, vous en pensiez.

– De la gastrotomie ?

– De mon père !

– Votre père est en danger de mort. Nous devons aborder les problèmes un par un. Pour l'instant, il faut prendre une décision au sujet de cette gastrotomie. Certains médecins vous diront que le tube ne sert qu'à maintenir votre père en vie indéfiniment et à prolonger sa dégradation. D'autres, que le seul moyen de donner à votre père la force dont il a besoin pour se rétablir est de le nourrir. Le corps ne peut pas combattre les infections s'il n'a pas de carburant. Je ne sais pas quoi vous répondre. Nous ne pouvons prendre cette décision qu'à partir des informations dont nous disposons.

Elle ravala ses larmes et laissa des traînées de maquillage en s'essuyant les yeux avec son mouchoir en papier.

– J'ai entendu dire qu'une fois ce tube posé, on ne pouvait plus le retirer, à moins d'aller devant un tribunal. C'est vrai ?

Alerte. Drapeau rouge. L'avocat entrait en scène et, vu la garde-robe de sa cliente, il semblerait qu'il soit brillant. Werner en avait trop dit, il se serait flanqué des claques. Il avait assez baratiné sur le sujet, il s'était presque fait son allié, tout ça pour se rendre compte qu'elle avait consulté un avocat.

– Quand il est question de nourrir un patient, dit Werner, retournant tout droit à la politique habituelle de l'hôpital, nous péchons par excès plutôt que par défaut. Sauf s'il y a de réelles contre-indications. C'est la meilleure solution, pour les médecins comme pour les membres de la famille.

– Et si l'un des membres de la famille fait le malin ? s'enquit Félicia en tirant de son sac un petit étui, dont elle sortit une longue cigarette ornée d'une bague dorée.

– Les gens n'ont pas toujours le même avis au début, mais le temps passe et ils finissent par trouver un accord.

– Et pendant ce temps-là, je suis censée faire les cent pas en sachant que mon père est juste à côté, en train de... souffrir.

Elle attendit avant d'allumer sa cigarette et une larme roula sur sa joue humide et rouge.

– Ça fait six mois qu'il est aux Soins intensifs. Il est dans un semi-coma depuis son attaque. Les deux premières semaines, on a campé dans la salle des visites et, depuis, on vient le voir tous les jours. Combien de temps ça peut encore durer ? Je passe mes nuits à me demander : «Est-ce que je peux faire quelque chose pour l'aider ? Est-ce que j'aurais dû rester avec lui à l'hôpital ? Est-ce que je dois essayer de lui parler, ou est-ce qu'il est déjà mort ? Est-ce qu'au moins, il sait que je viens le voir ? Est-ce que c'est toujours bien lui, là-dedans, ou est-ce qu'il est déjà au ciel ?»

Elle alluma enfin sa cigarette et en tira une bouffée, marquant d'une trace bordeaux le filtre immaculé.

– J'ai besoin de sommeil, lâcha-t-elle d'un air absent, laissant ses larmes tomber sur la table. Si ça continue, je vais retomber malade.

« Écoutez, pensa Werner, nous avons tous les deux besoin de sommeil. Bon. Si on s'y mettait ensemble ? C'est ça, si on se mettait au lit ensemble ? »

Le bip de Werner le tira de ses pensées. La famille du Cinq souhaitait le voir.

— C'est Connie, dit Félicia en sortant son poudrier pour réparer les dégâts. Je m'en vais...

Werner la regarda partir, étudiant les muscles de ses hanches qui ondulaient sous la jupe. Elle s'arrêta à la porte, la main posée sur la poignée et, se retournant, acheva :

— Vous serez là, demain ?

— Toute la journée et toute la nuit, jusqu'à 6 heures. Mais ne comptez pas me joindre avant midi. Le matin, ici, c'est la folie.

La Grosse Martha fit entrer la seconde fille du Cinq et Werner alla chercher la cafetière.

— Qu'est-ce que je peux faire pour vous ?

Depuis la veille, Connie avait remaquillé sa face de lune et Werner distinguait parfaitement la ligne de démarcation entre les crevasses et les chairs flasques. Elle portait une autre robe noire et ployait sous les bijoux, parmi lesquels d'épais bracelets en or qui accentuaient l'épaisseur de ses mains.

— Je pensais que ma sœur était avec vous.

— C'est exact, répondit Werner. Mais elle a dû partir.

— Vous avez parlé de mon père ?

— Nous avons parlé de la gastrotomie.

— Elle n'a pas son mot à dire dans les décisions qui concernent mon père, coupa-t-elle. C'est moi qui l'ai nourri quand il était trop malade pour le faire lui-même. C'est moi qui ai pris soin de lui. Elle était où, pendant ce temps-là ?

Werner se servit un café.

— Tout ce qu'elle veut, c'est que les souffrances de votre père ne soient prolongées que s'il y a un réel espoir de guérison.

— C'est drôle, elle ne s'était occupée de rien avant qu'il ne soit à deux doigts de mourir. Elle n'en avait rien à faire, de lui. Je crois que c'est pour ça qu'il est tombé malade. Elle lui a brisé le cœur. Une année, elle n'a même pas fait une apparition pour Noël.

– Il arrive qu'une tragédie efface les différends, qu'elle fasse comprendre aux gens combien ils passent peu de temps ensemble, hasarda Werner.

Constance lui lança un regard inquisiteur et dénué de toute trace d'humour.

– Si j'étais vous, je resterais sur mes gardes, Dr Ernst. En général, ma sœur obtient des hommes tout ce qu'elle désire, parce qu'elle est séduisante et surtout redoutable dès qu'il s'agit de se faire plus stupide qu'eux.

– Ah oui ?

Et Werner eut un ricanement intérieur à l'idée de ce que serait sa vie s'il avait le cerveau aussi tordu que l'une ou l'autre de ces sœurs.

– Vraiment, répondit Connie sans se démonter. Mais ce n'est pas pour parler d'elle que je suis venue ici, poursuivit-elle en se hissant de toute sa masse sur un tabouret. Je suis venue parce que j'ai parlé au Dr Butz d'un certain nombre de choses et que ça n'a donné aucune résultat.

Werner comprit tout de suite qu'elle s'était adressée à Butz après son fatidique déjeuner.

– Je sais que vous, vous êtes sceptique, mais je suis absolument certaine que mon père entend tout ce que je lui dis. J'y crois de tout mon cœur. De plus, j'ai discuté avec lui au sujet de son traitement, et il veut qu'on lui mette ce tube pour le nourrir. Il veut aussi qu'on le traite davantage comme un être humain. J'ai remarqué que les infirmières ne lui font jamais la conversation quand elles procèdent aux examens de routine, et qu'elles n'ont aucun respect pour son intimité quand elles sont dans sa chambre. Je ne pense pas qu'il soit très convenable, par exemple, que les infirmières regardent dans sa chambre les émissions de sport à la télé alors qu'elles sont censées s'occuper de lui. J'ai aussi entendu des techniciens et des aides-soignants se raconter des blagues, éclater de rire ou parler de leur vie privée devant mon père, exactement comme s'il n'existait pas, comme s'il n'y avait pas d'autre être vivant dans la pièce. Et je veux que tout cela cesse.

Werner baissa gracieusement la tête, indiquant qu'il faisait pénitence pour tout son personnel.

– Laissez-moi au moins vous donner un début d'explication, dit-il. Ces gens travaillent dans des conditions de stress extrême. Alors, quand ils rient ou parlent de leurs problèmes personnels, c'est pour se protéger, parce que la maladie et la souffrance pèsent trop lourd.

– Je vois à qui vont vos priorités. Ça vous ennuie qu'une infirmière puisse passer huit heures de service difficiles. Mais vous oubliez que mon père est depuis des mois ligoté à son lit et relié à un respirateur 24 heures sur 24. Et lui ne peut pas se raconter des blagues pour se protéger...

– Je ferai part de vos remarques au Dr Butz et à l'ensemble du personnel, répondit Werner, tout en notant mentalement qu'il avait intérêt à mettre la main sur Butz au plus vite, si possible avant midi, afin d'échafauder un plan avec lui pour faire enfermer cette cinglée.

– Ah ! encore une chose, dit-elle en reposant son sac à main sur ses genoux, signe qu'elle était partie pour se remettre à râler. Puisque ma sœur estime que mon père ne devrait recevoir aucune assistance médicale, je pense qu'il serait mal venu de la laisser seule avec lui dans la chambre.

Werner entendit Stella farfouiller dans la réserve de la pharmacie.

– J'attends un coup de téléphone du Dr Butz pour une autre affaire, dit-il aussi fort qu'il osa.

Le farfouillage cessa.

– Et je lui rapporterai notre conversation, ajouta-t-il. Peut-être voudriez-vous profiter de l'aide de notre aumônerie ? Il y a des religieux de toute obédience, des conseillers, ainsi que des psychologues qui se consacrent à aider nos patients et leur famille...

Le bip de Werner sonna et des statistiques s'affichèrent sur l'écran.

– Je suis désolé, dit-il en se levant précipitamment et en serrant la main de Constance Potter. J'ai été heureux de cette conversation avec vous, mais je dois prendre cet appel.

Stella croisa Werner devant la console.

– On a une nouvelle au 6, une vieille amie à vous.

Werner se repassa mentalement la courte liste des patients qui avaient réussi à sortir des Soins intensifs depuis qu'il y était interne, et chercha celui qui justifierait le regard noir de Stella. Les miracles de la médecine moderne vous faisaient sortir de Soins intensifs en trois ou quatre jours, si bien que les patients ne restaient jamais assez longtemps pour acquérir un nom de lit. On en oubliait même carrément ceux qui, comme le Cinq ou le Sept, restaient dans un état végétatif pendant des mois, voire des années, jusqu'à devenir des champignons, des moisissures, puis des fongus. Dr Stella semblait faire référence à une admission renouvelée. Plutôt inhabituel.

– Pas Orca ?

– En personne !

– Mais on l'avait expédiée aux Soins intensifs du septième ! protesta Werner.

– Ils nous l'ont renvoyée !

Orca était l'une des rares qui entraient et sortaient si souvent de l'hôpital qu'ils finissaient par y être connus par leur nom, et non par leur numéro de box, type de maladie ou dernière intervention en date. La nouvelle occupante du box 6 était donc cette femme blanche de cinquante-neuf ans, plus connue sous le nom d'Orca, dite «Orca-la-femme-échouée». Outre son poids – un peu plus de cent soixante-quinze kilos –, son jeune âge en faisait une adolescente selon les critères du service, c'est-à-dire par rapport aux autres patients.

Tous les deux ou trois mois, Orca faisait ce que le personnel du service avait l'habitude d'appeler une «attaque graisseuse». En général, juste après son admission, elle se plaignait de ne plus pouvoir se lever pour aller à la cuisine. Les premiers stades se caractérisaient par la stasophobie, qui est la peur de rester debout. La stasophobie entraînait un certain nombre de réactions prévisibles, comme la kinétophobie, qui est la peur de bouger. Venaient ensuite une forte gêne respiratoire et une paralysie générale, qui rendaient impossible la traction d'un poids de cent soixante-quinze kilos de graisse jusqu'à la cuisine. Et c'était bientôt une véritable panique hystérique qui prenait le dessus. Orca trouvait le téléphone et appelait l'hôpital avant qu'il soit trop tard... pour aller déjeuner.

En quelques heures, elle était de retour aux Soins intensifs, son ventre gonflé dépassant du lit comme le champignon d'une explosion atomique.

Ses couleurs (du rose au bleu en passant par le blanc) et sa corpulence lui donnaient un air aquatique indubitable, et son surnom des Soins intensifs lui collait à la peau aussi sûrement que si Adam lui-même l'avait baptisée. «A compter de ce jour, tu te nommeras Orca, et Orca sera ton nom.»

Cette fois-ci, la première intervention pour Orca avait été une opération de la vésicule biliaire. Après l'avoir retirée, les chirurgiens avaient trouvé des abcès nécessitant une incision et un drainage. Ensuite, il y avait eu la gastrotomie et le tubage pour drainer les abcès. S'étaient ensuite succédé des occlusions intestinales, une colostomie et une trachéotomie. Nettoyer le tube avait été une véritable épreuve, et il avait fallu que deux infirmières repoussent les bourrelets autour du cou d'Orca afin d'accéder au tube. Quant au tout dernier pronostic, il faisait état d'une insuffisance rénale.

Stella toucha l'épaule de Werner.

– Elle veut voir un médecin, dit-elle en désignant la Six d'un hochement de tête. Ils essaient de lui retirer le respirateur. On lui a posé une canule avec clapet.

– Eh, bonjour ! lança Werner en s'approchant d'Orca avec autant d'égards que pour un monument public. Je suis le Dr Ernst. Le Dr Butz m'a demandé de venir vous voir. Est-ce que vous voulez bien que je vous fasse asseoir ?

Orca le dévisagea de ses petits yeux enfouis dans les plis de graisse.

– Vous pouvez vous asseoir pour moi ? répéta Werner. Pour que je puisse vous ausculter et écouter vos poumons ?

Orca farfouilla dans la chair flasque de son cou et appuya sur le clapet de la canule.

– Papa mâchoire, dit-elle en remuant son annulaire gauche, sur lequel une cicatrice mauve indiquait l'ancien emplacement d'une alliance.

– Je vous demande pardon ?

– Papa mâchoire, répéta Orca.

– Peut pas s'asseoir, Wiener ! hurla Stella dans le micro depuis la console.

– Et si je vous aidais, tenta Werner, vous pensez que vous pourriez vous asseoir pour moi ?

– Papa mâchoire, ça m'essouf'.

– Je vois. C'est pour ça que vous m'avez fait demander ?

– Non, bien sûr ! dit-elle, le doigt sur le clapet. J'passais dans l'coin, j'ai vu d'la lumière, ch'uis montée vous voir.

Ses bajoues tremblaient de rage.

– OK, dit Werner. Je vais juste vous ausculter, et ensuite on viendra vous faire une prise de sang pour les analyses, ça va ?

– Y prendront pas d'sang, sauf si moi j'dis qu'c'est OK. Ça s'appelle le « consent'ment éclairé ». C'est mon droit.

– Bien, répondit Stella en entrant près de Werner. Si vous ne dites pas que c'est OK, on vous renvoie à la maison dans cet état. C'est ça que vous voulez ?

Orca lança un regard assassin à Stella, essayant de la changer en cochon par le seul pouvoir de sa volonté.

– Bougez-moi l'bras, j'suis mal installée, gémit-elle.

Stella extirpa le membre boudiné et ballottant hors du lit.

– Je vous le mets où ?

– Mettez-le juste sur c't'oreiller, ordonna Orca. Voilà.

De retour à la console, Werner griffonna quelques notes dans le dossier d'Orca.

– Je vais essayer de faire un somme d'ici un petit moment, Stan, dit Werner. Enfin, si ça marche pour vous, bien sûr.

La Grosse Martha apparut à côté de Werner.

– C'est quoi, ce qui est arrivé en 6 ? s'enquit Martha.

Werner fit cliqueter le piston de son stylo à bille.

– En 6, dit-il, nous avons le fruit d'un des quatre piliers de la médecine moderne.

– Et c'est quoi, les quatre piliers de la médecine moderne ? demanda Stella, jouant les faire-valoir et feignant ne pas avoir entendu ce discours des dizaines de fois.

– Les quatre piliers de l'industrie médicale américaine : les cigarettes, l'alcool, la vieillesse et la graisse. Et tous sont auto-administrés.

– Eh ! une minute, gloussa Stan, vous allez peut-être me dire que la vieillesse est auto-administrée ?

– Quiconque au-delà de soixante-douze ans consent à être admis aux Soins intensifs est coupable de s'infliger la vieillesse.

– Et pour elle, vous avez des ordres ?

– Ouais. Un palan, un treuil, une grue, un wagon, et des câbles de suspension haute résistance. Ah ! et si vous constatez que le sang ne gicle pas sur chaque centimètre carré de cette masse, tirez un peu plus fort au niveau des articulations. Sinon, mettez-la à mille calories par jour et vérifiez les signes vitaux toutes les heures.

Chapitre 4

Le lendemain, elle l'attendait dans le hall à 18 heures. Le premier réflexe de Werner fut de croire qu'il s'était endormi dans l'ascenseur et commençait à rêver. Elle portait une robe légère avec des fleurs, dans les tons pastel impressionnistes, et son rouge à lèvres, son vernis à ongles et son ombre à paupières rappelaient les motifs de sa robe. Elle voulait parler. Mais pas à l'hôpital. Et s'ils allaient prendre un café ou un verre de vin? Werner avait plutôt en tête un pack de six bières fraîches et dix heures de sommeil, mais il n'avait rien contre un verre de vin en apéritif.

– Belle voiture, fit-il remarquer en montant dans la Porsche visiblement neuve qu'elle avait garée sur le parking de l'hôpital, en travers de deux places marquées «réservé aux handicapés».

Elle suça le bout de son doigt et essuya une petite trace sur le capot avant de monter. Les tympans de Werner explosèrent quand son copilote claqua la portière du cockpit pressurisé. Werner se pelotonna dans son siège, jeta un coup d'œil circulaire sur l'équipement de la Porsche et se demanda comment diable il s'était retrouvé dans cette publicité de luxe. Il s'attendait à la voir s'allonger sur la garniture en cuir, caresser le levier de vitesses d'une main fraîchement manucurée, cajoler un ou deux chats sauvages, haleter d'excitation, éprouver un frisson proche de l'orgasme et lui révéler combien elle pouvait faire avec un plein sur l'autoroute.

Au lieu de ça, elle releva la capote et régla le rétroviseur. Elle pinça un de ses cils entre le pouce et l'index pour retirer un peu de mascara. Werner fut émerveillé de voir qu'elle pouvait approcher les doigts si près de l'œil sans cligner des paupières.

Werner la fixa encore un moment, puis finit par refermer la bouche.

– Et vous ? Vous conduisez quoi, comme voiture ?

Werner se racla la gorge.

– Aucune.

– Vous ne conduisez pas ?

– Je n'ai pas de voiture, reconnut Werner en étudiant la courbe du mollet de Félicia, tandis que ses talons hauts rose bonbon jouaient avec les pédales.

– C'est anormal, dit-elle en passant en trombe à l'orange. Je croyais que vous étiez médecin.

– Je suis un médecin anormal.

– Vous avez déjà vu un médecin sans voiture ?

– Eh bien ! répondit Werner, j'ai des objections d'ordre philosophique et écologique au fait d'avoir une voiture. Réfléchissez un peu : pas moins de 98 % de la pollution de l'air proviennent, non pas des usines, mais des voitures. Je crois que je ne pourrais pas – c'est une question de bonne conscience –, je crois que je ne pourrais pas avoir une voiture... Sauf si j'en avais les moyens.

– Ah ! commenta-t-elle, impassible. Elle pressa un bouton du tableau de bord, et l'indicatif tonitruant d'une publicité pour dentifrice se fit entendre.

Werner étudia un de ses seins, le plus proche de lui, qui tressautait en même temps que la Porsche.

– Je plaisantais, précisa-t-il.

– Je sais. Vous croyez vraiment que j'ai marché ? Un médecin sans voiture, personne n'y croirait.

– Non, corrigea Werner, je n'ai vraiment pas de voiture. Ce que je voulais dire, c'est que...

– OK. Arrêtez-moi ce manège, ou allez le faire à quelqu'un d'autre. Donc, pas de voiture.

Werner renonça à lui dire que les internes étaient très mal payés. Elle pressa un autre bouton, et une bourrasque d'air arctique s'engouffra dans l'habitacle.

– Je suis désolé pour votre père, cria Werner par-dessus la radio.

Félicia haussa les épaules.

– Ça n'est pas votre faute. J'ai toujours pensé qu'il mangeait trop de viande rouge.

Ils dévalèrent une route à quatre voies à 100 kilomètres à l'heure au moins, à la recherche d'un endroit appelé le Luxury Hour Lounge. Félicia arrêta la radio et alluma le lecteur laser. Le riff obscène d'une guitare électrique se répercuta jusque dans les testicules de Werner.

– C'est le week-end, expliqua-t-elle en augmentant le volume.

– Ah bon ?

– Ben oui, dit-elle, ses ongles vernis pianotant sur le tableau de bord plein cuir. On est vendredi.

– Ah bon ?

Elle écrasa brutalement la pédale de frein en entendant sonner son détecteur de radars.

– Vous voyez des vaisseaux de l'Empire ? demanda-t-elle.

– Quoi ? articula Werner qui somnolait comme un ours en pleine hibernation.

– Des flics, des poulets, vous en voyez ?

A l'idée d'être arrêté, Werner trouva la force d'émerger.

– Oh ! Où ça ? C'était quoi, ce bip ?

Elle fronça les sourcils avec dureté.

– Laisse tomber, Chewbacca. Rendors-toi.

Atterrissage au Luxury Hour Lounge, une boîte remplie de miroirs, de barres en cuivre et d'abat-jour en verre coloré. Çà et là trônaient des groupes d'ivrognes très propres sur eux, bien sous tous rapports, sapés comme des architectes et sirotant des cocktails aux couleurs pastel. Werner se rappela les vieux bars de ses années d'études, leurs plafonds bas, les billards dans l'arrière-salle, les tables et le sol poisseux, la moleskine patinée par des décennies de fumée de cigarette... Ils s'assirent tous les deux face à face sur des coussins moelleux, dans une sorte de cabine aux parois de chêne. Au-dessus de leurs têtes couraient des fougères.

– Très joli, dit-elle.

Un coup d'œil dans l'un des miroirs confirma à Werner qu'il ne dormait pas.

– J'adore les abat-jour Tiffany, poursuivit-elle en touillant avec une paille une boisson au nom exotique. C'est tellement agréable de prendre un verre agréable dans un endroit agréable. Dire qu'il y a des types pour vous emmener dans des bars vulgaires, qui sentent mauvais.

– L'atmosphère a une très grande importance, observa Werner. Sans atmosphère, nous n'aurions pas d'oxygène, et sans oxygène... eh bien ! nous ne pourrions pas boire de bière, pas vrai ?

Et il leva son verre pour porter un toast. Avait-il été drôle ? Les yeux de Félicia laissaient supposer le contraire. Elle fit tourner sa paille dans son Mai Tai. L'absence de perspective de sommeil rendait le cerveau de Werner économe, si bien qu'il évitait de dépenser son énergie pour quelque chose d'aussi superflu que l'humour.

Un serveur apparut et repartit. Félicia posa ses doigts en éventail sur une serviette blanche et inspecta ses ongles vernis, traquant la moindre imperfection.

– Vous devez être très intelligent si vous ressemblez à ces médecins à la télé. Ça fait quoi, d'être un vrai médecin ?

Il était trop fatigué pour lui raconter ce qu'elle avait envie d'entendre. La vérité était plus simple.

– La même chose qu'être serveur dans un restaurant très cher et très compliqué. Seulement, si vous servez le mauvais plat à un client, au lieu de se mettre à râler il se met à mourir. Et, bien sûr, il faut faire face à l'incompétence du matin au soir. Vous ne pouvez pas savoir comme c'est usant de travailler avec du personnel stupide et incompétent.

Félicia posa sa paille, avala une gorgée de son cocktail et sourit.

– Je suppose que vous préféreriez qu'ils soient tous aussi intelligents et aussi compétents que vous, c'est ça ?

– Ce qui sous-entend ?

– Ben, répondit-elle en haussant les épaules, si tout le monde était aussi intelligent que vous, vous deviendriez juste moyen, non ?

Werner scruta son visage, mais n'y décela aucune trace d'humour malveillant. Elle lui fit un clin d'œil, sourit et entreprit d'attacher entre elles les deux extrémités de sa paille.

– J'ai lu un article sur le stress, l'autre jour. Ils disaient qu'être médecin, c'est ce qu'il y a de pire. C'est vrai ?

– Non. C'est surtout ennuyeux.

Il se demanda si elle voyait ses yeux mouillés et ses paupières qui papillonnaient, puis enchaîna.

– Mais en effet, pour certains, ça doit être stressant, parce qu'à l'école on nous répétait que les taux de suicide, d'alcoolisme et de toxicomanie étaient plus élevés chez les médecins que dans toute autre profession.

– Mmouais... le suicide et la drogue, ça ne m'excite pas vraiment, mais si vous voulez essayer l'alcoolisme, je vous suis.

Werner commanda une autre bière et un autre Mai Tai. Félicia reprit, une étincelle dans le regard.

– Les médecins, c'est tellement important, et les gens ont tellement besoin de vous. Et avec tout ce que vous avez appris, vous pouvez les soigner. Enfin, je veux dire, qu'est-ce qu'il y a de plus important que la santé ?

Le sommeil ! pensa Werner.

– J'ai vu une affiche qui disait : « LA SANTÉ EST UNE COURONNE SUR LA TÊTE DES BIEN-PORTANTS, QUE SEULS LES MALADES PEUVENT VOIR. » C'est tellement vrai, dit-elle. Tout l'argent du monde ne peut rien changer si on ne va pas bien. J'ai eu plusieurs fois des spasmes du côlon et, à chaque crise, je comprenais que j'avais pris ma santé pour argent comptant.

Elle leva soudain les yeux de son verre.

– Vous devez vous dire que des spasmes du côlon, ça n'est pas grand-chose comparé aux tumeurs du cerveau et autres trucs de ce genre sur lesquels vous travaillez tous les jours.

« Je ne te le fais pas dire ! » pensa Werner.

– Je ne dirais pas ça, répondit-il.

Elle se mit à décrire ses symptômes. Werner se rappela une conférence du Dr Butz aux deuxième année, qui portait sur les troubles gastro-intestinaux. L'auteur aujourd'hui sénile des *Fondements de la médecine interne* appelait les spasmes du côlon la «maladie du cake aux fruits».

— Bien que ce syndrome représente environ la moitié de tous les cas en gastro, avait conclu Butz, tout ce que vous devez savoir sur cette prétendue maladie, c'est que trois patients sur quatre sont des femmes, et qu'on n'en trouve aucune origine anatomique.

Cette affirmation avait déclenché un tollé chez les élèves de sexe féminin mais, comme toujours, les références irréprochables de Butz et sa sénilité l'avaient protégé.

— Vous avez mis les choses à plat avec votre sœur? hasarda Werner, pensant que la boisson l'avait suffisamment adoucie pour pouvoir passer à l'essentiel.

— Être obligée de la voir, c'est ce qu'il y a de pire dans tout ça. Je vais voir Papa tous les jours parce que je dois être là quand il partira, mais elle, je ne peux pas la supporter.

— Qu'est-ce qui s'est passé entre vous?

— Le problème, c'est que c'est une hypocrisique. Moi, elle dit que je suis égoïste. OK, je suis égoïste. Soi-disant, la seule personne qui m'intéresse, c'est moi. Moi je lui dis: «Écoute Connie, qui n'est pas égoïste, hein, qui? OK, peut-être Jésus-Christ, peut-être que Lui Il pensait un peu aux autres.» Tout ça, moi, j'en sais rien, je ne suis pas née il y a six millions d'années à Bethléem, Jérusalem ou je ne sais pas où... Et Connie non plus.

Les premiers accents éthyliques surprirent Werner qui, par réaction, prit aussitôt la défense de Face-de-lune.

— Si elle s'est occupée de votre père pendant toute sa maladie, elle vous en veut sûrement de l'avoir laissée supporter ça toute seule. C'est assez courant.

— Possible. Mais je vais vous dire pourquoi elle s'est occupée de lui. Elle a sauté sur l'occasion, oui! Avant qu'il tombe malade, elle n'avait rien à faire. Elle s'ennuyait à mort. Elle a même dû penser au suicide. Vous savez ce que c'était, son prétendu travail ? Bénévole dans un hôpital. Bénévole. Même pas fichue de dégoter un travail payé ! De toute façon, avec ce qu'elle sait faire, ça lui rapporterait même pas de quoi se nourrir. Elle a, quoi, trente-sept ans ? Jamais un type ne l'a regardée deux fois de suite. Vous l'avez vue, vous ! Elle est grosse, laide, et elle porte des vêtements qui la rendent encore plus grosse et plus laide. Avant Papa, qu'est-ce qu'elle faisait de ses journées ? Rien. Et puis, un jour, ses prières ont été exaucées : mon père est tombé malade et elle a enfin trouvé de quoi occuper sa vie. Mais prendre soin de lui, être en permanence à son chevet, ça ne suffisait pas. Pas assez marrant. Alors il a fallu qu'elle raconte à tout le monde quel travail pénible c'était, et comme c'était dur pour elle toute seule. Et moi, je suis censée mourir de honte parce que je travaille et que je ne peux pas rester là, toute la journée, à jouer les filles dévouées ?

Werner sentait que la bière avait dissous son professionnalisme.

– Elle dit qu'elle s'est occupée de votre père bien avant qu'il n'entre à l'hôpital. C'est difficile pour un membre de la famille, surtout un fils ou une fille. Et en plus de tout ça, il y a la peur de perdre un parent, le sentiment de culpabilité, qui vont vous faire souffrir toutes les deux.

Elle prit une nouvelle paille et aspira à grand bruit son Mai Tai.

– Je ne comprends pas pourquoi vous êtes de son côté. Elle veut à tout prix qu'on le garde en vie pour avoir autre chose à faire que prendre du poids en regardant la télé. Elle est hyperficielle, et sans elle il y a belle lurette que Papa serait tiré d'affaire, au lieu d'être attaché en permanence à des machines.

Werner l'interrompit.

– Elle est quoi ?

Il n'avait pas relevé hypocrisique, mais il ne laisserait pas passer hyperficielle.

– Elle est hyperficielle, répéta-t-elle. Elle fait semblant de ne pas être égoïste, de s'occuper des gens plus que d'elle-même. En fait, elle ne vaut pas mieux que les autres. Vous savez, la seule raison pour laquelle elle passe tout son temps auprès de mon père, c'est qu'elle adore qu'ensuite tout le monde lui dise combien elle est merveilleuse, admirable, et si dévouée... Tout ce qu'elle veut, c'est se faire couvrir de compliments, par orgueil. Et ça, c'est pareil pour tout le monde. Moi, au moins, je ne fais pas semblant d'être une sainte, et je n'essaie pas d'en mettre plein la vue à tout le monde avec mon soi-disant dévouement.

Werner, par déformation professionnelle, aurait voulu lui reprocher la construction de son argumentation, mais il comprit très vite que pour ça, il lui faudrait d'abord drainer toute l'eau trouble où marinaient ses sarcasmes, puis construire un pont entre les deux lobes de son cerveau. Il lui faudrait expliquer à Félicia qu'hypo-crite n'était pas synonyme de super-ficielle, et qu'il ne pouvait pas rester les bras ballants pendant qu'elle passait tranquillement notre belle langue au presse-purée. D'un autre côté, avec ce genre de réponse, elle le prendrait sans doute pour un pédant ou pour un vieux croûton, et serait beaucoup moins d'humeur, après la conversation, à passer au stade suivant. Et ça, c'était insupportable.

Mais Félicia n'avait pas entièrement vidé son sac. Selon elle, Connie ne prenait pas soin de son corps, et ce qu'elle aimait plus que tout, c'était rendre malheureux les gens beaux et minces chaque fois qu'elle le pouvait, par pure jalousie. Félicia, elle, faisait attention à elle, et ne cédait pas aux excès. Elle courait cinq kilomètres tous les jours – enfin, avant. Aujourd'hui, elle courait cinq kilomètres quand elle en avait le temps. Parfois, elle ne pouvait pas courir à cause de ses problèmes de santé, mais elle fumait dix cigarettes légères en nicotine et en goudron, et chacune ne contenait que 0,1 mg de nicotine et 3 mg de goudron, ce qui revenait à fumer deux cigarettes normales par jour. D'ailleurs, un médecin lui avait dit un jour qu'en fumant deux ou trois cigarettes par jour, on évacuait du stress et de la tension, et qu'à la longue ce serait encore meilleur que d'avoir des poumons bien propres. Le médecin en question était lui-même un fumeur consciencieux, et des études démontraient ce qu'il prétendait.

– Mais tout ça n'a pas d'importance, de toute façon, dit-elle en soufflant la fumée dans l'abat-jour Tiffany. Je veux dire, on finit tous pareil, pas vrai ?

– C'est vrai, acquiesça Werner, mais est-ce que vous voulez que le médecin légiste qui pratiquera votre autopsie explique, dans le rapport post-mortem, que vos poumons sont rebondis, lisses et bien irrigués, et que vous aviez de quoi en être fière ; ou préférez-vous qu'il écrive : « Poumons : rigides, noirs, nombreux fibromes » ? Il ne faut jamais négliger l'importance de la dernière impression.

Était-ce drôle ? Une fois de plus, les yeux de Félicia tendaient à prouver que non. Elle se remit à nouer sa paille.

Elle aimait les vêtements. Elle détestait les chiens, mais adorait les chats. Elle aimait regarder la télé. Elle était désolée qu'il y ait des gens laids, vraiment, vraiment désolée. Elle se tuerait plutôt que d'être forcée de vivre avec un visage laid ou un corps laid. Ah ! ça oui, elle se tuerait plutôt que d'avoir à vivre avec un corps aussi laid et aussi gros que celui de Connie. Pendant longtemps, elle n'avait pas cru au mariage, mais la maladie de son père lui avait fait comprendre que la vie était courte ; ça l'avait fait réfléchir à ce qui était vraiment important. Elle était mannequin. On voyait sa photo dans des publicités, surtout des publicités dans des grands magasins de province. Elle avait aussi été engagée pour une série de spectacles dans des salons automobiles. Et une de ses publicités, pour un brillant à lèvres, allait paraître dans un magazine national.

Werner passa vite sur son bavardage désordonné et se concentra sur les contours de son visage, si lisse et sans défauts ; il aurait pu être façonné par un sculpteur de l'Antiquité, même si le marbre blanc avait été contaminé par le blush et l'auto-bronzant. Il s'imaginait qu'elle était Galatée, statue d'une femme d'une beauté parfaite sculptée par Pygmalion. A peine avait-il fini sa statue qu'il tomba follement amoureux de sa propre création. Il supplia les dieux de donner vie à sa statue, de transformer sa déesse de marbre en être de chair et de sang. Werner se sentait comme le vieux Pygmalion sur son tabouret, les mains calleuses et poussiéreuses, les yeux épuisés par des nuits de création fiévreuse, avec des éclats de pierre sous les ongles et dans les cheveux, le cœur battant trop fort en voyant le souffle des dieux emplir le marbre qu'il avait taillé et poli avec tant de passion. Bouche bée, rempli d'effroi et d'admiration, il voyait les membres s'animer, remuer sous le clair de lune, il voyait les pores du marbre irradier de chaleur et de parfum.

– Galatée ! cria-t-il en voyant les seins s'arrondir avec son premier souffle.

Des larmes apparurent dans ses rides remplies de poussière lorsqu'il la vit incliner sa tête au modelé délicat. Les yeux bougèrent. Les doigts fins repoussèrent de sa tempe une mèche de vrais cheveux, et un rayon de lune fit miroiter sur son front un voile de transpiration. Puis elle plongea la main dans les plis de sa toge dorique pour en sortir une Marlboro light.

– Hé ! Mac, z'avez du feu ? Du feu ? répéta-t-elle, alors qu'un de ses seins reniflait la table de verre à travers sa robe d'été.

Ses lèvres ressortaient par leur teinte cannelle et leur aspect humide. Werner voyait le creux sombre des clavicules où s'abandonnait une mèche égarée, puis les hanches arrondies et souples qui saillaient sous la taille froncée de la robe. Et Félicia tendait sa cigarette entre elle et lui, minuscule foyer qui les rapprochait l'un de l'autre.

– J'ai besoin de votre aide, murmura-t-elle.

Ça, c'était nouveau. Elle lui parlait vraiment à lui, au lieu de donner dans l'ambiance du lieu.

Il craqua une allumette et l'éclair du soufre illumina son visage l'espace d'un instant, avant de le replonger dans l'ombre. Elle lui lança un long regard par-dessus son nouveau cocktail rose.

– Est-ce que vous m'aiderez à mettre fin aux souffrances de mon père ?

Était-elle vraiment en train de lui montrer un bout de langue malicieux, ou goûtait-elle simplement la fumée ?

– Hum ! hum ! toussota-t-il, cherchant à articuler quelque chose à travers l'ivresse et l'épuisement. Et comment je vous aiderais à faire ça ?

70

– Je dois prendre un avocat pour empêcher Connie et l'hôpital de poser ce tube. On appelle ça une injection.

– Une injonction, corrigea Werner.

– Peu importe. L'avocat m'a dit que si je n'attaquais pas maintenant, je veux dire avant qu'ils lui mettent ce tube, il serait peut-être trop tard. Que l'hôpital pouvait garder mon père en vie pendant des mois, peut-être même des années, et que je ne pourrais rien faire pour les arrêter. Il a dit aussi qu'il me fallait deux médecins pour témoigner que mon père est dans un état de coma permanent.

– Parlez-moi de votre père. Qu'est-ce qu'il aurait voulu, selon vous ?

– Je n'ai même pas à réfléchir, je le sais. Il m'a dit souvent qu'il ne voudrait jamais être maintenu en vie par des appareils. Une fois, on regardait les infos, et on a vu quelqu'un dans le coma, branché sur des machines. La famille était en procès pour obtenir d'éteindre les machines. Il m'a pris la main et il m'a dit, aussi clairement que je vous le dis : « Félicia, je ne veux pas mourir comme ça. Si jamais ça m'arrive, je veux que tu leur expliques que je ne veux pas être traité comme ce type. Promis ? » Maman m'a dit que Papa avait servi dans la marine, qu'il était signaleur sur un bateau dans le Pacifique Sud. Une fois, il a failli mourir dans une explosion en mer. Juste après, il a écrit une lettre à Maman pour lui dire que si, un jour, quelque chose lui arrivait, il préférait s'en aller vite. Il ne voulait pas traîner comme ça, paralysé ou comateux. Il lui a écrit ça dans une lettre.

Et la fille a hérité de l'instinct médical de son père, pensa Werner.

– Est-ce que votre père a écrit un testament spécial où il aurait consigné ce qu'il voulait qu'on fasse en matière de soins médicaux si jamais il était frappé d'incapacité ?

– S'il l'a fait, en tout cas, Connie a peut-être déjà mis la main dessus : elle a trié tous les papiers après la mort de ma mère. En fait, mon père a d'abord épousé la mère de Connie. Je ne l'ai jamais rencontrée, parce qu'elle est partie avant ma naissance. Ensuite, il s'est marié avec Maman. Le truc, c'est qu'il était beaucoup plus vieux qu'elle. Mais elle ne l'a pas épousé pour son argent, parce qu'elle en avait plein de son côté. Ils aimaient beaucoup les gens, c'était des personnes très dévoyées...

– Dévouées...?

– C'est ça, oui.

– Et comment votre mère est-elle morte ?

– Cancer.

Tuée par une cellule terroriste, pensa Werner. Il ne voulait pas savoir quel type de cancer. Et si c'était un cancer du sein ? Il ne supportait pas la probabilité de risques héréditaires sur de tels spécimens.

– Je suis désolé.

– Ça n'est pas votre faute. C'est arrivé, c'est tout.

Il détailla ses yeux, leur contour délicatement peint, leur iris brillant d'un bleu cristallin contre sa peau bronzée. Il se rappelait une chevelure châtain clair, mais à y regarder de plus près elle révéla une grande variété de bruns, une nuance différente pour chaque mèche. Elle le fixa avec intensité, baissa lentement le front jusqu'à ce qu'apparaisse une ombre lunaire au-dessus de ses yeux. Elle leva le regard vers lui à travers un voile argenté, sa bouche couleur cannelle forma un sourire, puis elle prit un air timide et peu sûre d'elle.

– Vous pensez que vous pourriez m'aider, en cas de procès ?

Werner était toujours suspendu à ses yeux. Il se demandait s'ils se fermaient lorsque Félicia s'allongeait sur le dos.

– Il faut que j'y réfléchisse, et il faut que j'en parle au Dr Butz, ainsi peut-être qu'à d'autres médecins.

C'était la fin. Il sombrait dans le lagon de son subconscient. Il sentait la chaleur du sommeil engourdir ses paupières. Il s'enfonçait un peu plus entre chaque phrase, sans pour autant perdre le fil de ses pensées. Il erra jusqu'à la voiture, somnolent, tandis qu'elle le dirigeait, le relevant avec un gloussement chaque fois qu'il piquait du nez. Tout allait bien. Il était juste un jeune médecin un peu surmené qui avait besoin d'alcool et de sommeil. Est-ce que tout autre jeune homme surdoué, beau, riche et ambitieux n'en ferait pas autant ?

Avant qu'il ne tombe pour de bon dans les pommes, ils allèrent chez elle prendre un dernier verre. La sieste qu'il avait faite dans la voiture eut des effets miraculeux sur Werner. Il se réveilla sur le parking d'une résidence agrémenté d'arbustes décoratifs éclairés par des spots. Une fois à l'intérieur, il s'exclama : « C'est joli chez vous ! », alors qu'il n'avait aucun goût pour la décoration et n'en remarquait les détails que si on les lui faisait observer. En dépit de son ivresse avancée, il nota néanmoins plusieurs choses : les canapés couleur saumon, doux et moelleux, les fauteuils avec coussins assortis, le plafond cathédrale, voûté, orné de vitraux dans les roses veinés de rouge ; les murs roses et les coussins jetés par terre, d'un rouge profond. On avait dit un jour à Werner que les boiseries, c'était très chic, aussi prit-il bien soin de commenter : « Très chic, ces boiseries. »

– C'est du bois de rose massif, expliqua Félicia en tapotant de ses ongles vernis le chambranle ouvragé d'une porte.

Et il en vit davantage encore lorsqu'il accompagna sa vessie jusqu'au cabinet de toilette. Un gigantesque miroir était accroché au-dessus d'un lavabo en marbre strié en forme de coquillage. Werner vit les robinets anciens en cuivre, le revêtement velouté des murs, les petits paniers et les bocaux pleins de savons décoratifs, et les serviettes décorées de tant de dessins, rubans et broderies que même un rustre comme Werner comprenait qu'on ne devait pas s'en servir pour s'essuyer les mains.

C'était le cabinet de toilette le plus élégant et le mieux aménagé dans lequel il avait jamais été donné à Werner de pisser. Il lui sembla évident que tout individu debout – ou assis – dans cette pièce ne pouvait que ressentir le génie du lieu, tout comme dans ces chapelles de la Renaissance censées donner aux visiteurs l'agréable sensation qu'ils se trouvent au centre de l'Univers, à mi-chemin de Dieu et des créatures terrestres. Werner-l'humaniste se sentait donc merveilleusement épanoui dans le cabinet de toilette de Félicia. Debout face à la cuvette rutilante, entre le plafond et la fosse septique, il savait qu'il avait trouvé sa place dans la divine musique des sphères.

Ensuite, tout se déroula trop bien. La musique, l'amaretto, les lèvres, les langues, et on glisse du canapé, on s'étale sur le somptueux tapis pétale de rose, le tout sans une fausse note. Une poitrine splendide et amicale vint chatouiller les mains de Werner. La chevelure de Félicia se répandit sur son visage en un voile odorant et enchanteur.

Ils s'interrompirent et montèrent à l'étage, silencieux et essoufflés. Werner sentait son pouls battre derrière ses yeux. Les talons hauts et la petite robe pastel disparurent en un clin d'œil. Une fois sous les draps, incorporez la chair A à la chair B, faites chauffer le mélange, puis portez doucement à ébullition...

— Je ne peux pas, dit-elle.

Coup de tonnerre, quatre mots qui anéantissent tout. Werner bascula sur le coude et attendit.

— Je ne peux pas, répéta-t-elle.

— Pourquoi ? s'enquit Werner avec la voix d'un gentil médecin de série télé.

Elle soupira, un long soupir dans l'obscurité.

— Je ne crois pas que je puisse en parler maintenant.

Elle s'éclipsa dans la salle de bains et, en revenant, lui caressa le bras en lui demandant :

— Est-ce qu'on peut juste dormir ensemble ?

— Bien sûr.

« Bien sûr. Et je suis censé faire quoi, moi, pour soulager la congestion vasculaire périphérique dans mes corps caverneux ? »

Elle prit une profonde inspiration et glissa quelques mèches égarées derrière son oreille.

— Parfois, ça me fait mal, et je sais quand ça va me faire mal. Je ne suis pas vierge, je ne suis pas frigide non plus. C'est juste que, parfois, ça ne va pas, et que je sais que je vais avoir mal. Même si je sais qu'avec toi j'aimerais ça. Sauf que ça ferait mal.

— Lubrification, proposa le Dr Ernst.

— J'ai essayé. Et là, ça brûle.

— Tu as sans doute utilisé un lubrifiant à base de vaseline. Ça ne marche pas avec ceux-là. Il te faut un lubrifiant soluble dans l'eau. On en utilise tout le temps à l'hôpital, pour enfoncer les cathéters, les sondes nasales, pour les touchers rectaux, aussi...

Elle gémit et enfouit sa tête dans l'oreiller. Werner retourna sous les draps, épuisé par l'alcool et la dépense physique. Il avait accompli son devoir de jeune mâle saoul au sang chaud. A présent, il pouvait oublier tout ça et s'endormir.

– C'est peut-être une infection, murmura-t-il.

– Mon médecin dit que je n'ai rien de ce côté-là. En fait, j'ai déjà eu une infection urinaire. Je suis retournée le voir trois fois, et il a essayé de m'expliquer que ses cachets avaient résolu le problème, mais ses cachets n'ont servi à rien. Tu prescrirais, toi, de la tétracycline pour une infection urinaire ?

Werner sortit de sa torpeur.

– Je n'y connais rien en patients jeunes, bien portants, atteints d'infections urinaires. Ma spécialité, c'est garder en vie le plus longtemps possible des patients âgés en état de totale déchéance physique.

– Je crois que je l'avais déjà quand je suis retournée le voir, poursuivit-elle, mais ça devait être les premiers stades. Les germes se multipliaient, mais pas encore assez pour que les gens du labo détectent l'infection. Il y a des personnes qui ont de petites infections et qui ne remarquent même pas qu'elles vont aux toilettes plus souvent que d'habitude et que, quand elles y vont, ce n'est pas comme d'habitude. Je crois qu'on n'est pas assez à l'écoute de son corps, du moins tant que rien de grave n'arrive, mais là, c'est déjà trop tard. Une personne pourrait porter en elle pendant des années des infections mineures sans jamais les remarquer, sans jamais consulter un médecin, jusqu'à ce qu'un jour l'infection remonte jusqu'au foie et que ce soit le début de la fin...

– Jusqu'aux reins. Les infections urinaires graves peuvent s'étendre jusqu'aux reins, pas jusqu'au foie, l'interrompit Werner sans réfléchir.

Mais il se maudit aussitôt de n'avoir pas su retenir sa langue. Il poursuivit, comme s'il cherchait à se rattraper.

– Ce serait drôlement vicieux, de la part d'un paquet de bactéries programmées pour agir sur la vessie, de s'attaquer au foie.

– Oui, je voulais dire les reins. D'ailleurs, c'est ce qui est arrivé à la sœur d'une de mes amies. L'infection s'est étendue au rein, et on a dû lui faire une transplantation. Tout ça parce qu'elle n'a pas écouté son corps.

Werner se demanda s'il devait envoyer la facture directement à l'assurance de Félicia.

Puis, peu à peu, ils sombrèrent ensemble dans le monde féerique situé à la lisière de l'ébriété et de l'épuisement. Lorsqu'il porta machinalement la main à sa taille pour éteindre son bip, Werner se réveilla hors de l'hôpital et sans bip, allongé à côté de Félicia, qui grommelait dans son sommeil. Il se tourna vers elle et se mit à étudier ses seins, s'émerveillant de la tension des ligaments suspenseurs de Cooper, se demandant, tout en poursuivant l'inspection, si quelque part dans cette tendre poitrine une cellule maligne attendait l'occasion de se reproduire en masse pour former une tumeur.

Il retomba dans un sommeil éthylique peuplé de cauchemars. Il était dans une salle du Centre médical. Il sortait de la pièce et se retrouvait dans un couloir étroit et lumineux éclairé par une ampoule bleue, qui projetait un halo doux et lunaire sur tout le passage. Les portes des chambres alternaient avec celles des toilettes, et des couloirs obscurs bifurquaient et se dédoublaient comme les galeries d'un grand terrier de lapin.

Werner refermait tranquillement la porte derrière lui et faisait glisser une grande clé en métal dans la serrure rouillée. Il entendait alors des gonds grincer à l'autre bout du couloir et voyait se profiler la silhouette d'un homme, qui refermait tranquillement la porte derrière lui et, tout en regardant Werner, faisait glisser une grande clé dans la serrure rouillée. Ils se croisaient dans le couloir, deux croque-morts travaillant ensemble dans la même morgue depuis vingt ans.

– Tu as quoi, ce soir?

– Deux ou trois dingues qu'ils ont envoyés à l'asile. Et toi?

– Un certain Ernst, Werner Ernst. Il était docteur, là-haut. Une attaque cardiaque, je crois. Mais les poumons sont bons.

Werner suivait l'homme dans un laboratoire, où un autre homme portant un tablier de caoutchouc noir et des gants stériles était en train de recoudre les gencives d'un cadavre.

– Salut, Gilmore ! Ça boume ? lançait-il. Tu bosses sur les morts, ou quoi ?

– Non, répondait le collègue de Werner. J'en cherche juste un. Est-ce que tu aurais une attaque, un nommé Ernst, Werner Ernst, un genre de docteur ?

– Jeune ou vieux ? demandait Werner.

– Jeune, soixante-neuf ans à peu près. Il a claqué en haut pendant qu'on lui faisait un ECG.

– Ah ! oui, disait l'homme en caoutchouc. Je crois qu'il est en E9. Ils ont aspiré tout ce qu'il y avait dedans hier. Tout ce que tu auras à faire, c'est le nettoyer au jet et lui repeindre la figure.

Chapitre 5

Tandis que Werner dormait du mauvais sommeil du pécheur, Stella s'occupait du cimetière du labo de la mort. Elle préférait être de nuit, parce qu'il y avait moins de docteurs dans le service et que son autorité s'en trouvait renforcée, ce qui l'aidait à tenir les aides-soignants zélés loin de ses patients. Elle était dans le métier depuis assez longtemps pour savoir que, morts ou vifs, ce que ses patients voulaient le plus, plus même que des soins, c'était du sommeil. Elle avait un faible pour les cas de traumatisme et pour les maladies congénitales, elle s'y entendait comme personne pour apaiser les pontés qui s'emballaient ; d'un autre côté, elle rudoyait les tuberculeux, les alcooliques et les suicidés, et détestait les geignards et les râleurs. Elle ne souriait plus beaucoup, sauf quand elle pensait que ça calmerait un patient sur le point de lui donner du boulot en faisant une tachycardie ventriculaire.

Elle laissa un petit groupe d'internes et de biologistes dans la pharmacie et se glissa chez le Deux pour ses soins horaires. Elle ferma la porte du box, baissa les stores et la lumière des néons, et laissa derrière elle tout l'attirail de la Science.

Ici, sous la lumière artificielle, elle pouvait être seule avec son patient et, peut-être, devenir une personne à part entière pendant quelques minutes d'intimité.

Son arme secrète était la compassion, même si elle peinait pour en récolter les fruits. Et si la compassion, la gentillesse ou, Dieu nous en préserve, les prières, pouvaient faire des miracles, les résultats, eux, ne pouvaient pas toujours être confirmés. La Science n'en avait par conséquent rien à faire.

Le Deux était conscient et sa température avait dépassé le degré d'ignition de la chair humaine. Stella ne se rappelait pas la dernière fois qu'elle avait vu un patient avec une température axillaire de 39°. De toute évidence, celui-ci s'entraînait pour le *Livre des records*. Si ça continuait à monter, peut-être même flamberait-il tout seul, révélant ainsi un cas intéressant de combustion spontanée.

Stella s'empressa à divers réglages sur la couverture thermique, sorte de matelas en plastique rempli d'eau et branché sur une pompe avec thermostat, conçue pour réguler la température du Deux. Elle appuya sur un bouton du moniteur Swan-Ganz et recopia les données cardiaques sur les formulaires d'usage. Elle vérifia ensuite que les médicaments du Deux avaient bien été renouvelés, releva ses signes vitaux et fit un peu de rangement.

Elle détacha du corps les mains orange et osseuses et en prit une dans les siennes. La paume du Deux était chaude et sèche comme du vieux cuir ; des cristaux d'urée, vestiges de jours entiers passés à transpirer, formaient sur la peau comme une couche de vernis. Elle détendit les nœuds des attaches aux poignets et se rappela son premier jour de formation aux Soins intensifs. Elle et toutes les autres élèves infirmières avaient été tellement traumatisées de voir les patients cloués à leur lit. Elle avait demandé à l'instructeur : «Pourquoi ont-ils les pieds et les mains attachés ?» La réponse, implacable, n'avait pas tardé : «Pour les empêcher d'arracher leurs tubes.» Tout le monde s'était apparemment accommodé de l'explication. Personne n'avait demandé pourquoi les patients arrachaient leurs tubes.

Plus tard, quelqu'un avait expliqué à Stella que c'était les procès qui avaient enchaîné les patients car, chaque fois que l'un d'eux réussissait son extubation – c'est-à-dire sortait des Soins intensifs pour entrer au cimetière –, la famille attaquait les médecins et persuadait les jurés qu'un personnel médical compétent aurait prévu que grand-mère arracherait ses tubes et, par conséquent, l'en aurait empêchée.

– Je veux mourir, dit le Deux.

Il se roula en boule, puis redressa violemment la colonne vertébrale. Stella songea à un morceau de calamar froid jeté dans une poêle bouillante.

– Je sais, répondit-elle.

– Je plaisante pas, continua le Deux, en suivant du regard Stella qui passait en revue toutes les machines autour du lit.

– Je sais que vous plaisantez pas.

Elle avait un petit faible pour le Deux. Presque tous ses patients souffraient ou agonisaient, mais la plupart étaient intubés, gambadaient au pays des simplets et n'étaient pas en état de se plaindre. Quand par hasard ils pouvaient parler, c'était dans leur langue de légumes et ça n'avait aucun sens, sauf pour les rutabagas de leur espèce.

Le Deux avait déjà été intubé deux fois ; et comme, à chaque fois, ses fonctions pulmonaires s'étaient améliorées, les pneumologues l'avaient naturellement débarrassé de son tube. A présent il allait droit vers une nouvelle intubation, et comme il n'hallucinait pas encore, il lui restait suffisamment de conscience pour râler.

– Je ne veux pas retourner sous ce putain de respirateur, vous pigez ? Allez dire à ces putains de médecins qu'ils ont qu'à s'y mettre eux-mêmes, sous leur putain de respirateur. Moi, je refuse.

– Je vais l'inscrire dans votre dossier, lui promit Stella, mais je ne pense pas que ça arrangera les choses.

– Et pourquoi ?

– A cause de votre famille, répondit Stella. Il faut penser à eux, vous savez. Ils ne veulent pas que vous mouriez. Ils vous aiment. Votre fiancée, votre père, surtout... et, s'il y a une chance, ils veulent vous sauver.

– Mon père, je l'emmerde ! répliqua le Deux. Qu'est-ce qu'il y connaît, lui, à la mort ? Chez lui, elle a touché que le cerveau ! Qu'est-ce qu'ils savent de la mort ? Attendez un peu que ce soit leur tour, et ça va leur tomber dessus comme un gros paquet de merde !

Stella entendit la voix du Deux se briser et sentit son petit faible se réveiller. S'il lui était resté le moindre fluide dans le corps, il aurait probablement pleuré. Elle lui prit la main et posa un regard plein de tendresse sur son visage orange et brûlant.

– Je suis en feu, lui dit le Deux, je transpire de l'essence de partout. Vous pouvez pas me donner des pilules, ou quelque chose, ou arrêter ces foutues machines ? Arrêtez tout ça, d'accord ? C'est fini. Je suis tombé malade, je suis mort, d'accord ? Qu'est-ce que ça peut bien foutre ? Ça fait cinq millions d'années que les gens tombent malades et meurent. Cette fois-ci, c'est mon numéro qui est sorti, et vous voulez changer les règles ?

Stella regarda le Deux des pieds à la tête et envisagea les options qui s'offraient à elle. Il y avait toujours le code lent. Elle pouvait le laisser plonger et avoir du mal à se rappeler ce qu'on doit faire en cas de code. Par exemple, elle pourrait commettre cette erreur très courante qui consiste à faire passer dans l'ambu de l'air comprimé à la place de l'oxygène. Dans la confusion générale, elle pourrait très bien oublier d'appeler le service d'annonce et, quand ils en seraient informés, il serait déjà trop tard. Elle pourrait aussi lui donner trop de potassium, par erreur, bien sûr, une erreur qui transparaît rarement lors de l'autopsie d'un patient malade du rein... Les électrolytes farfelus chez ce genre de patients sont aussi surprenants que des nuages par temps de pluie. Récemment, le Deux avait aussi été mis en renutrition parentérale, ce qui risquait de faire monter le sucre dans le sang et exigerait ainsi une injection d'insuline – dont la surdose, elle aussi, serait très difficile à détecter à l'autopsie...

– Je vais mettre ça dans votre dossier, répéta Stella, et demain, quand le médecin viendra, vous lui répéterez ce que vous venez de me dire.

Le petit faible de Stella se réveillait. Elle le sentait dans l'envie qu'elle avait d'aider le Deux. Elle se demanda de nouveau si ce petit faible était dû à l'opération qu'elle avait subie trois ans plus tôt, après s'être découvert une grosseur au sein gauche.

Elle avait demandé à l'un des médecins de vérifier. « Ne vous inquiétez pas, lui avaient dit les internes, c'est probablement un problème fibrocystique, c'est tout. Il y a plein d'autres maladies que le cancer qui causent des grosseurs. »

Trois jours plus tard, son cancérologue s'était penché en travers de la table et avait dit : « L'échantillon que nous avons analysé révèle la présence d'une tumeur maligne. »

Le mot « tumeur » s'était enroulé comme un tentacule autour de sa gorge. Une seule phrase l'avait transformée en patiente. Elle avait crié, elle avait tout cassé, comme une patiente. Elle avait supplié qu'on vérifie s'il n'y avait pas une erreur, exactement comme le faisaient les patients et leur famille. Elle avait à peine retrouvé un semblant de calme que le cancérologue s'était de nouveau penché vers elle et avait ajouté : « Le chirurgien s'inquiète surtout au sujet de l'aisselle. Vous avez des ganglions lymphatiques détectables au toucher. »

Les réponses aux questions évidentes concernant les pourcentages, les pronostics et l'espérance de vie n'étaient pas bonnes.

— Mon métier consiste à informer les patients, avait déclaré le cancérologue d'un ton brusque, et je dois le faire, qu'il s'agisse de bonnes ou de mauvaises nouvelles. Ensuite j'aide le patient à prendre des décisions, au vu des choix possibles. Laissez-moi vous montrer où vous vous situez sur ce schéma, qui est le résultat d'une étude faite sur deux mille femmes atteintes de votre type de cancer.

Il avait sorti la photocopie d'un diagramme et indiqué la barre des 20 %.

— Je vous mets à peu près ici, avait-il dit. Cela représente vos chances de vivre encore cinq ans. Et croyez-moi, le chirurgien était moins optimiste.

— Est-ce que ce sera cinq ans de vie, ou cinq ans à produire des signes vitaux ? avait demandé Stella.

Quand elle était sortie de ce bureau, elle s'était retrouvée sur une autre planète. Une planète plus grande, plus éclatante et plus impersonnelle que la Terre. Au lieu des perturbations de gravitation auxquelles elle s'attendait depuis qu'elle avait vu les hommes sur la lune, c'était le temps, non la gravité, qui était faussé. Au lieu de peser un sixième de son poids sur terre, Stella voyait passer le temps six fois plus rapidement. L'éternité se trouvait raccourcie, réduite à l'échelle de cinq années, tandis que les secondes, elles, étaient devenues de grandes pièces où Stella pouvait s'asseoir et se dire qu'elle était en train de mourir.

Elle n'arrivait pas à dormir parce que, à chaque fois qu'elle se mettait au lit, elle sentait l'odeur des fleurs et se voyait dans un cercueil, morte, et elle entendait les gens parler d'elle au passé.

Les spécialistes lui avaient fait subir toute la gamme habituelle des scanners pour voir si le cancer s'était déjà généralisé. Les examens ayant d'ordinaire lieu un vendredi, elle attendait les résultats tout le week-end. Puis elle avait dû patienter toute la semaine avant de passer en chirurgie, et rester là, assise, à se demander si les chirurgiens allaient l'ouvrir et trouver qu'elle «en était pleine», comme ils disent dans le métier, ou bien s'ils allaient la recoudre et lui dire de rentrer chez elle.

Mais le cancer ne s'était pas encore généralisé. Les chirurgiens avaient essayé de tout retirer, mais on ne pouvait pas être tout à fait sûr. Seul le-temps-qui-passait-six-fois-plus-vite le dirait. La maladie pouvait resurgir dans n'importe quelle partie du corps, n'importe quand, et il faudrait alors cinq ans, ou trente, selon la perspective choisie, pour savoir si elle avait atteint ses chances de survie. Et, même après ces cinq ans, il pouvait toujours éclater un beau jour, en se faisant annoncer par une quinte de toux sèche, une douleur abdominale, ou une migraine.

Le lendemain de sa sortie de l'hôpital, elle avait passé la journée à regarder le soleil jouer dans les cheveux de sa fille de quatre ans, et était incapable de décider si elle préférait manquer désespérément à Tammy, ou que la petite l'oublie complètement. Elle s'imaginait Tammy en train de demander à son nouveau tuteur, entre deux bouchées de céréales : «Est-ce que ma maman est au ciel ?»

Depuis son drame, même le refrain d'une publicité ou la cassette de chansons qu'elle mettait pour sa fille étaient chargés de pathos et de tragédie. La chanson «Rockabye, Baby» lui faisait monter les larmes aux yeux; elle l'avait chantée, elle l'avait écoutée pendant des décennies sans jamais entendre la partie sur la branche qui casse et le berceau qui tombe.

Pendant les deux années qui avaient suivi, dès qu'elle était malade ou ressentait la moindre douleur où que ce soit, elle pensait que c'était une nouvelle tumeur qui se développait. Elle avait lu des livres sur les zones où le cancer était le plus susceptible de réapparaître – les poumons, le foie, le cerveau – et quelle mort lui serait réservée dans chacun des cas. Chaque nuit, elle palpait le sein qui lui restait et pouvait jurer qu'il était plein de grosseurs.

Elle s'était mise à regarder des bougies brûler. Et quand elle les observait, seule, elle se demandait : «Et si c'était la dernière fois que je regarde une bougie brûler? Et si c'était mon dernier printemps? Et si c'était mon dernier Noël?»

A présent, arrivée à une échéance des trois ans, elle se disait qu'elle n'était pas en plus mauvais état que n'importe qui d'autre sur cette terre; après tout, on pouvait tous mourir demain... La seule chose qui avait changé en elle, c'était cette petite faiblesse, ce petit point à l'intérieur d'elle-même qui savait qu'elle aussi, elle pourrait se réveiller intubée, attachée à un lit dans une pièce remplie d'inconnus en blouse blanche.

Quant au Deux, il savait bien qu'il gravitait dans l'espace intersidéral, quelque part au-delà de Pluton, caché par des interférences radar, bien à l'abri dans l'ombre d'une «naine blanche». On le retenait de force dans une station spatiale, laquelle avait été colonisée très longtemps auparavant par des scientifiques renégats qui avaient lentement muté en une nouvelle souche de créatures. Les gouvernements sur terre, ainsi que la presse, n'en étaient même pas informés, car le secret avait été bien gardé par la fraternité d'élite des scientifiques qui avaient découvert cette station.

Le Deux faisait partie d'un projet expérimental top secret visant à déterminer la fiabilité médicale de la vie éternelle. Des études préliminaires avaient démontré que – à condition que la nutrition et la ventilation demeurent constantes – la douleur continue avait un effet rajeunissant sur les vertébrés. Un prix Nobel chanceux avait découvert que la douleur stimulait les cellules, par un processus physiologique encore inconnu, et engendrait une réaction cellulaire mitogénique qui annulait le processus de vieillissement. Il pourrait devenir possible de vivre des centaines, voire des milliers d'années, aussi longtemps que le vertébré concerné serait maintenu dans un état de souffrance adéquat. Fascinant. Les débouchés médicaux devenaient infinis.

Le Deux était donc parfaitement conscient, et il souffrait. Les siècles s'écoulaient devant ses yeux. Il avait lancé une pétition pour le droit de mourir après mille ans, mais il fallait cent cinquante ans pour lancer la procédure. Il fallait la renvoyer sur terre et la faire approuver par trois générations de comités scientifiques et de cours d'appel.

Soudain, la fièvre s'empara de lui. Le Deux avait si chaud qu'il fit fondre les coutures en plastique de sa couverture thermique et que de la vapeur s'éleva partout autour de lui. Il inspira désespérément, cherchant de l'air, tandis que la brûlure et la nausée montaient en lui par vagues insoutenables.

– Tout, mais pas ça ! Pas les trois fièvres ! Pas ça ! gémit-il à l'intention de l'infirmière en chef de l'espace qui le retournait dans son lit.

La fièvre venait toujours par séries de trois. De haut en bas, trois fois. Trois fois. Comme Pierre renia le Christ trois fois. Comme on dit trois fois « et alors » pour les mauvaises blagues dans lesquelles le dernier « et alors » est toujours la chute. Comme les trois figures de la sainte Trinité. Comme les trois « êtres » dans le box du Deux en ce moment même – enfin, si...

Oh, oh. C'était donc ça. Assise là-bas, près de la fenêtre, c'était... Le Deux n'osa pas dire son nom. Il n'osa même pas penser son nom. Certaines tribus africaines n'appellent jamais un serpent par son nom de peur qu'il ne réponde et n'apparaisse. Les Hébreux ne prononcent pas le nom de Dieu, et le Deux, par instinct, ne parvint pas à prononcer le nom de qui-vous-savez. Cependant, il ne pouvait pas s'empêcher de la regarder, du coin de l'œil, juste par curiosité.

En dessous de la taille, la Chose sans Nom avait tout du bouc, un pelage hirsute et nauséabond, des jambes arquées de faune et des sabots fendus. Au-dessus, c'était un torse humain, mais la peau était celle d'un reptile ou d'un crustacé, composée d'une carapace de homard rouge et de coquillages carbonisés. Le plus dérangeant, c'était les yeux orange, cerclés de cernes profonds, noirs et encrassés, et scrutant tout, par-dessus une barbe de paille de fer pleine de cendres et de suie.

La Chose sans Nom portait un polo rouge et des lunettes à monture d'écaille parfaitement assorties aux cornes de bouc qui sortaient de sa tête. Une queue musclée et pointue se balançait dans son dos.

Le Deux se roula en position fœtale, ses articulations brûlaient de fièvre et le démangeaient, mais de l'intérieur, là où il ne pouvait pas se gratter.

– Salut, dit la créature, je suis le Cornu. On m'a envoyé vous expliquer une chose ou deux.

– Je veux mourir, dit le Deux. Enfin, je veux dire... si je ne suis pas déjà mort.

Le Cornu gloussa doucement et prit un siège, puis croisa ses jambes de bouc avec beaucoup de précaution. Le Deux ne le quittait pas des yeux.

– Vous travaillez pour ces types des pompes funèbres ou pour quelqu'un d'autre ?

– A votre place, je ne m'embarrasserais pas de détails, suggéra le Cornu. Commençons par le commencement et peut-être que nous parlerons de contrat plus tard.

Le Cornu se retourna et se mit à caresser doucement sa queue, qu'il avait ramenée vers l'avant.

– Vous avez du mal à exprimer aux autres ce que vous voulez, n'est-ce pas ?

– Comment vous le savez ?

– Je sais tout, répondit le Cornu en lui montrant le dossier métallique qu'il portait sous le bras. Bien..., dit-il en farfouillant au milieu de reçus et de copies au papier carbone, vos antécédents sont... « catholique, non pratiquant ».

Il nota quelque chose sur un morceau de papier.

– Ça facilite les choses.

– Ah oui ? demanda le Deux.

– Oui, répondit le Cornu. Vous, vous entendez ce que vous disent les gens, mais eux ne vous comprennent pas. Parce que vous êtes au purgatoire et pas eux.

– Quel rapport avec le fait d'être catholique ?

– Ça change tout, répliqua le Cornu en plissant ses yeux orange. Seuls les catholiques vont au purgatoire, parce que seuls les catholiques croient au purgatoire. C'est comme ces tribus africaines qui, parce qu'elles n'ont pas de mot pour dire « non », sont incapables de refuser quoi que ce soit.

– Je vois, soupira le Deux. Alors, je suis déjà mort.

– En fait, c'est une question que nous traiterons un peu plus tard au cours de notre... thérapie, dirons-nous. Il est tout à fait possible d'être au ciel, en enfer ou au purgatoire en étant toujours vivant. Tout dépend de la façon dont vous définissez ces termes.

– Ah !

– Écoutez : votre vrai problème, c'est que votre maladie vous a rendu totalement inutile pour autrui. Vous êtes devenu un fardeau pour les vivants. Les autres n'ont strictement rien à gagner à être gentils avec vous. Vous et votre maladie ne représentez ni plus ni moins qu'un sale boulot que l'on essaye de refiler au voisin. Ceux qui vous sont chers continueront peut-être, à cause d'une certaine inertie émotionnelle, à vous témoigner une sorte d'affection instinctive, mais même eux finiront par vous fuir.

Des larmes coulèrent sur les joues du Deux, à sa grande surprise. Il ne pensait pas qu'il restait quoi que ce soit de liquide en lui.

— Je vais dire ça autrement, continua le Cornu. Quand vous étiez en pleine santé, que vous couriez après l'argent et les femmes, combien de temps avez-vous passé à réconforter les mourants ? Pas beaucoup, je vous assure, et je vais vous dire pourquoi : c'est déprimant, c'est du travail gratuit et désagréable. Alors qu'est-ce que vous attendiez de la part de vos amis ? Qu'est-ce qu'ils sont supposés faire ? Vous envoyer des cartes qui diraient : «Bon rétablissement», «Dans l'espoir que ça aille mieux», ou bien des histoires drôles ? «On espère que le médecin prend bien soin de la grosseur que tu as dans le portefeuille», ou encore «Alors comme ça, tu as refilé ton mal de crâne à ton médecin ?».

Le Cornu se mit à rire de bon cœur, découvrant une rangée de dents noir et or et une langue bombée, luisant d'une salive sanglante.

— Vous n'avez rien à offrir à personne. Rien. A part une chose.

— Quoi ? demanda le Deux.

— Votre assurance vie.

Le Cornu se tordit de rire, avant de reprendre :

— Enfin, moi, je ne peux garantir que l'assurance...!

— Allez-vous-en, murmura le Deux.

Le Cornu leva les yeux de son dossier et sourit au Deux.

— C'est un calvaire, n'est-ce pas ? Attaché dans ce lit ; endurer tout ce que vous endurez, supporter la torture heure après heure, et tout ça pour rien... Vous avez pensé à vos amis ? Ils ne sont pas là ! Normal, ils sont en bonne santé, eux. Ils sont avocats, agents d'assurance, courtiers en Bourse. Ils discutent entre eux des avantages du gril au propane par rapport au gril au charbon. Ils n'arrivent pas à choisir entre un broyeur à ordures et un lave-vaisselle. Ils attendent des enfants. Ils remboursent les traites de la voiture. Ils essaient de nouveaux vins, plus chers, pendant que vous êtes ici en train de souffrir, et tout ça pour quoi ? Pour pouvoir souffrir encore plus demain !

— Sortez d'ici..., articula le Deux.

– Ce qui me dégoûte vraiment, ajouta le Cornu en souriant de toutes ses dents et en réprimant un fou rire, c'est de penser comme tout ça est injuste. Pourquoi est-ce tombé sur vous ? Pourquoi ce sont vos reins qui ont lâché, et pas ceux de quelqu'un d'autre ? Est-ce que vous vous rendez compte que, pour un jeune homme de votre âge, les chances de tomber sur un syndrome de Goodpasture sont approximativement de une sur un million quatre cent mille ? Vous savez ce que ça veut dire ? Ça veut dire qu'il y a là-dehors un million quatre cent mille types exactement comme vous, sauf qu'eux, ils n'ont pas et ils n'auront jamais de syndrome de Goodpasture. Ils ne sont pas au purgatoire, à souffrir et à mourir comme un vulgaire hamster. Ils ne brûlent pas de fièvre et ne jouent pas les cobayes dans un laboratoire spatial. La plupart de ces types vont mourir dans leur sommeil à l'âge de soixante-douze ans.

Le Deux réussit à attraper une petite cuvette en métal et vomit en en renversant un peu à côté, mais en mettant l'essentiel dans le récipient. Stella Stanley entra avec un gant de toilette chaud et une seringue.

– Vous devenez très bon avec cette cuvette, Maynard. Merci d'avoir limité les dégâts. A charge de revanche.

– A boire ! supplia le Deux.

– Je suis désolée, répondit Stella, vraiment. On ne peut pas vous donner d'eau parce que vos reins ne marchent plus. Mais je peux vous tamponner la bouche, si vous le désirez.

– Au vinaigre ? demanda le Deux, inquiet.

– Mais non, mon grand, gloussa Stella. Tu me prends pour l'abominable Cruella, ou quoi ?

– Je croyais que vous étiez avec lui, dit le Deux en agitant le bras vers le Cornu.

– C'est le Dr Hansen, dit Stella.

– Je suis toujours là, chantonna le Cornu d'une voix malicieuse. Ne le lui dites pas, mais je vais me faire une bonne ventrée de côtelettes grillées. Qu'est-ce que vous diriez d'une petite côtelette avec ma sauce spéciale ?

Le Deux eut un renvoi au goût de soufre et réprima un frisson nauséeux. Il sentit son corps faible repartir dans la fièvre, il essaya frénétiquement de respirer, pour chasser cette brûlure. Le feu. S'ils venaient ouvrir son crâne au marteau et au scalpel, il en sortirait des serpents et de la lave bouillante.

– Oh ! mon Dieu ! supplia le Deux, laissez-moi seulement mourir !

Dans une odeur de roussi, le Deux vit le Cornu poser une main écailleuse sur son front. Il leva la tête ; regarda la peau de lézard lustrée avec ses petits galets rouges ; et il vit avec horreur que, sur chacune des écailles couleur de rubis, se reflétait son propre corps sur son lit de mort.

– Je déteste avoir à vous apprendre ça, lui dit le Cornu, mais vous êtes déjà mort. Et après la mort, la fièvre est encore pire.

– Sortez-le d'ici ! hurla le Deux.

– J'appelle l'anesthésie, dit l'interne à Stella. Il ne passera pas la nuit si on ne le remet pas sous respirateur.

Après la réintubation, Stella fit la toilette du Deux avec un gant blanc, chaud et savonneux, et prit grand soin de rincer le rectum irrité et de l'enduire de lotion adoucissante. Elle tourna délicatement le Deux dans un sens, puis dans l'autre, comme une enveloppe de verre sur des os séchés. Elle chercha les taches rouges enflammées des escarres dues à l'alitement prolongé.

Quand le tube fut remis, les yeux du Deux se vidèrent, ses pupilles humides se dilatèrent et fixèrent le néant avec le regard liquide d'un poisson mort. Quelle que fût sa position dans le lit, ses yeux restaient fixés au plafond, le point de focalisation des mourants.

Après l'avoir lavé, Stella lui massa le corps avec une huile spéciale, pour apaiser la démangeaison causée par les dépôts urémiques sur sa peau jaune et sèche. Avec les lumières tamisées et les stores baissés, elle put se perdre dans le rythme de ses caresses et, pendant quelques minutes, le corps du Deux devint son corps à elle. Elle l'examina avec la même intensité, la même vigilance tendre que lorsqu'elle se baignait ou se palpait à la recherche de nouvelles grosseurs.

Elle sentit monter une autre crise, ce phénomène qui apparaissait avec une régularité pernicieuse depuis à peu près un an. Elle se disait que la meilleure dénomination aurait été : « larmes idiopathiques incontrôlées ». « Elle pleure... », pensaient les gens qui la regardaient. Mais elle était dans le métier depuis si longtemps que plus rien ne pouvait l'atteindre. Ses mains avaient tout touché, depuis les plaies infectées jusqu'aux incisions non refermées ; elle avait tout vu, de l'overdose au sida en phase terminale, en passant par d'indescriptibles brûlures, des syphilis, des gangrènes, des intestins nécrosés, et ainsi de suite. Elle avait vu des choses qui lui avaient laissé des bleus sous les yeux. Cependant, pour une raison inexplicable, après toutes ces années de guerre des tranchées, ces étranges... manifestations avaient commencé à se produire. Pleurer sans rien ressentir. En général, les larmes la prenaient complètement par surprise, non pas à des moments de tension particulière, non pas à la suite d'un traumatisme, non pas à des moments « émouvants » ou choquants, mais totalement au hasard, des crises de pleurs impromptues en plein milieu de la journée de travail d'une infirmière aux Soins intensifs. Au fond d'elle-même, elle ne ressentait rien. Elle hydrata les lèvres sèches du Deux avec des tampons citronnés et lui appliqua des lotions apaisantes. Elle était dans le même état que si elle avait mangé un sandwich au jambon ou joué au black-jack. Fallait-il faire le pli ? Laisser la main ? Elle ne ressentait rien. Vue de l'extérieur, elle prenait soin du Deux, tenait une de ses mains osseuses et orange dans les siennes, lui caressait le front, était tendre avec lui sans raison précise... et pleurait.

Chapitre 6

Le lendemain, Werner arriva en retard à l'hôpital car Félicia ne voulait pas croire que qui que ce soit sur terre doive commencer à travailler à 6 heures du matin.

Le soleil se leva, et les vrais médecins – les chirurgiens du thorax, les néphrologues, les pneumologues, les radiologues, les chefs de tel ou tel service – commencèrent à arriver entre 6 heures et 7 heures, lumières du monde médical qui se croisaient rapidement dans les couloirs, et faisaient tout ce qui était en leur pouvoir pour en mettre plein la vue au voisin. Pendant la journée, Werner devait réintégrer sa place parmi ceux qui n'étaient que de petites loupiotes dans la hiérarchie médicale, de simples reflets de l'éclat irradiant d'en haut. Au cours de la journée, il devait obéir aux ordres avant d'en donner, et se faire hurler dessus avant de hurler sur d'autres. Il devait oublier son sourire suffisant, porter de vraies chaussures, une cravate et un vrai pantalon.

Frais et dispos après huit heures d'un sommeil réparateur dans des maisons protégées par des alarmes, les vrais médecins arrivaient, remontés à la caféine et prêts à attaquer une courte journée au service de l'Argent et de la Médecine. Ils appelaient leur secrétariat sur leur tout nouveau portable, vérifiaient leur bip, et attrapaient leur stéthoscope. Ils garaient leur voiture de luxe sur des places de parking réservées, juste à l'entrée des urgences. On avait calculé que cet expédient très simple faisait économiser à chaque médecin environ quinze minutes par jour, pendant lesquelles il n'avait pas à faire le tour du quartier à la recherche d'une place, ce qui représentait au final des heures de soins en plus.

Aux environs de 6 h 30, Werner rencontra Roy Hansen à la cafétéria, et ils s'informèrent des nouvelles auprès du médecin qui était de garde la nuit précédente. Hansen était le « numéro 3 » de Werner, son « senior », c'est-à-dire l'interne de troisième année immédiatement au-dessus de lui. Hansen était censé surveiller le travail de Werner, de même que Werner surveillait celui de deux internes en dessous de lui, chacun des échelons ayant un an d'ancienneté et d'expérience de plus que le précédent.

Dans l'idéal, le numéro 3 était un grand frère ou une grande sœur pour l'interne en deuxième année, connu sous le nom de « numéro 2 ». Un bon 3 laissait son 2 apprendre en faisant des erreurs. Un bon 3 laissait son 2 penser que le patient était en acidose respiratoire, jusqu'à ce que les gaz du sang indiquent que c'était métabolique. Un bon 3 laissait son 2 s'embarquer dans un code bleu et administrer trop de bicarbonate avant d'avoir saisi ce qui arrivait au patient. Un bon 3 souriait quand son 2 prescrivait de l'Isuprel, alors que tout le reste de l'équipe de code bleu savait qu'il fallait donner de l'atropine. Un bon 3 laissait son 2 se tromper à la lecture d'un ECG, prescrire les mauvais dosages et paniquer aux urgences.

Un bon 3 savait qu'une urgence, ça n'existait pas. Dans le pire des cas, le patient mourait et, comme la majorité des malades faisaient tout pour ça, il n'y avait pas de drame quand ils y parvenaient. Un bon 3 savait que, lorsque cela arrivait, le plus important était de vérifier que la faute en incombait entièrement au feu patient et que personne d'autre n'était responsable. Il fallait être sûr que quiconque viendrait fourrer son nez dans le dossier du mort repartirait avec la certitude que le 2 et le 3 avaient tenté l'impossible pour l'empêcher de passer dans l'au-delà.

Si tout à coup quelque chose tournait mal avec un patient qui n'avait seulement qu'à moitié envie de mourir, et qu'on murmure dans l'hôpital que quelqu'un avait tellement merdé qu'aucun formulaire bien tourné ne pourrait sauver le coup, alors 2, 3 et tous ceux en dessous se retrouvaient avec deux zéros après leur nom. Comme dans 007 : autorisé à tuer. Et les sarcasmes de leurs pairs les poursuivaient pendant tout le reste de leur internat, jusqu'à ce qu'ils fassent un diagnostic éblouissant ou procèdent à une intervention difficile, sous pression et devant témoins.

Le numéro 3, c'était celui que le numéro 2 pouvait appeler aux heures où la mort rôde et où les Soins intensifs se transforment en nuit des morts-vivants, avec des mauvais génies et des démons hurlant comme des damnés. A l'heure où la Mort colle son groin répugnant contre les vitres des box, où la Famille s'accroche à la manche du numéro 2, où les corps mutilés font résonner leurs alarmes en chœur. A l'heure où, au lieu de sortir de leurs tombes profanées, les macchabées arrachaient leurs perfusions et leurs tubes pour pouvoir enfin s'allonger dans leurs cercueils et dormir une fois pour toutes. Quand le numéro 2 avait essayé tout ce qu'il connaissait pour, finalement, ne faire qu'aggraver la situation, il attrapait le téléphone et appelait son numéro 3 chez lui.

Le principe était que le 3 en savait plus que le 2, ce qui était très dommage pour Werner, qui aurait pu faire tenir tout ce que Hansen connaissait en matière de médecine interne dans un tube à essais. Hansen n'aimait pas pratiquer la médecine ; il aimait être médecin. Il avait eu tout ce qu'il désirait dès sa sortie de l'École de médecine : il pouvait brancher n'importe quelle blonde dans un bar et lui dire qu'il était médecin. Il gardait pour lui son classement à l'examen.

A sa sortie de l'école, Hansen avait compris qu'il n'était qu'un novice évoluant au milieu de superegos et d'intelligences supérieures. Il avait aussi compris que, s'il voulait se distinguer en apprenant plus que tous ces types, il y passerait les vingt prochaines années de sa vie. Il était hors de question de travailler dur, mais la médiocrité totale lui était insupportable. Alors, plutôt que d'apprendre quoi que ce soit en médecine, Hansen avait simplement développé une personnalité haute en couleur, un tempérament fringant qui le classait hors compétition. Il portait des santiags et des chemises western, il

95

chiquait du tabac et courait la gueuse, et s'était associé à trois autres médecins pour acheter un cheval de course. Werner savait que, selon Hansen, le look du cow-boy sympa tout droit sorti de son ranch marquait un contraste séduisant avec l'image traditionnelle du médecin perdu dans ses bouquins. Le problème, c'est que quand Werner parlait à Hansen, il ne voyait en lui rien du médecin perdu dans ses bouquins. Il voyait un cow-boy.

Quand Werner était seul dans le service, pataugeant dans le sang et le dégueulis, il savait qu'appeler Hansen ne le soulagerait pas, parce qu'il savait qu'une fois rentré chez lui et confortablement installé au lit, le cow-boy-médecin avait une conception toute personnelle du diagnostic. L'aspect dangereux de la question n'avait pas frappé Werner, jusqu'au jour où il s'était un peu emmêlé les pinceaux et avait appelé son numéro 3 au secours.

Il était 4 heures du matin. Un ponté de soixante-quatorze ans, remonté depuis quelques jours, s'était mis à baragouiner n'importe quoi. Ce n'était pas le délire habituel des cas de rétention de CO_2, de syndrome de Sundown ou de psychose des Soins intensifs. Le type ne s'imaginait pas qu'il était un disciple sur la route d'Emmaüs, il ne braillait pas non plus à Jeb d'amener le tracteur devant la grange. Tout ça, c'était la routine. Les patients des Soins intensifs racontaient rarement des choses cohérentes, sans doute parce qu'ils ne dormaient jamais. Il y avait toujours quelqu'un pour leur faire quelque chose : la toilette, le remplacement des perfusions, la tension, les prises de sang, la vérification des machines. Comme si l'agitation ambiante pouvait éloigner du patient le Sommeil et sa grande sœur, la Mort.

Mais là, en plus de dire n'importe quoi, le patient semblait incapable de formuler des mots intelligibles. Chaque fois qu'il essayait de dire quelque chose, il inventait au fur et à mesure une nouvelle langue. Si Werner écoutait attentivement, il pouvait parfois distinguer des syllabes, comme si les mots étaient coupés en deux à la hache dans la tête du patient, et débités en hybrides mal raccordés lors du passage par la bouche ; dans le métier, on appelait ça de la salade de mots. Très bizarre. Werner s'était rabattu sur le téléphone, avait appelé Hansen et lui avait donné toutes les informations : gaz du sang, résultats du labo, des scanners, et relevé de l'EEG. Hansen avait bâillé, avant de répondre : « Bon sang, Werner, je ne sais pas, pour moi ce type se fait une EP. »

L'hypothèse avait frappé Werner. C'était tout à fait plausible, car une EP, ou embolie pulmonaire, c'est-à-dire un caillot de sang dans le poumon, pouvait frapper tout le monde ou presque dans cet hôpital, les symptômes étant variés et les conséquences sur l'organisme, multiples. Tant et si bien que, si tout avait subitement lâché, il y avait fort à parier qu'une EP était survenue avant, pendant, ou après tout autre symptôme.

La fois suivante, lorsque Werner avait appelé Hansen, le patient était un jeune homme de trente-trois ans qui souffrait de la maladie de Hodgkin : il faisait une hémorragie massive, à bâbord et à tribord, tous azimuts. Werner cherchait alors fébrilement le moyen de garder le sang à l'intérieur de son patient. Les rayons et la chimio avaient tué la plupart des plaquettes, et une fois l'hémorragie commencée, il avait semblé ne plus y avoir assez de cellules pour former un caillot et tout arrêter.

– Je lui ai déjà donné vingt unités de plaquettes, cinq de plasma frais congelé et vingt milligrammes de vitamine C. Et il pisse toujours le sang de partout !

A l'autre bout, Hansen avait grommelé quelque chose à quelqu'un.

– Ma foi, Werner, je ne sais pas, à ta place je penserais à une EP.

Vu l'ampleur des autres maux du patient, la suggestion d'une EP avait été pour Werner aussi utile qu'un clignotant en cas de collision frontale. De plus, comme le patient paraissait incapable de faire des caillots où que ce soit, et surtout dans les poumons, Werner avait raccroché et décidé de se débrouiller par ses propres moyens.

97

La toute dernière fois que Werner avait appelé Hansen pour l'aider à régler un cas difficile, un patient atteint d'anévrisme cérébral et qui se plaignait de douleurs abdominales graves, Hansen avait demandé à Werner de rester en ligne le temps qu'il consulte son manuel Merck. Deux minutes plus tard, il était de retour.

– Je parierais sur une douleur consécutive à une EP, avait dit Hansen tout à fait sérieusement.

Ç'avait été l'arrêt de mort de la relation de travail entre Werner et Hansen. A partir de ce jour, Werner avait été tout seul aux Soins intensifs, portant la lourde responsabilité de huit corps tout au long de ses nuits de garde.

Mais les deux internes ne pouvaient pas éviter de se croiser chaque matin à la cafétéria ; crème et sucre pour Hansen, noir pour Werner. En général, ils réussissaient sans mal à s'injurier au moins une fois pendant qu'ils récapitulaient les événements de la nuit précédente, et aucun n'avait l'intention de faire de compromis, compte tenu de leurs extrêmes divergences en matière de médecine.

A 6 h 45, Hansen et Werner retrouvaient le Dr Paul Marlowe, le chef des internes, un grand type à l'air benêt qui ressemblait au John Lennon de la période pépère. Tous les internes à qui Werner en avait parlé lui avaient dit que Marlowe était l'esprit médical le plus brillant à avoir jamais occupé ce poste au Centre médical ; cependant, comme Werner n'avait jamais eu l'occasion de parler médecine avec lui, il n'avait pas pu mesurer toute l'étendue du savoir de Marlowe. Ce dernier buvait du thé, pas de café, et quelqu'un avait dit un jour à Werner que c'était un truc mystique ; que Marlowe était un adepte zen, qu'il avait vécu en Inde, qu'il avait connu l'illumination et qu'il avait découvert qu'en-deçà et au-delà du Satori, il y avait la Médecine.

Ce matin-là, Marlowe les rejoignit à la table sans prendre la peine de les regarder. Il sortit d'une pile de photocopies un article sur l'hémodynamique et commença sa lecture. «Allez-y», glissa-t-il entre deux gorgées de thé. Werner et Hansen lui firent un compte rendu de la nuit précédente. Marlowe continua sa lecture, ne les interrompant que pour poser des questions brusques du genre «Quelle était sa tension artérielle ?», ou «Combien a-t-il reçu de nitroprusside ?». Et ainsi de suite jusqu'à la fin de l'article. Alors, Marlowe écrasa son sachet de thé dans le gobelet en polystyrène, qu'il jeta dans le grand cendrier, et dit : «Ne foutez pas la merde ! Et si vous foutez la merde, appelez-moi sur-le-champ !» Il disait ça tous les matins.

Werner sortit de la cafétéria et tourna dans le couloir, en essayant de garder en équilibre un gobelet de café, son sac d'instruments noir et un paquet de brochures de laboratoires pharmaceutiques. Arrivé aux ascenseurs de service, il appuya sur le bouton et se demanda si quelque chose d'autre avait mal tourné là-haut, chez les vampires. Il y eut un «ding», la flèche vers le haut se mit à clignoter et les portes s'ouvrirent. Alors Werner retomba dans un de ses rêves récurrents : un jour, il attendrait l'ascenseur, ici ou dans un autre hôpital du même genre, pendant une nuit ou une journée banale, morne ; un ascenseur normal, lent à venir, qui s'arrêterait à tous les étages ; le lot habituel des patients à voir, toujours les mêmes médicaments à prescrire, les mêmes chiffres à analyser et les mêmes symptômes fatigants à déchiffrer... Les portes de l'ascenseur s'ouvriraient alors sur un cadavre tout frais, ou bien sur un martien, un homme à chapeau melon qui marche sur la tête, ou une licorne blanche ; sur un lutin, un paquet de plasma venu d'une autre galaxie, sur la tête de saint Jean-Baptiste ; sur un dragon éventré et tout fumant posé sur un tas de braises brûlantes, sur Abraham ou Moïse... Sur les Beatles, tous en pleine forme, ou bien sur le jeune Peter Werner Ernst penché sur son jeu de billes... Enfin, sur un type mort trois jours plus tôt sur le billard, qui demanderait à Werner de mettre les mains dans ses blessures fumantes... Quelque chose d'indiscutablement délirant, qui remettrait en question tout ce qu'il avait appris jusqu'ici, et qui lui permettrait de sortir de cet hôpital et d'oublier la science pour toujours.

Mais la réalité le tira de ses délires, lorsque entra dans l'ascenseur la silhouette haute et anguleuse du Dr Hofstader, le plus réel de tous les médecins réels.

– Bonjour, Dr Hofstader, dit Werner, sentant une boule dans sa gorge à l'idée de passer toute la montée seul en compagnie du Chef de la Médecine Interne.

Le Dr Hofstader jeta un regard en direction de Werner et entrouvrit les lèvres, comme pour lui rendre son salut ou lui signifier son droit d'exister ; puis le chef de la médecine interne se ravisa, leva la main droite et se mit à parler dans un Dictaphone de la taille de sa paume : « Gladys, lettre au Dr Kohn, concernant l'hémorragie sous-durale aux Soins intensifs du septième, lit numéro 4, le nom est sur le dossier. Dr Kohn, virgule,... »

Tout en écoutant poliment la lettre au Dr Kohn, Werner considéra les formes géométriques parfaites dessinées par les poils du Dr Hofstader : la moustache parabolique, l'extrémité rectangulaire des pattes, exactement parallèle à la base du menton vu de profil. Werner et Hofstader savaient tous les deux que le premier nommé était censé se trouver au neuvième, en train de se préparer à une visite avec le second. Werner n'était pas censé se balader et se pointer les mains dans les poches pour la visite. Bien qu'en train de dicter sa lettre, le Dr Hofstader se remémorait probablement ses années de jeune interne, quand il arrivait deux heures en avance pour les visites, afin de pouvoir lire deux fois chaque dossier avant l'arrivée du chef de la médecine interne.

Lorsque l'ascenseur approcha du neuvième, le Dr Hofstader glissa le Dictaphone dans sa longue blouse blanche immaculée – rien de moins qu'une robe empesée avec les initiales RLH brodées en lettres d'or sur la manche – et sortit un petit agenda noir et plat.

– Qu'avez-vous fait avec le jeune syndrome de Goodpasture, vous et le Dr Butz ? demanda Hofstader sans lever les yeux de son agenda.

Werner toussa avec professionnalisme.

– Nous avons des résultats depuis que les doses de stéroïdes ont été augmentées. Nous sommes plus à l'écoute des variations, mais la dialyse ne produit toujours pas les résultats que nous espérions.

– Je vois, commenta le Dr Hofstader. Et quels sont vos projets pour le Cinq ? Le service juridique m'a dit qu'un membre de la famille s'opposait à la gastrotomie.

– Oui, balbutia Werner, une des filles. Je lui ai... parlé... plusieurs fois, mais elle est contre la pose du tube.

– Vous devriez pouvoir la faire changer d'avis, répondit Hofstader. Il a plus de soixante ans, non ?

– Soixante-neuf, précisa Werner.

– Un adolescent. Il pourrait être chez lui dans quelques mois, si vous parveniez seulement à le faire sortir de ce neuvième étage, dit-il avec un sourire distant.

Werner enregistra cette priorité et considéra que quelques précisions ne seraient pas de trop.

– Vous voulez dire qu'il faudrait le mettre aux Soins intensifs de pneumologie ?

– Non, rectifia Hofstader, je pense que vous devriez le sortir du neuvième étage. Le neuf porte malheur.

Les portes coulissèrent au huitième, et le Dr Hofstader sortit.

– Un jour, ajouta-t-il sans se retourner, vous comprendrez ce que j'essayais de vous dire.

Werner resta seul, à méditer les prédictions de l'oracle. Cette montée en ascenseur s'était transformée en descente dans l'antre de Trophonius et Werner se retrouvait plein de terreur et de confusion. Qu'est-ce qui pouvait bien justifier que le service juridique appelle Hofstader pour éclaircir le cas du Cinq ? Et ce cirque à propos du chiffre neuf ? On lui avait dit un jour que Hofstader était superstitieux, mais c'était la première fois que Werner le constatait par lui-même.

Si Hofstader se prononçait en faveur de la gastrotomie, c'était qu'il s'agissait indiscutablement de la bonne solution, parce qu'il en savait plus sur la médecine interne que n'importe quel être humain vivant dans un rayon de mille kilomètres autour du Centre médical. Mais comment annoncer la nouvelle à Félicia ?

Si Hofstader pensait qu'il fallait poser ce tube, c'est qu'il fallait le faire ; ce n'était pas de simples experts qui pourraient remettre en question sa décision, encore moins de petits

101

avocats. Il était une sorte de visionnaire de la médecine. Il avait cessé ses visites aux malades plusieurs années auparavant, lorsqu'il avait jugé que son temps était beaucoup trop précieux pour être gaspillé auprès d'un seul à la fois. Toutefois, de temps à autre, il s'adonnait à l'auscultation sur un cas inhabituel, avec l'affection nostalgique qu'on a pour une passion de jeunesse – comme si Beethoven vieillissant s'amusait à taquiner son vieux clavecin, en pleine composition de la *Neuvième*.

Au lieu de s'embarrasser de patients, Hofstader s'était entouré de tout un bataillon de techniciens serviles et très bien entraînés, de salles entières bourrées d'ordinateurs et des meilleurs instruments de diagnostic sur le marché – et tout ça sous ses ordres. Il était le macroprocesseur au cœur d'un gigantesque système d'information. Il était connecté à ses subordonnés et à ses ordinateurs comme un cerveau au système nerveux, et ses méninges surdouées répandaient le pur savoir médical dans les tissus ignorants.

Voir concrètement un patient était donc devenu une perte de temps, qui pouvait aller jusqu'à affecter l'objectivité requise pour établir un diagnostic exact. Ce que le patient avait à dire de ses douleurs et de ses symptômes, établir son profil psychologique et se livrer à une auscultation approximative, tout cela était bon pour les médecins de second ordre.

Le Dr Hofstader, étant une créature diurne, faisait son apparition tôt le matin ; et invariablement, à la porte des Soins intensifs, l'attendait une couvée de petits internes indignes et dévoués, avides d'apercevoir le Savoir réincarné.

Werner voyait s'ouvrir devant lui l'interminable voyage, les huit tournants de la route vers la spécialisation médicale, la souffrance et les rites de passage. Il pourrait apprendre un tiers de ce que savait le Dr Hofstader s'il y travaillait dur et ne dormait que quatre heures par nuit. Cela restait concevable, voire faisable. Ce pourrait même être stimulant, intellectuellement parlant, mais quel profit en tirerait-il ? Après une vie entière de luttes amères, de renoncement, de discipline implacable, il devrait se coucher tous les soirs en se disant qu'il avait emmagasiné à peu près un tiers des connaissances stockées dans les neurones du Dr Hofstader. A quoi bon?

Werner franchit les portes automatiques et retint sa respiration. Le service de jour était en place et l'activité bien en train. C'était l'heure du clonage. Il prit la suite d'une procession d'internes de première, deuxième et troisième années, et d'externes de D3 et D4 – enfants de chœur fervents en aube et surplis; disciples, diacres et diaconesses attendant tous, dans un silence ravi, le Dr Hofstader, grand prêtre de la médecine interne.

Lorsque Hofstader franchit les portes automatiques, une nouvelle procession de ministres et de serviteurs le suivit. *Introibo ad altare dei.* La procession tout entière entra en file indienne dans le box du Deux et prit place autour des montants du lit: une brochette de têtes bien pleines – grâce à 100 000 dollars minimum de savoir médical. Les têtes se mirent à psalmodier en latin et à émettre des hypothèses extravagantes. Chacun développa une subtile variation sur le thème de départ et la fit passer à son voisin, afin qu'il puisse s'en repaître et l'enrichir.

Werner se glissa dans le groupe, une blouse blanche de plus dans cette assemblée de longues blouses blanches, parainées par les vêtements le Joyeux Kangourou: de larges poches sur le côté bourrées à craquer de manuels, de carnets, d'instruments variés (stéthoscopes, ophtalmoscopes, marteaux en caoutchouc, calculatrices, bips) et de stylos-lampes offerts par des laboratoires pharmaceutiques – à braquer dans les yeux des morts, dont les pupilles sont fixes et dilatées.

Le teint du Deux s'était assombri d'un ton ou deux depuis la dernière visite de Werner, si bien qu'on l'avait branché au respirateur pour la troisième et peut-être dernière fois. Épuisé, hagard et décharné, le Deux flottait sous une couverture thermique, les mains toujours attachées aux montants du lit, une sonde gastrique sortant d'une narine et celle d'intubation, de la bouche. Ses poignets et chevilles étaient couverts de bleus et de traces de piqûres, à cause des entraves et des prises de sang répétées. Des bouteilles et des sacs de liquides pendaient des crochets au plafond, distillant goutte à goutte de la nourriture, des médicaments et des fluides dans le sang du Deux. Il ne divaguait plus sur son expérience intersidérale ou sur ce que Dieu lui avait fait ; le tube et le respirateur l'avaient réduit au silence. Il ne mangeait plus, ne buvait plus, n'urinait plus. C'était l'excroissance de tubes qui s'en occupait pour lui.

Le Dr Hofstader passa de moniteur en moniteur dans le box, puis se dirigea vers la feuille de température. Il émit quelques phrases succinctes d'un ton crispé.

— Le patient s'est présenté il y a huit semaines avec une hémorragie pulmonaire.

Les stylos firent un seul « clic » et s'abattirent sur les blocs-notes.

— La biopsie rénale a révélé un dépôt linéaire d'immunoglobuline. Les radios du thorax montrent des densités duveteuses, bilatérales. Les cultures sanguines révèlent une croissance accélérée de pseudomonas. Les analyses en labo continuent d'attester une insuffisance rénale grave, un taux croissant de créatinine, ainsi qu'une acidose métabolique évolutive. Congestion cardiaque conséquente à la rétention de fluides, et péricardite causée comme souvent par l'urémie. L'EEG du patient montre une amplitude réduite et un ralentissement indiquant l'encéphalopathie.

La brigade des clones gribouillait à l'unisson, essayant désespérément de ne pas manquer une syllabe.

Werner sortit un petit carnet à spirale de sa poche de gilet, inscrivit la date en haut d'une page, puis : « Visites, 9 RÉA. » Un peu plus bas, il ajouta : « Box 2 – Chou bouilli. »

Le Dr Hofstader procéda ensuite à une récapitulation du traitement en cours.

— Nous avons deux cent cinquante milligrammes de Solu-médrol Q toutes les six heures, deux ampoules de bicarbonate de sodium par litre de solution saline normale, Aminophylline en continu, trente milligrammes par heure...

Werner repéra une jolie M3. Très mignonne. Des courbes fermes. Un sourire diffus sur les lèvres. Werner écrivit : « Penser à sauter Sabrina Romple», en recopiant le nom sur le badge d'identification de la fille.

Le Deux secoua les montants du lit en tirant sur ses entraves, et fit un geste qu'un M3 interpréta brillamment : le Deux voulait du papier et un crayon. Le Dr Hofstader se tourna vers la brigade des clones et enchaîna sur les vertus relatives des corticostéroïdes, de l'azathioprine et de la mercaptopurine. Le M3 alla chercher l'infirmière du Deux, qui lui libéra le poignet droit et lui tendit un bloc. Le Deux gribouilla trois lettres énormes, tremblantes et à peine lisibles : E A U.

Un M4 tendit le gribouillis au Dr Hofstader.

Tout le monde sourit devant l'impossibilité médicale que représentait la requête du Deux. Tout le monde savait très bien que le Deux ne pouvait avoir d'eau. Tout le monde, sauf le Deux.

– Dites au patient que tout liquide par voie orale est hors de question, dit le Dr Hofstader à l'externe de D4.

– Tout liquide par voie orale est hors de question, dit le D4 au Deux.

Le Deux ouvrit la bouche, essaya avec ses lèvres et sa langue d'articuler des mots autour de sa sonde d'intubation, qui se collait au bâillon adhésif taché de sang séché. Un pic de contraction ventriculaire apparut sur le moniteur cardiaque au-dessus de son lit. Pendant un moment, il sembla suffoquer et cogna ses bras osseux et orange contre les barreaux du lit. Ses iris étaient d'un bleu vide, mais regardaient tout avec une telle intensité qu'ils faisaient ressortir le blanc de l'œil.

– On peut diagnostiquer de l'hypocalcémie, expliqua le Dr Hofstader en sortant un stylo-plume en or de sa blouse pour désigner les spasmes des doigts du Deux.

Le Deux se tordit de nouveau et demanda de la tête qu'on lui rende de quoi écrire. Il gribouilla un nouveau message, une traînée de graphite qui disait : «M O U R I R».

L'infirmière montra le mot au M4, qui le tendit à son tour au Dr Hofstader. Il le lut et le leur rendit sans la moindre réaction.

– L'état de confusion du patient est dû à l'encéphalopathie et à l'hypertension.

Werner en profita pour étudier de plus près les rondeurs de la poitrine de Sabrina Romple sous sa blouse ajustée. Très jolis. Gros, mais fermes et bien formés. Il attira son regard, puis se livra à une auscultation oculaire grossière de ses glandes alvéolaires si bien proportionnées. Très drôle... semblait dire le regard noir qu'elle lui lança. *Exit*, celle-là, pensa Werner. Encore un sous-clone D3.

Un clone de première année posa au Dr Hofstader une série de questions abstruses au sujet des troubles endocriniens, puis dériva sur l'anhydrase carbonique, l'acidose rénale tubulaire, et tout ce qu'il se souvenait de ses lectures de la nuit précédente. Le reste de l'assistance échangea des regards éclairs, histoire de confirmer le soupçon de chacun : le clone n'y connaissait rien en reins. A la grande déception de tous, le Dr Hofstader épargna au R1 l'humiliation qu'il méritait. Le chef de la médecine interne alla même jusqu'à reprendre les sujets un par un, les distingua de façon logique, et explicita les relations qui existaient entre eux – exactement comme s'il rangeait les cubes en bois d'un enfant qui aurait renversé sa boîte.

Ensuite, le Dr Hofstader poursuivit son découpage du patient, indiquant les dépôts de sang séché sur la narine du Deux.

– La sonde d'aspiration gastrique peut être employée dans le cas d'ulcères gastro-intestinaux, ou de traumatisme gastro-intestinal haut, expliqua-t-il. L'urine est de couleur rosée, du fait des sédiments et des lambeaux de muqueuses. Notez en outre les sécrétions urémiques sur la peau, fit-il remarquer en montrant les délicates écailles qui recouvraient le corps orange du Deux, le faisant ressembler à un beignet glacé au sucre.

– Si les entraves du patient étaient plus serrées, vous observeriez probablement des égratignures et autres traces de prurit grave, sachant que les toxines excrétées à travers la peau causent des démangeaisons douloureuses.

Werner inscrivit une virgule après « Chou bouilli », et ajouta « Auschwitz ».

Le Dr Hofstader porta son stéthoscope à ses oreilles et se pencha avec grâce au-dessus des montants du lit, déplaçant la cloche dorée sur le thorax orange et osseux du Deux.

– Il y a un frottement péricardique impressionnant, dans le quatrième espace intercostal, au-dessus de la ligne claviculaire moyenne.

A tour de rôle, les clones vinrent écouter l'impressionnant frottement péricardique. Waouh ! et quel frottement péricardique ! Aussi beau que ceux décrits dans leurs manuels.

– Impressionnant, dit un R1.

– Très impressionnant, dit un R2.

Le Dr Hofstader continua sa conférence, sans regarder personne – surtout pas le Deux –, les yeux toujours juste au-dessus ou juste au-dessous du regard collectif de l'auditoire, perdus dans les délices de l'abstraction (que personne dans l'assemblée n'était capable de goûter). Cet exercice mineur et contraignant, la didactique, lui faisait plisser le front, comme si l'acte de parler n'était qu'un réflexe conditionné orchestré par son cerveau et laissant le reste de son esprit libre de vaquer à des tâches plus importantes.

De temps à autre, le Dr Hofstader s'arrêtait pour reprendre son souffle, et tout le groupe inspirait de conserve, pétrifié à l'idée qu'il demande à quelqu'un d'interpréter des résultats ou de formuler un pronostic autre que la mort certaine. Tous craignaient de devoir exposer leur intellect de quarante watts au rayon calcinant de l'incarnation du Savoir.

– Eh bien ! quelles sont vos suggestions pour ce patient ?

Tout le monde nota le « vos » de « vos suggestions ». Le Deux avait été un patient du Dr Hofstader, mais ne l'était plus, cliniquement parlant. Il n'avait plus aucun intérêt clinique à cause du pronostic lugubre et sans appel. Si le Deux avait encore eu la plus petite chance de s'en sortir, le Dr Hofstader aurait parlé de « nos suggestions », et non de « vos suggestions ». Il exhortait chacun des internes à continuer d'épuiser sa petite cervelle sur le cas du Deux, à tâtonner en s'arrachant les cheveux, afin d'entrevoir un jour, peut-être, ce qu'est un syndrome de Goodpasture en phase terminale.

Le bip de Werner résonna. Le Dr Hofstader s'interrompit. Avant que Werner ait pu baisser le volume, la standardiste lança d'une voix chantante : « Contactez le standard pour un appel extérieur. Prière de contacter le standard pour un appel extérieur. »

Le bip était censé transmettre des messages du genre : « Appelez la réa du septième pour les résultats des gaz du sang », ou bien « Appelez la radio pour l'UIV ». Mais rien, non, rien du genre « Contactez le standard pour un appel extérieur », tout particulièrement pendant les visites de la Divinité.

Werner se glissa vers la porte. Le Dr Hofstader reprit son exposé, quand un nouvel appel troubla le silence. Werner comprit trop tard qu'il n'avait pas baissé, mais monté le volume. Il sentit une douzaine de regards réprobateurs passer sur lui lorsque la standardiste cria que l'appel serait transféré sur le poste 9909.

– Dr Ernst, dit-il en priant pour que ce soit d'ordre médical.

– C'est moi, gloussa-t-elle. J'espère que je ne t'ai pas mis en retard ce matin ?

La créature entre ses jambes se réveilla et lui confirma que c'était Félicia. Werner resta muet, jeta un regard circulaire au labo de la mort tout en essayant d'intégrer le son de sa voix. Il ne savait pas comment lui dire de ne jamais, sous aucun prétexte, l'appeler pendant la journée, surtout pendant les visites de Hofstader. Il voulut lui dire qu'il ne pouvait pas parler, mais alors tout le monde saurait qu'il s'agissait d'un appel personnel. Mais, attendez une minute, ça n'était pas un appel personnel, pas vrai ? Non, c'était un appel de la famille.

– Laissez-moi regarder, dit-il en sortant son carnet de rendez-vous. Je ne pourrai vraiment pas avant 16 h 30, pourrons-nous en discuter à ce moment-là ?

– Il y a du monde avec toi ? Je voulais juste te dire que j'étais désolée si je t'avais mis en retard.

– Oui. Non. Ça va, dit Werner, écoutant d'une oreille la voix du Dr Hofstader parler de glomérulonéphrite et d'immunodéficience.

– J'ai... passé un très bon moment, dit-elle. Je voulais te remercier.

« J'ai *failli* passer un très bon moment, rectifia mentalement Werner. »

– J'ai réfléchi à tes conseils, poursuivit-elle.

– A quel sujet ? demanda Werner, une pointe d'impatience dans la voix.

– Au sujet de tes recommandations.

– Pour le traitement de votre père, vous voulez dire ? demanda Werner, certain qu'il avait l'air de mener une affaire médicale.

– Mais non, soupira-t-elle, au sujet de la lubrification. Je pense qu'on devrait essayer ce truc à l'eau dont tu m'as parlé.

Werner tira sa blouse devant lui.

– Oui, dit-il, la gorge sèche. Je suis d'accord avec vous, je pense que ce serait la meilleure ouverture, et nous devrions très vite nous atteler à cette question.

– Ce type, le Dr Butz, est-ce qu'il est là ?

Werner reçut comme un choc en passant de la lubrification au Dr Butz.

– Non, répondit-il, le Dr Butz n'est pas dans le service pour le moment, bien que nous l'attendions d'une minute à l'autre.

– Je me demandais juste si tu aurais l'occasion de lui parler de mon père. Et je voulais te prévenir que...

Du coin de l'œil, Werner vit que le Dr Hofstader regardait droit dans sa direction, par-dessus le troupeau servile de blouses blanches.

– Je vais arrêter une date pour cette intervention aussi vite que possible, et je vous recontacterai pour décider d'un rendez-vous. J'ai votre numéro professionnel.

Lorsque Werner reposa le récepteur, le Dr Hofstader l'appela d'une voix forte.

– Dr Ernst, le Dr Romple me demande s'il existe d'autres troubles présentant à la fois une hémorragie pulmonaire et une insuffisance rénale grave, et qui peuvent être pris pour un syndrome de Goodpasture ? Pourriez-vous nous faire profiter de votre grande expérience ?

– Certainement, répondit Werner, comprenant le mot «expérience» comme le signal rappelant à tout le monde l'erreur de diagnostic qu'il avait faite à ses débuts, quand il avait pris le Deux pour une hémosidérose pulmonaire idiopathique. Il se mit face au Dr Romple, procéda des yeux à un nouveau toucher mammaire d'une nanoseconde, attendit d'être sûr qu'elle fût la seule à l'avoir remarqué, puis dit :

– Certaines affections vasculaires, la glomérulonéphrite avec congestion circulatoire, l'endocardite bactérienne et l'hémosidérose pulmonaire idiopathique peuvent effectivement présenter les symptômes d'hémorragie pulmonaire et d'insuffisance rénale, mais elles sont en général écartées grâce à une biopsie rénale et aux autres symptômes propres à ces affections.

Werner ponctua sa conclusion d'un nouveau toucher mammaire virtuel. Sabrina rougit violemment, voulut lui lancer un regard assassin, mais fut arrêtée par la crainte de se faire remarquer.

– Vous avez oublié de mentionner la granulomatose de Wegener, ajouta le Dr Hofstader, une vascularite granulomateuse généralisée avec nécrose, touchant aussi les voies respiratoires supérieures et inférieures, la peau et les reins.

– J'ai parlé de «certaines affections vasculaires», rétorqua Werner, et la granulomatose de Wegener est une affection vasculaire.

Silence. Quelques raclements de gorge.

– Dr Ernst, reprit le Dr Hofstader, vous êtes sous votre voiture dans votre garage, et vous avez besoin d'une clé de douze. Allez-vous me demander de vous donner une clé, ou bien allez-vous me demander une clé de douze ?

– Ni l'un ni l'autre, dit Werner. Je vais vous demander de m'appeler le mécanicien.

Des gloussements rapidement réprimés se firent entendre.

– Je pensais que vous voudriez que je vous appelle «docteur», assena Hofstader, mais si vous préférez que je vous

110

appelle «le mécanicien», Dr Ernst, eh bien! je vous appellerai «le mécanicien», et je ferai venir un médecin pour vous aider à faire la distinction entre la granulomatose de Wegener et les autres troubles vasculaires.

— Ouch, fit quelqu'un.

Hofstader referma le dossier du Deux.

— Petite précision, ajouta-t-il. Certains d'entre vous se rappellent peut-être que notre mécanicien, le Dr Ernst, avait fait une erreur de diagnostic sur ce patient. Les symptômes suggéraient deux possibilités: il s'agissait ou bien d'un syndrome de Goodpasture – un trouble rare d'hyper-réactivité de Type Deux – ou bien d'une hémosidérose pulmonaire idiopathique, une maladie extrêmement rare d'étiologie inconnue, plus couramment constatée chez de jeunes enfants, presque jamais chez des adultes. Notre mécanicien de garde avait choisi la seconde solution. Il n'avait pas retenu ce que je vous ai déjà dit: si vous entendez des bruits de sabots, pensez au cheval, pas au zèbre.

Le bip de Werner se remit à sonner. Cette fois le son était très bas, et seuls les clones les plus proches entendirent l'opératrice annoncer un autre appel extérieur. Ceux-ci s'écartèrent sensiblement de Werner, craignant d'être associés à un interne qui reçoit deux appels extérieurs et se fait moucher pendant une visite du Dr Hofstader.

Werner prit la porte et se dirigea droit sur un appareil; il composa le numéro du standard, pour être sûr de ne pas se faire transmettre l'appel dans le box du Deux.

— Dr Ernst, dit une voix d'homme, mon nom est Sheldon Hatchett, je suis l'avocat de Mlle Félicia Potter. C'est elle qui m'a donné votre numéro professionnel.

— Je ne peux pas vous parler maintenant, dit Werner d'un ton brusque. Je suis extrêmement occupé.

— Dans ce cas, puis-je vous laisser un numéro de téléphone? répondit la voix. Comme vous le savez sans doute, nous allons faire prononcer une injonction dans les jours à venir, et nous voudrions avoir votre témoignage, si possible.

– Je ne pense pas que je puisse faire ça, rétorqua Werner.

– Mlle Potter veut empêcher toute nouvelle intervention médicale, notamment la gastrotomie prévue qui, en de telles circonstances, n'aurait pour effet que de prolonger les souffrances de M. Potter.

«Voilà donc le bon vieil avocat bien borné», pensa Werner. Seuls les avocats peuvent se payer le luxe d'envisager d'un point de vue très simple des problèmes très complexes.

– Ça n'est pas aussi simple, répondit Werner pour lui-même plus que pour l'avocat. Il n'est pas prouvé que la poursuite du traitement sera totalement inutile.

– Très bien, alors disons que ce sera relativement inutile, disons que les chances de guérison sont très minces et ne justifient pas les souffrances que doit endurer M. Potter, juste pour que les préoccupations éthiques de l'hôpital soient en bon ordre.

– C'est facile à dire pour vous, objecta Werner, vous n'avez qu'un client. Moi, j'ai un patient et ses deux filles. Et croyez-moi, elles ont des projets plutôt différents pour lui.

– Constance Potter est de toute évidence fêlée, dit l'avocat. Venez à l'audience et voyez par vous-même. Elle a des troubles de la personnalité à tendance hystérique, avec délire religieux, dénégation et sentiment de culpabilité, et je ne sais quoi encore. Vous verrez, et vous me direz ce que tout ça signifie.

– Elle semble pourtant plus proche du patient que votre cliente, dit Werner.

– Donnez-moi juste votre avis, sincèrement, supplia l'avocat, pas le mot d'ordre que vont nous débiter tous les autres médecins. Nous avons besoin de votre témoignage pour aider cet homme et sa fille à mettre fin à leurs souffrances. La loi exige que nous recueillions les dépositions de deux médecins attestant que le patient est dans un état végétatif irréversible, sans espoir de recouvrer ses facultés cognitives.

– J'aime beaucoup votre vocabulaire, commenta Werner.

– Dois-je dire à Mlle Potter que vous voulez bien nous aider ?

112

– Il me faut du temps.

– Comme vous le savez probablement, nous allons demander une décision de référés dans les prochaines quarante-huit heures. A défaut, votre ami le Dr Butz fera poser ce tube. Et, une fois qu'il sera en place, il faudra des mois de manœuvres juridiques pour le faire retirer, surtout vu l'état du patient. Selon la décision du juge, il pourrait bien y avoir une audience pour l'injonction préliminaire dans les dix jours.

Werner vit le troupeau quitter le box 2 et se diriger vers le 3.

– Je n'ai vraiment pas le temps pour l'instant, dit-il.

– Mlle Potter ou moi-même vous rappellerons sous quarante-huit heures. Elle apprécierait réellement votre aide sur cette affaire, et moi aussi.

– Au revoir, conclut Werner.

Il se glissa de nouveau à l'arrière du groupe, chez le Trois. Le Dr Hofstader prit un appel à la console. A peine fut-il hors de portée de voix que Hansen, le cow-boy-médecin, entra et prétendit combler le vide intellectuel ambiant en se livrant à un exposé théorique sur les pourcentages concernant les pyélonéphrites par opposition aux calculs rénaux, publiés dans plusieurs études récentes. Marlowe, le chef des internes, lança immédiatement une giclée de statistiques contredisant le grand numéro de Hansen, et cita tout un arsenal d'études qui interdisaient même à Hansen d'oser respirer.

Un marsupial tendit un téléphone à Werner.

– Un appel pour vous sur le 0-1. Et la Famille vous attend chez le Cinq.

Werner porta le combiné à son oreille, tout en cachant le micro avec sa main.

– La grosse ? demanda-t-il.

L'infirmière approuva de la tête.

– Dr Ernst, c'est Wilson, du service juridique, annonça la voix au téléphone. J'appelle tous les médecins concernés par le Cinq, au neuvième, le patient Potter. Il est là depuis à peu près neuf mois. Sous la responsabilité du Dr Butz. Nous avons reçu deux citations en justice exigeant la production de tous

113

les éléments du dossier médical. J'ai parlé à l'un des avocats, et on dirait bien qu'ils ont été engagés par la famille du patient pour empêcher une décision de référé. S'il y a au-dessous de vous des gens concernés par ce dossier, dites-leur qu'ils ont intérêt à marcher droit.

Chapitre 7

Werner trouva Constance Potter debout, tournant le dos à la porte, près du corps décharné du Cinq, en train de lire un livre à haute voix.

> *Leurs idoles sont d'or et d'argent,*
> *Elles sont l'œuvre des hommes.*
> *Elles ont une bouche qui ne parle point ;*
> *Elles ont des yeux qui ne voient point ;*
> *Elles ont un nez qui ne sent point ;*
> *Elles ont des mains qui ne touchent point ;*
> *Elles ont des pieds qui ne marchent point ;*
> *Aucun son ne sort de leur gorge.*
> *Leurs créateurs seront comme elles,*
> *Ainsi que quiconque croira en elles.*

Werner comprit d'un coup d'œil que les stérides devaient être responsables de la grosseur du visage de Constance Potter ; son aspect bouffi était à coup sûr la conséquence d'un traitement psychiatrique, probablement du groupe des phénothiazines, ce qui pouvait également expliquer pourquoi elle lisait la Bible à haute voix à un comateux.

– Vous voulez que je repasse plus tard ? demanda Werner avec autant d'humilité que possible, notant mentalement qu'il faudrait inscrire Constance Potter à l'aumônerie pour une consultation théologique.

– Non, dit-elle en posant la Bible sur la table de nuit. C'est moi qui ai demandé à vous voir.

Elle écarta le plateau pivotant du patient et fraya un chemin à son corps massif à travers la forêt de tubes et de sachets de perfusion.

– On a changé quelque chose, dit-elle en tendant le doigt vers les soufflets du spiromètre qui aspirait l'air dans les poumons épuisés du Cinq.

Le respirateur se remit à tourner, remplissant les poumons du Cinq et faisant craquer sa cage thoracique. Les soufflets se soulevaient et retombaient dans un tube de plastique transparent gradué en centimètres cubes.

– Un technicien m'a dit que ça servait à mesurer l'air que mon père expire, dit-elle.

– Pas tout à fait, corrigea Werner. En fait, ça mesure l'air que la machine insuffle dans les poumons de votre père, ainsi que l'air qui est pompé par la machine par tous ces tubes.

Werner retraça avec son crayon le parcours de l'air dans les tuyaux, les valves et les soufflets.

– Pour se faire une idée de ce que le patient reçoit, poursuivit-il, il faut soustraire la quantité d'air dans les tubes, ce que nous appelons l'espace mort. En général, il s'élève à environ 150 cc. Donc, même si le spiromètre indique 650 cc, votre père reçoit en fait autour de 500 cc.

Werner se retint d'ajouter que les poumons du Cinq étaient eux aussi de l'espace mort.

– Mais le repère ne monte pas aussi haut qu'hier, reprit-elle. Hier, il montait à 750.

Werner essaya de se montrer patient.

– Pour être simple, disons que nous avons modifié la fréquence des inspirations ; en fait, il reçoit la même quantité d'air, mais au lieu de huit grosses inspirations, il en fait dix petites.

– Je vois, fit-elle. J'ai juste pensé que quelqu'un avait peut-être manipulé le cadran.

– Non. C'est possible, mais fort peu probable. Les responsables vérifient tous les indicateurs de toutes les machines, et cela toutes les heures. Et si, entre temps, le volume se modifie, les alarmes se déclenchent.

Werner poussa le bouton témoin de l'alarme du spiromètre, et une sonnerie stridente emplit le box.

– Et si l'alarme ne marche pas ?

– Il y a deux alarmes, expliqua Werner, celle du spiromètre et celle du respirateur.

Il appuya sur celle du respirateur, et une sonnerie plus aiguë se fit entendre.

Du regard, Constance suivit les tubes qui reliaient le respirateur au corps du Cinq. Soudain, elle se précipita à travers le buisson de tubes et saisit la main molle de son père.

– Tout va bien, Papa. C'est seulement le docteur qui vérifie les alarmes de tes machines.

Werner immobilisa un sac suspendu qui se balançait encore et baissa les yeux sur ses chaussures, pour éviter de les lever au ciel.

– Ne t'inquiète pas, continua-t-elle, tout se passe comme il faut.

Si le Cinq ressentit le moindre réconfort à cette nouvelle, on peut dire qu'il cacha bien son jeu. Il ressemblait à n'importe quel autre septuagénaire ayant subi sept interventions chirurgicales lourdes en autant de mois avant d'être crucifié, déclaré mort et enterré – et qui aurait même eu droit à une petite descente aux enfers.

– Est-ce que les alarmes peuvent être éteintes par accident ? demanda-t-elle en murmurant, mais d'une voix assez forte.

– Il y a peu de chance. Les alarmes s'éteignent derrière les machines, sous une garde métallique.

– Est-ce qu'on peut les éteindre intentionnellement ?

Ses yeux se rétrécirent.

– Oui, dit Werner, mais seulement lorsque le patient expire, ou quand le médecin prescrit d'arrêter le respirateur.

Elle lui jeta un regard tranchant et mit son index devant ses lèvres, puis attira Werner hors du box avec colère ; ce dernier la suivit en claquant des pieds, comme un écolier qui suit le principal jusqu'à son bureau pour se faire passer un savon.

117

A l'extérieur du box, le service de réanimation s'était transformé en flipper, avec ses lumières clignotantes, ses alarmes, ses sonneries de téléphone, ses bips hystériques et ses boules blanches jaillissant de porte en porte.

– Est-ce que vous êtes tous formés pour être inhumains? demanda Constance en haussant la voix, pour qu'il puisse l'entendre malgré le bruit. J'ai lu des livres sur les soins et sur la médecine holistique.

«C'est parti», pensa Werner.

– Comme vous le savez, les sujets dans le coma ou sous anesthésie entendent chaque mot prononcé en leur présence : leur subconscient l'enregistre. Les commentaires négatifs, surtout de la part de médecins, peuvent affecter de façon dramatique le rétablissement du patient.

Werner savait que ce n'était même pas la peine de discuter du dernier best-seller médical avec la Famille. Et encore moins de songer à pratiquer la médecine en accord avec les derniers articles parus dans des revues médicales reconnues ! Non, ces données sont falsifiées par le complot, le fameux complot scientifique mondial ! Depuis cette prise de conscience, la Famille exigeait que le médecin se conforme au bla-bla déballé par des amateurs. Werner pouvait le lire dans les yeux de Constance. Dans un instant, elle lui dirait qu'il faudrait apprendre au Cinq à penser positivement, et qu'ainsi une nouvelle jambe lui pousserait, et qu'il pourrait bondir hors du lit avec la détente d'un joueur de basket professionnel.

– Mais qu'est-ce que j'ai dit? protesta Werner.

– Écoutez, ordonna-t-elle en montrant du doigt le box 5, dans ce lit, il y a un être humain qui est en train de se remettre d'un danger de mort. C'est mon père, et c'est votre patient.

Werner suivit du regard le doigt qui indiquait un point précis et tomba sur un navet gonflable de quarante kilos, ligoté à un lit.

– Imaginez que vous dépendiez de cette machine pour vivre, lança-t-elle, la voix vibrante de colère, et que vous entendiez votre médecin parler de la débrancher. Est-ce que vous laisseriez qui que ce soit raconter des choses pareilles, si c'était votre père, là, dans ce lit ?

Werner essaya de se mettre à la place du Cinq, et se dit que ça revenait à se mettre à la place d'une clôture ou d'un paillasson. Alors il essaya d'imaginer son père attaché à ce lit et n'y réussit pas mieux, parce qu'il n'aurait jamais amené son père dans un endroit pareil. Qui parlait d'inhumain, déjà ? Faire entrer son père aux Soins intensifs, ça, c'était inhumain.

Un rire éclata en provenance d'un autre box, et quelqu'un lança :

– Ce type recommence à mâcher son tube ! Est-ce que quelqu'un veut bien m'en apporter un nouveau, et du sparadrap ?

Constance dévisagea Werner d'un air de dégoût.

– Le mal est structurel, ici. Est-ce que quelqu'un sait encore pleurer, prier ou ressentir un peu de compassion pour les malades ? Ou est-ce qu'il n'y a plus que des sarcasmes et des fous rires ?

Werner décela une occasion de déléguer une tâche ingrate et non médicale au petit personnel.

– Avez-vous eu l'occasion de parler avec les prêtres ou les religieuses de l'aumônerie ?

– Oui, répliqua Constance. Ils sont tous formidables, mais pas assez nombreux.

Werner sortit de sa poche un stylo publicitaire de labo pharmaceutique et se mit à jouer avec le piston.

– Vous assistez tous les jours à la souffrance sans plus pouvoir la voir, c'est ça ? poursuivit-elle.

– La médecine n'est qu'un métier, répondit Werner. Vous demandez l'impossible. Vous nous demandez d'aimer votre père autant que vous l'aimez, tout en restant de bons médecins. Vous savez, en général, ça tourne mal quand un médecin essaie de soigner un membre de sa famille, ou une personne à qui il tient trop. L'objectivité est un élément essentiel.

– Se moquer des malades, c'est ça, l'objectivité ? Pouffer devant une émission de télé pendant que quelqu'un meurt dans la même pièce, c'est ça, l'objectivité ?

– Non, répondit Werner. C'est la nature humaine. On ne peut pas passer douze heures par jour, tous les jours, à déprimer parce qu'on travaille au milieu de malades en phase terminale.

– Combien de vos patients se remettent, une fois que vous leur avez dit qu'ils sont en phase terminale ? rétorqua-t-elle. Mon père n'est pas en phase terminale, il est en convalescence.

Le bip de Werner les interrompit. Le message lui enjoignait de rappeler le Dr Butz.

– Le Dr Butz m'a dit il y a trois jours que le tube serait posé dans les quarante-huit heures. Quand vous le verrez, peut-être que vous pourrez lui faire réviser un peu les maths.

– Il m'appelle probablement pour m'avertir de la date qui a été arrêtée, dit Werner en pensant qu'il aimerait pouvoir écrire dans tous les dossiers qu'il fallait empêcher la Famille de voir Butz après midi. Ou bien exiger de faire passer Cul-de-Bouteille à l'Alcootest avant de l'autoriser à rencontrer la Famille.

– Quelques jours de plus ou de moins ne changeront rien au résultat final... de l'intervention, ajouta-t-il *in extremis*.

– Vraiment ? demanda Constance. Parce que le Dr Butz m'a dit qu'il était impératif que mon père soit alimenté de façon correcte dans les plus brefs délais.

Le mieux était peut-être de jouer franc jeu et de choisir son camp dans la bataille. Il pouvait se ranger aux côtés de la ravissante Félicia et dire toute la vérité au sujet du Cinq, et Cul-de-Bouteille pourrait s'allier à la grosse Connie et à sa Bible. Il était peut-être temps de faire comprendre que le Cinq n'avait plus vraiment à se préoccuper de son transit intestinal ou de la repousse de ses cheveux.

Constance regarda le Cinq, et ses lèvres se mirent à trembler. Des larmes apparurent.

– Je ne fais pas exprès d'être comme ça, dit-elle. Je n'ai pas envie d'être... en colère.

– Oubliez ça, conseilla Werner. Moi, je n'ai pas envie d'être inhumain.

– Je le sais bien. Nous sommes tous des pécheurs. Mais Dieu aime les pécheurs.

Werner fut soulagé d'apprendre la bonne nouvelle.

Randolph Hiram Butz, docteur en médecine, docteur en philosophie, alcoolique anonyme, était assis à un bureau croulant sous les revues médicales, les listings informatiques, les dossiers médicaux, le courrier et les blocs de Post-it offerts par des laboratoires pharmaceutiques. Posés entre les colonnes de papier trônaient des cendriers en verre, dans lesquels rancissaient de vieux bouts de cigare ou des gobelets en plastique vides. Les murs étaient couverts de diplômes et de distinctions diverses encadrés, notamment son diplôme de sortie, *magna cum laude*, de l'École de médecine de Yale.

C'était un homme aigri et décharné, avec des poches sous tous les os du visage et une bedaine qui retombait sur une boucle de ceinture en argent et turquoise. Son sourire révélait des dents affreusement assorties à sa chemise jaune, et les trous noirs qui gâtaient ses molaires montraient les ravages de soixante-cinq années d'une hygiène buccale plus qu'approximative.

En apercevant Werner, il bascula en arrière sur son fauteuil et tira une bouffée de son cigare.

– Ah ! mon interne préféré, brailla Butz. Qu'est-ce que je peux faire pour vous ? demanda-t-il en posant quelques papiers sur ses genoux, faisant mine de les examiner.

– C'est vous qui m'avez bipé.

– Allez, arrêtez ça, dit Butz en riant. Vous me faites sans arrêt marcher. Je ne vous ai pas fait appeler. Mais, puisque vous êtes là, jetez-moi un œil à cette merde de chien.

Ce disant, il souleva un peu les papiers et montra à Werner un courrier à en-tête frappé du sceau fédéral.

– Qu'est-ce que c'est ? demanda Werner.

Butz se cura une dent et en dégagea un morceau de tabac, qu'il cracha dans la corbeille à papier.

– Il y a deux ans, ces abrutis de la Commission médicale m'ont accusé d'être alcoolique, vous vous rappelez ?

– Le bruit a couru, effectivement.

– Vous voyez la différence entre boire et être alcoolique, n'est-ce pas ?

– Bien sûr.

121

– Eh bien ! aucun de ces crétins de fonctionnaires ne peut maîtriser la boisson, alors ils imaginent que tous ceux qui boivent régulièrement sont des alcooliques.

– Oh ! dit Werner.

– Regardez, moi, par exemple, poursuivit Butz, j'ai travaillé dur toute ma vie. Je suis sorti de l'École de médecine de Yale *magna cum laude*, et j'ai coécrit *Les Fondements de la médecine interne*. Vous l'avez lu. Bon sang, tout le monde l'a lu ! Je l'ai écrit il y a vingt ans, avant de commencer à prendre des petits verres, à courir après les femmes et à profiter vraiment de la vie ! Tous les cinq ans, l'éditeur se paie des bataillons d'assistants littéraires qui le mettent à jour !

Butz inspira profondément, se croisa les doigts derrière la tête et se cala dans son fauteuil.

– Aujourd'hui j'ai soixante-cinq ans, et j'estime que j'ai bien gagné le droit de me détendre et de m'amuser un peu. D'ailleurs, ça ne va pas bien loin, je m'autorise juste un scotch ou deux en guise de déjeuner, et puis une goutte ou deux au cours de l'après-midi, et puis peut-être une ou deux le soir, quand je rentre chez moi, c'est tout ! Je me couche tous les soirs à 8 heures pile, et je me lève à 4 heures tous les matins. En fait, si on y regarde bien, je passe moins d'un tiers de ma journée à boire ! Je ne suis jamais saoul, et quand je bois, je ne réalise pas d'intervention et je ne prends pas de décision médicale importante. Je me livre juste à des tâches banales, de la paperasse ; ou bien je discute avec vous, par exemple. Vous comprenez ?

– Oui, lui assura Werner.

– Bon, et voilà que cette satanée commission me colle au train ces serpents à sonnette d'avocats ! hurla Butz assez fort pour être entendu sur deux étages, où d'autres médecins avaient des salles d'attente bourrées de patients.

– Quelqu'un a encore déposé une saloperie de plainte ! cria-t-il de plus belle. Et regardez-moi ça ! Cette fois, ils ne m'accusent pas seulement d'alcoolisme, non, cette fois, ils m'accusent d'alcoolisme grave et chronique. Vous y croyez, vous ?

– Oui.

– Et maintenant, un bureaucrate à la noix m'envoie un formulaire d'information. Écoutez ce qu'ils me demandent : «Avez-vous eu, ou avez-vous actuellement, un problème de dépendance à l'alcool ? » Est-ce que cette putain de question a un sens ? Par saint Sigismond, si j'étais alcoolique, je le nierais, pas vrai ? Parce que le fait de nier est un des symptômes de l'alcoolisme. J'ai raison, pas vrai ?

– Vous avez raison, répondit Werner.

– Je plaisante, bien sûr. Jamais je ne mentirais délibérément. Mais vous savez quoi ? Si je souffrais d'alcoolisme grave et chronique, j'aurais une encéphalopathie de Wernicke et un syndrome de Korsakoff, pas vrai ? Et je ne pourrais pas me rappeler que je suis alcoolique. J'ai raison, pas vrai ?

– Affirmation correcte, déclara Werner. L'alcoolisme chronique peut occasionner un syndrome de Korsakoff, caractérisé entre autres par une perte totale de la mémoire immédiate.

– Et quel est l'autre symptôme classique du syndrome de Korsakoff ? le questionna Butz.

– La diarrhée verbale ?

– Exactement ! cria Butz en frappant du poing sur son bureau, très fier de la performance de son protégé en matière de médecine interne.

Butz farfouilla dans ses monceaux de papiers, en extirpa son manuel Merck, se mit aussitôt à en parcourir l'index, puis l'ouvrit à une page précise.

– Nous y voilà ! «Syndrome de Korsakoff : état amnésique dans lequel l'incapacité d'enregistrer les données récentes transmises à la mémoire peut entraîner une logorrhée et une situation en apparence paradoxale, puisque le patient est capable d'accomplir des tâches complexes apprises avant l'apparition de la maladie, mais ne peut effectuer des tâches très simples nouvellement apprises. » Bla-bla-bla... Tenez, écoutez ça : «Étant donné que la mémoire des informations récentes est oblitérée, mais pas celle d'événements anciens, l'expérience passée du patient est susceptible de guider ses actions ; il peut n'y avoir aucune dégradation intellectuelle apparente. »

Butz marqua une pause et leva les yeux du manuel.

– Ça pourrait tout à fait être moi, pas vrai ? Je veux dire, j'accomplis des tâches complexes toute la journée, et je ne montre pas de dégradation intellectuelle.

– Ça pourrait être vous, admit Werner.

– Je plaisante, bien sûr. Ça n'est pas moi. Bon, mais venons-en à la logorrhée, dit Butz en reprenant sa lecture. « La diarrhée verbale est un trait frappant qui intervient fréquemment lors des premiers stades de la maladie, et qui est associé à un défaut de la mémoire immédiate. Le patient, désorienté, substitue une expérience imaginaire ou passée aux événements qu'il ne peut se rappeler. La diarrhée verbale peut être convaincante au point d'abuser un médecin et de lui faire considérer l'état mental de son patient comme normal. » Vous voyez ce que je veux dire ? interrogea Butz en levant de nouveau le nez.

– Euh... Vous pouvez préciser ? demanda à son tour Werner.

– Eh bien ! si ce que racontent ces gens à propos de mon prétendu alcoolisme est vrai, je suis censé souffrir d'une encéphalopathie de Wernicke et d'un syndrome de Korsakoff.

– Donc ?

– Donc, poursuivit le vieux docteur, je suis désorienté, et je substitue des expériences imaginaires ou passées à celles dont je ne me souviens pas ; c'est pour ça que je vais écrire à ces chiens de bureaucrates que j'ai eu un décès dans ma famille, que j'ai suivi un traitement pour dépression, mais qu'à présent je suis complètement tiré d'affaire. Pendant ce temps-là, je peux boire autant que je veux, parce que je peux encore accomplir les tâches complexes apprises avant ma maladie, et que je n'ai pas de perte intellectuelle apparente.

– Je vois.

– Je plaisante, bien sûr, reprit Butz. Mais par sainte Cunégonde, je m'en tirerais mieux si je continuais à boire, parce que j'avais des connaissances impressionnantes avant de tomber dans ce trou. Si je pouvais effacer tout ce que ma mémoire a bouffé ici ces dix dernières années, je serais de nouveau un génie ! cria-t-il en balançant son pouce par-dessus son épaule pour montrer son diplôme de Yale.

124

– Bon, c'est pas tout ça, poursuivit-il en refermant son manuel. Qu'est-ce que je peux faire pour vous ?

– Vous avez demandé à me voir, dit Werner. Vous m'avez bipé.

– Foutaises ! C'est vous qui êtes venu me trouver avec ce manuel, et vous m'avez demandé des renseignements sur le priapisme.

Werner secoua la tête.

– Non.

– Bien sûr que si, par sainte Louise, dit Butz en lui montrant le manuel. Regardez, il est encore ouvert à la page que vous étiez en train de lire. Vous voyez ?

– Je ne vous ai pas interrogé sur le priapisme, maintint Werner.

– Là, regardez, indiqua Butz d'un doigt légèrement tremblant. « Priapisme : érection anormale du pénis, douloureuse et persistante, non associée au désir sexuel ou à l'excitation. »

Butz recula dans son fauteuil.

– J'ai souffert de priapisme, une fois.

– Vraiment ? s'étonna Werner.

– Ouais. Il y a dix ans, une infirmière m'a poursuivi pour harcèlement sexuel. On a fini par conclure à du priapisme. Enfin... le diagnostic final a été « priapisme atypique ». Parce que, dans mon cas, il s'agissait d'une érection tout à fait normale, persistante et non douloureuse, associée au désir sexuel et à l'excitation. Mais bon, je parle de moi... Qu'est-ce que je peux faire pour vous ?

Werner inspira profondément.

– Vous m'avez bipé.

– Écoutez, mon bonhomme, dit Butz en lui agitant un doigt sous le nez, vous avez beau être un petit génie de la science, vous n'irez pas loin ici si vous ne vous rappelez pas ce que vous avez fait il y a deux minutes. Je sais même pas comment ça marche, ces foutus bips, alors par sainte Hildegarde, comment voulez-vous que j'aie pu vous biper, espèce de vieille carcasse ?

– D'accord, dit Werner en soupirant de nouveau, je viens vous voir à propos du patient Cinq, en réanimation au neuvième.

– Le Cinq ? postillonna Butz. Qu'est-ce qui cloche avec le Cinq ?

Il prit dans un classeur une pochette cartonnée dont il sortit immédiatement deux feuilles.

– Il a payé, il a trois compagnies d'assurances qui s'occupent de sa facture chaque mois. Il est aussi ponctuel qu'une montre suisse.

Le bip de Werner se fit entendre, lui demandant de rappeler les urgences au plus vite.

– Je le prends, dit Butz en branchant le haut-parleur et en enfonçant le bouton « urgences ».

– Butz à l'appareil. Je suis avec le Dr Ernst. Qu'est-ce que vous lui voulez ?

– C'est le Dr Hansen qui nous a dit de l'appeler, répondit une voix féminine. Ici on est débordés, et on nous a amené un jeune de dix-neuf ans avec blessure grave possible à la tête. A l'Hôpital central ils l'ont envoyé ici, parce qu'ils ne pouvaient pas le prendre en charge assez vite.

– Est-ce que le patient est assuré ? interrogea Butz.

– Je vous demande pardon ? répondit la voix de la femme.

– Une assurance ! Une assurance maladie, quoi ! hurla Butz en cognant sur l'appareil.

– Je vais vérifier, dit la femme en mettant Butz en attente.

Ce dernier en profita pour appuyer sur la touche « secret » et fit un clin d'œil à Werner.

– Elle est pour vous, cette pépée, elle ne s'est même pas renseignée au sujet de l'assurance maladie. Mais je vous fiche mon billet que ce type n'est pas couvert, qu'il est même complètement à poil.

– Dr Butz ? appela la fille des urgences.

– Oui, oui, répondit-il d'une voix chantante.

– Le patient n'a pas d'assurance maladie. L'ambulance est encore là. Au départ ils l'ont emmené à l'Hôpital central, mais leurs urgences étaient surchargées.

– Quelle surprise ! lança Butz à la fille. Je parie que vous pensiez que l'Hôpital central ne nous refilait que des régimes d'assurance supérieurs ?

– Je suis désolée, Dr Butz, je...

– Oubliez ça ! cria-t-il. Le Dr Ernst et moi-même sommes très occupés pour l'instant, alors je vous l'enverrai dès que je pourrai me passer de lui. Mais il ne sera sans doute pas disponible avant au moins une demi-heure. D'ici là, si l'ambulance reçoit d'autres directives concernant ce patient, qu'ils n'hésitent pas à le ramener.

La voix aux urgences montra des signes d'agitation.

– Mais le Dr Hansen nous a demandé de...

– Dites au Dr Hansen qu'il a du crottin de cheval à la place du cerveau, conseilla Butz. Et s'il vous répond que c'est faux, dites-lui de m'appeler directement. Bonne journée.

Butz éteignit le haut-parleur. Werner sauta de sa chaise et se dirigea vers la porte.

– Je vais m'occuper de ça, déclara-t-il.

Butz tapa du poing sur le bureau.

– Par saint François ! Reposez vos fesses sur cette chaise avant que je vous botte le train ! Vous perdez la tête, mon garçon ? Vous êtes assez bête pour travailler gratis ? Et même si vous êtes assez bête pour ça, pas moi, et c'est pour moi que vous travaillez. Si vous travaillez pour rien pendant que vous travaillez pour moi, ça veut dire que moi aussi, je travaille pour rien, vous pigez ?

– Mais ils ont dit qu'il s'agissait d'une blessure grave possible à la tête, protesta Werner.

– Une blessure à la tête ? hurla Butz. Combien de fois je vous ai dit d'écouter quand on vous parle ? Vous autres, les jeunes coqs, vous pouvez causer jusqu'à ce que mort s'ensuive, mais dès qu'il s'agit d'écouter, alors là, plus personne ! Ils ont expliqué que c'était une douleur abdominale potentiellement grave. Et c'est ça, le truc. Si c'était vraiment grave, ils l'auraient dit. Mais ils ne l'ont pas dit, n'est-ce pas ? Tout ce qu'ils veulent, c'est vous forcer à travailler pour rien. Une blessure à la tête ? Là, bien sûr, s'il s'agissait d'une blessure à la tête, je dirais «Allez-y, foncez». Ça pourrait être vraiment grave. Mais bon, une douleur à la prostate chez un adulte de quatre-vingt-onze ans? Attendez de voir si vous n'avez pas mal à la prostate à quatre-vingt-onze ans, au lieu de ricaner!

Werner se prit la tête entre les mains. Il inspira profondément et prit soin de bien articuler.

— C'est un jeune homme de dix-neuf ans, avec une blessure à la tête. Personne n'a jamais parlé de prostate.

Butz secoua la tête.

— Vous déraillez. Mais admettons que vous ayez raison, d'accord? Il a dix-neuf ans, mais pas d'assurance maladie. Il est blessé à la tête et son nom est Leroy Washington. Bon. Alors d'après vous, qu'est-ce qui se passerait si je débarquais chez Leroy un dimanche après-midi et si je lui criais: «Eh! Leroy! mon gazon doit être tondu, et je n'ai pas de tondeuse. Et je n'ai pas d'argent, non plus; mais apporte donc ta tondeuse chez moi et fais-moi un jardin à la française. Si un jour j'ai une petite rentrée d'argent, je penserai à toi. Non, sérieux, envoie-moi la facture, Leroy.»

Werner tapa du poing sur le bureau, mais avec beaucoup moins d'autorité que Butz.

— Mais quel est le rapport entre tondre le gazon et les soins médicaux d'urgence? hasarda-t-il.

— Aucun, évidemment! hurla Butz. Tout comme il n'y a aucun rapport entre un chien et un lévrier! On est dans une économie de services. Autrefois, on avait des usines, on produisait des choses utiles, comme des missiles, pour préserver la paix dans le monde. Mais maintenant ils ont tout bouleversé. Maintenant, c'est une économie de services. Vous voulez des services, eh bien! il faudra les payer. Si vous donnez vos services gratis dans une économie de services, vous pouvez détruire le pays entier!

Werner leva la main.

— Mais...

— Mais rien du tout! reprit Butz. Par sainte Bathilde, si vous recousez gratuitement le crâne de Leroy Washington chaque fois que sa petite amie lui fiche un coup de poêle sur la tête, vous allez bientôt être aussi fauché que les blés après la moisson ! Et, en plus, vous risquez de mettre le pays dans une sacrée merde !

Werner posa le coude sur le bureau de Butz et se prit le front dans la main. Butz déplaça un paquet de papiers.

– Peut-être que vous pouvez vous permettre de passer vos journées à discuter de la défense du territoire, mais pas moi, mon p'tit bonhomme. Venons-en au fait. Qu'est-ce que je peux faire pour vous ?

Werner se massa les tempes.

– Le Cinq, murmura-t-il, les dents serrées.

– Le Cinq ? postillonna Butz. Qu'est-ce qui ne va pas avec le Cinq ?

Il ressortit la même chemise cartonnée du classeur et en extirpa les deux mêmes feuilles.

– Il a trois compagnies d'assurances pour payer sa note mensuelle. Il est aussi zélé qu'un côlon spasmodique débouché aux laxatifs.

Werner se mordit la lèvre.

– On avait prévu de lui faire une gastrotomie. Mais la famille s'y oppose.

– Et alors ? rétorqua Butz. C'est nous, les médecins, et lui, c'est notre patient. J'en ai strictement rien à cuire de ce que sa femme peut bien penser ! Moi, je sors de Yale. Et elle, de quelle École de médecine elle sort ?

– Ce n'est pas sa femme, c'est sa fille. Il a deux filles. La première est plutôt un gros morceau, et la seconde est... séduisante.

– Amenez-moi la séduisante, Butz, je saurai bien la convaincre de laisser faire la trachéotomie.

– Gastrotomie, le corrigea Werner.

– Vous venez de dire trachéotomie. J'étais là, je l'ai pas inventé.

– Nous avons déjà discuté plusieurs fois de cette GASTRO-TOMIE, expliqua Werner.

– Si c'est un beau morceau, je veux bien croire que vous ayez remis ça plusieurs fois de suite, dit Butz d'un air entendu.

Toujours là à lui renifler le derrière comme un teckel, je vous ai bien vu.

Il cracha dans la corbeille et ralluma son bout de cigare.

— Et après lui avoir parlé, continua Werner, je me suis demandé si finalement elle n'avait pas raison. Je veux dire, de refuser la gastrotomie.

La mâchoire inférieure de Butz tomba grande ouverte.

— Elle a marqué un point. A quoi ça servirait de le nourrir, s'il ne peut de toute façon se rétablir ? enchaîna Werner.

— Là, vous tenez vraiment le bon bout, mon garçon, tonna Butz, et il est dans votre caleçon. C'est votre queue qui parle. Je suppose que ce type a besoin du tube parce qu'il ne peut plus se nourrir, c'est ça ?

— Oui, admit Werner. Mais est-ce que l'on ne fait pas que retarder l'inévitable en mettant ce tube ?

Butz sembla au bord de l'apoplexie.

— Vous voulez qu'un homme meure d'inanition, juste parce qu'il doit de toute façon bientôt mourir ? Bordel de bordel ! C'est moi qui vais faire les dernières visites tous les jours, maintenant ! Vous voulez aussi embarquer mon plateau-repas ? Après tout, pourquoi on devrait manger ? On va tous mourir un jour ! Pourquoi transformer de la bonne nourriture en merde en attendant le Jugement dernier ?

— J'essayais juste de coopérer avec elle...

— Vous essayiez juste de *copuler* avec elle, l'interrompit Butz. Être médecin, ça n'est pas assez bien pour vous. Maintenant, vous voulez être Dieu tout-puissant au matin du Grand Jour ! Faites-les tous crever de faim, Dieu reconnaîtra les Siens, c'est ça ?

— Mais s'il n'y a aucun espoir de guérison, pourquoi aller plus loin ? supplia presque Werner.

Butz essaya de frapper du poing sur la table, mais rata son coup.

— Qu'est-ce que vous avez dans le crâne, mon petit bonhomme ? La raison s'appelle le rendement !

Butz alla repêcher de nouveau ses deux feuilles dans la chemise cartonnée.

– Ce type a une assurance maladie de roi du pétrole ! Une assurance à long terme, une vraie rente ! Et vous, vous voulez débrancher ses tubes ! Mais ses tubes, c'est de l'argent ! Ça n'est pas un de ces types pour lesquels l'hôpital est obligé de prendre une deuxième hypothèque sur la maison familiale : c'est une véritable vache à lait ! Le rendement, bon sang ! Ces perfusions qu'on lui fait, c'est autant d'argent liquide qui rentre ! Je plaisante, bien sûr. Mais quand même...

Werner secoua la tête.

– Ça change quoi, cette assurance ?

– Attendez une seconde, je vais réclamer les documents à ma secrétaire.

Butz enfonça un bouton, et une femme répondit.

– Gwen à l'appareil.

– Gwen ? demanda Butz d'un ton hargneux. Où est Doris ?

Gwen soupira à l'autre bout du fil.

– Doris est partie il y a deux ans.

– Par saint Pierre ! Je veux bien être changé en pelle à tarte si elle n'était pas là hier encore !

Werner entendit presque la secrétaire tapoter des doigts au téléphone.

– Apportez-moi la dernière facture qu'on a envoyée au Cinq, aux Soins intensifs du neuvième, ordonna Butz.

– Le nom du patient, s'il vous plaît, demanda Gwen.

– Son nom ? beugla-t-il.

Puis il appuya sur le bouton de pause et dit à Werner :

– J'aurais pu avoir le prix Nobel si j'avais fait une étude sur l'incompétence féminine. Tout ça, c'est la faute aux ovaires : ils sécrètent une hormone particulière.

Il relâcha le bouton et dit à la secrétaire :

– Par saint Timothée, Susan, comment je suis censé connaître son nom ? Apportez-moi la dernière facture du Trois, aux Soins intensifs du septième.

– C'est le Cinq, aux Soins intensifs du neuvième, cria Werner. Son nom est Potter.

– N'apportez pas tout le dossier, Dolores. Lisez-nous juste la dernière ligne, hurla Butz lui aussi.

Gwen eut un petit rire nerveux et plaça Butz en attente. Ce dernier referma la pochette cartonnée et la rangea dans le classeur.

– Sinon, vous vouliez me parler de quelque chose ? Qu'est-ce que je peux faire pour vous ?

Gwen revint en ligne.

– Le montant total de la dernière facture, qui ne concernait que le mois de mai, est de 67 973, 32 dollars.

– La facture ? geignit Butz. Quelle facture ? Je vous signale que je suis en pleine conférence, ici ! Et d'abord, qui dit que je leur dois ces 67 000 dollars ?

Gwen lui raccrocha au nez.

– Allô ! beugla Butz en appuyant sur tous les boutons du téléphone. Vous y croyez, vous ? Par saint Marcel, c'est bien la plus tarée des secrétaires que j'aie eues. Elle sert à rien ! Rien qu'un taureau avec des nichons !

– Le Cinq, Soins intensifs du neuvième, rappela Werner.

– Le Cinq, postillonna Butz en s'emparant de nouveau de la chemise.

– Je sais qu'il a payé, dit Werner. Il est dans le coma, et on avait prévu une gastrotomie.

– Foncez ! répondit Butz en examinant les deux feuilles. J'ai là le montant exact de l'argent qui entre chaque fois qu'on fait des analyses à ce type. Il a une assurance maladie de roi du pétrole. Il est aussi prompt qu'un fossoyeur pendant un enterrement sous la pluie.

– Ma question est la suivante, continua Werner. Si vous étiez dans le coma, est-ce que vous voudriez être maintenu en vie par des machines pendant des mois ?

Butz se redressa tout droit et lança à Werner un regard de stupéfaction.

– Par saint Guénolé, non ! répliqua-t-il. Vous croyez vraiment que j'aimerais mourir attaché dans une pièce remplie d'étrangers ? Je mourrai chez moi, dans mon lit, avec une bouteille de scotch et une bière fraîche.

– Bon, alors ? dit Werner en tendant soudain les mains devant lui, attendant une explication.

– Alors quoi ? dit Butz avec colère.

– Eh bien ! pourquoi ça ne vous pose pas de problème d'attacher le Cinq et de le laisser se faire torturer par des étrangers ? Vous venez de dire que vous, vous ne le supporteriez pas. Est-ce qu'on ne peut pas au moins le mettre en non code ?

Butz gratifia Werner d'un regard des plus perplexes.

– Ça doit être le conflit des générations. Vous êtes incapable de distinguer une vache d'une poule, pas vrai ? Bon, je vais tout vous expliquer d'un bout à l'autre, et je ne veux pas être interrompu, est-ce que je me fais bien comprendre ?

– Oui.

– Vous êtes médecin, pas vrai ?

– Oui.

– Je suis médecin, pas vrai ?

« Eh bien, comment dire... » pensa Werner.

– Oui, admit-il.

– Bon, les médecins gagnent des paquets de fric pour maintenir les gens en vie, pas vrai ? Vous me suivez ? Ça, c'est le rendement. L'argent. Plein d'argent, qu'on nous donne pour garder les gens en vie. Pigé ?

– Pigé, assura Werner, seulement...

– Eh ! oh ! laissez-moi finir, tête de nœud ! Regardez-moi ça, dit-il en reprenant les feuilles dans la chemise. D'après ces papiers, ce type en 5 a souscrit trois polices d'assurance différentes, qui nous font des ponts d'or pour qu'il reste en vie. Et s'il ne reste pas en vie, nous, on n'est pas payés, pigé ?

– Pigé, répéta Werner, seulement...

– Silence ! brailla Butz. Laissez-moi vous le dire autrement, pour être sûr qu'il n'y a pas de malentendu, dit-il en se calmant. Dès qu'il mourra, les compagnies d'assurances arrêteront de nous verser des millions.

– Je sais, dit Werner, seulement, vous...

– J'en viens à moi, mugit Butz. Moi, je ne veux pas trinquer... pour les autres. Je ne veux pas mourir attaché dans un lit après des mois de torture. Je veux mourir dans ma véranda, les pieds devant et le ventre plein de côtelettes grillées. C'est pourquoi je n'ai pas d'assurance de roi du pétrole. En fait, je n'ai pas d'assurance du tout.

– C'est vrai ? demanda Werner.

– Évidemment. Et tous mes biens sont sur des comptes en fidéicommis, avec interdiction formelle à quiconque d'utiliser cet argent pour mes soins médicaux.

– Mais, si jamais vous tombez malade ?

– Si jamais je tombe malade, je peux vous garantir qu'aucun médecin sur cette planète ne m'approchera. Même une citrouille pourrait comprendre ça. Pas besoin de testament : assurez-vous juste que vous n'avez plus un rond, et vous mourrez dans votre lit, le sourire aux lèvres.

Butz choisit un vieux bout de cigare dans l'un des cendriers en verre, l'alluma et tira dessus avec volupté.

– Ce malheureux couillon de Cinq n'a pas souscrit trois assurances de ce genre pour après s'éteindre comme une fleur. Il voulait qu'on se batte pour lui et qu'en prime on soit payé en liquide, pour être sûr qu'on ferait du bon boulot.

Le téléphone de Butz se mit à sonner. Il décrocha le combiné, dit « Allô ! » et écouta pendant trente secondes.

– Est-ce que ce patient est assuré ?... Je vois. Il l'était, mais l'assurance est arrivée à expiration. Attendez une seconde.

Butz appuya sur le bouton de pause et demanda à Werner :

– Ce type, là, Hansen, est-ce qu'il travaille pour moi ?

– Non, répondit Werner.

– Allô ? dites-moi, je suis très occupé pour le moment. Voudriez-vous joindre le Dr Hansen et lui demander de voir ce patient aussi vite que possible ? Très bien, merci. Bon, à nous, dit Butz en se retournant vers Werner. Vous venez pour avoir des places pour la finale du Super Bowl, c'est bien ça ?

– Non, dit Werner avec lassitude. Non, pas du tout.

– Comme vous voudrez, continuez à faire le malin, ricana Butz en haussant les épaules. Maintenant dites-moi, qu'est-ce que je peux faire pour vous ?

Werner ressortit du bureau de Butz avec une migraine atroce. Pendant qu'il prenait l'ascenseur jusqu'au neuvième, il écrivit le nom du Cinq dans le planning pour une gastrotomie. Ensuite, il se rendit chez le Cinq, dont Stella changeait les perfusions. Elle lui montra les tubes fins, bien transparents, d'environ trois mètres cinquante de long.

– Deux cent cinquante dollars la paire de machins comme ça, dit-elle à voix haute. Je connais un vendeur de poissons exotiques qui fait exactement les mêmes pour les pompes des aquariums. Sauf que lui, il les vend un dollar et demi pièce.

Werner s'approcha du lit et se mit à observer le crâne du patient sous la peau diaphane. Un tremblement nerveux agita les doigts du Cinq et sa main droite tapa sur le montant métallique avec un petit « ping ».

Stella enfila des gants chirurgicaux en les faisant claquer, et sortit un cathéter d'un sac stérile.

– Ceux-là, ils coûtent quinze dollars pièce. Et on les change toutes les heures. Ça nous fait un total de trois cent cinquante dollars de cathéters par jour. Imaginez un peu ce que quelqu'un de vivant pourrait faire de cet argent. Moi, je prendrais trois jours de congé et je boirais de la bière fraîche.

– Vous en pensez quoi, vous ? demanda Werner à Stella.

– FAUT PENSER A LE COIFFER ? MAIS IL A PLUS UN POIL SUR LE CAILLOU ! hurla Stella. PARLEZ PLUS FORT, MON APPAREIL EST A LA VIDANGE !

– JE DIS : QU'EST-CE QUE VOUS EN PENSEZ, VOUS ?

– DE LUI ? répondit Stella. ARRÊTEZ VOTRE CINÉMA.

– EST-CE QUE VOUS LUI AVEZ DÉJA DEMANDÉ DE VOUS SERRER LA MAIN ? questionna Werner en fixant la main tremblante du Cinq.

– A LUI ? dit-elle en riant. POUR QUOI FAIRE ?

Werner observa une nouvelle série de contractions dans les muscles flasques du Cinq.

– Ah ! puisqu'on en parle, Dr Saucisse, continua de crier Stella, est-ce que quelqu'un pourrait m'expliquer pourquoi on fait passer mille dollars par jour dans le goutte-à-goutte de cette courgette alors que le pays grouille d'enfants pas vaccinés ?

135

C'est combien, une injection, déjà ? Deux dollars ? On pourrait vacciner tout Brooklyn rien qu'avec ce que ce type coûte en une journée.

– La peur de la mort, voilà la raison, répondit Werner. Les gens âgés sont comme nous tous, ils ont peur de mourir. Ils préfèrent nous payer pour qu'on les garde dans le coma. Je crois qu'on les appelle l'AAVCGP.

– AA QUOI ?

– L'AAVCGP, articula Werner en criant de plus belle. L'Association américaine des vieux corps gras et paresseux. Ils savent faire trois choses : jouer au golf, être entourés de nymphettes et voter pour les sénateurs qui leur envoient le plus d'argent, au lieu de le gaspiller en vaccins pour des gosses qui ne votent pas.

En sortant du box, Werner tomba sur la Grosse Martha. Elle souriait comme une bienheureuse au-dessus d'un dossier ouvert.

– Vous vous rappelez quand vous avez mis le Sept en non code, l'autre nuit ?

– Vaguement, répondit Werner.

– Je crois que vos instructions verbales étaient : « Cadavre. non code. » Ça vous rappelle quelque chose, maintenant ? Et je vous ai demandé si vous vous étiez mis d'accord avec le Dr Butz.

– Où voulez-vous en venir ?

– Le Dr Butz a ordonné de mettre le Sept en code plein aujourd'hui, lança-t-elle en montrant à Werner un gribouillis illisible dans le dossier du Sept.

– Un de ces jours, je me chargerai personnellement de vous mettre vous aussi en code plein, répondit Werner.

Alors qu'il sortait de l'hôpital, la standardiste lui tendit trois messages. Le premier venait de Sheldon Hatchett : « Demande de décision de référés demain. » Le deuxième venait de M. Wilson, du service juridique du Centre médical : « Opposition à la décision de référés demain. Retrouvez-moi à mon bureau à 8 h 30. » Le dernier venait de Félicia : « Pouvons-nous faire une tentative pour le nouveau traitement ce soir ? J'ai votre adresse. »

Chapitre 8

Werner déboula dans son appartement un peu avant 20 heures (1945, heure médico-militaire), en laissant une fois de plus derrière lui une journée de quatorze heures de médecine interne. Il se fraya un chemin dans la pièce encombrée de bouteilles de bière vides, de tas de vêtements propres, de tas de vêtements sales, de papiers et de revues. Au milieu de tout ça trônait un grand sac blanc de chez le traiteur, débordant des restes de son dernier repas, ainsi qu'une tasse ornée du logo du Centre médical universitaire, avec des petits bouquets de moisissures flottant sur un fond de café instantané.

Il se souvenait d'avoir gribouillé le numéro de Félicia sur une table de conversion pharmaceutique miniature qu'il avait perdue quelque part dans sa blouse. Après cinq bonnes minutes d'excursion au fin fond des poches kangourou, il trouva le papier, attrapa le téléphone et composa le numéro. Personne. Elle avait peut-être laissé tomber. Ou alors elle était au côté du Cinq.

Il jeta un œil à son courrier. Des revues médicales, des factures et des offres-exceptionnelles-ne-laissez-pas-passer-cette-chance-extraordinaire-vous-ne-le-regretterez-pas. Les factures atterrirent dans un crâne humain découpé transversalement que Werner avait emprunté au labo de pathologie, où elles rejoignirent une pile d'autres factures non ouvertes. Les offres-exceptionnelles-et-bla-bla-bla eurent quant à elles les honneurs du sac du traiteur.

Il fit le bilan de son état de fatigue : était-ce de l'épuisement type, qui exigeait un sommeil immédiat, ou de l'épuisement de surface, qui pouvait souvent être traité à l'alcool pour se transformer en épuisement récréatif qui, à son tour, pouvait selon les dosages évoluer en sensation de veille normale, voire d'euphorie ?

Werner sortit deux bières du réfrigérateur et les mit au congélateur. Quatre glaçons dans un grand verre, quatre doigts de scotch, sans eau. Il se dirigea vers un petit meuble dans le coin de la pièce, alluma la chaîne stéréo et fouilla dans le panier à linge bourré de cassettes, à la recherche de quelque chose de brutal, de quelque chose qui cogne, qu'il connaisse sans trop connaître, quelque chose...

Il tenta de rappeler Félicia, mais sans succès.

Il descendit le lit mural, glissa un oreiller dans une taie et ouvrit une revue dans un crissement de papier glacé. Rien ne valait une bonne lecture. Il rota et ouvrit l'article central : « Les troubles des sécrétions gastriques chez les patients traités aux prostaglandines (PGE1, PGE2, PGA1). »

Au beau milieu de cette lecture hautement divertissante, Werner se dit qu'elle était peut-être simplement sortie faire des courses. Il rappela chez elle. Toujours personne. Arrivé à la note de bas de page numéro 25, il liquida le fond de son verre de scotch et alla se chercher une bière fraîche.

Il songea qu'il devenait absolument nécessaire que lui et Félicia prévoient l'application du traitement aussi vite que possible. Il feuilleta de nouveau la revue, en quête d'un éventuel article sur la dyspareunie (douleur survenant pendant le rapport, entraînant des dysfonctionnements sexuels et une inhibition de la réaction orgasmique chez la femme). Vraiment, Félicia pourrait se révéler être l'un des cas cliniques les plus intéressants de sa carrière. Il réfléchit au moyen de se livrer à un examen pelvique, ou de procéder à un frottis, au cas où elle aurait attrapé quelque chose de contagieux.

Il recomposa son numéro – tout en se disant qu'il n'était sans doute qu'un pigeon de plus, enfermé dans une boîte, et qui continue de picorer dans sa mangeoire, alors qu'il n'y a plus rien dedans depuis trois jours. Il lui fallait se surveiller. Éviter de choper le virus-coup-de-foudre-immédiat, ou CDFI, comme il avait fini par l'appeler à l'École de médecine, vu le nombre impressionnant de ses rechutes. Ce syndrome se caractérisait par une démence et une érotomanie avancées, ainsi que par une hystérie libidineuse. Un cas de virus CDFI pouvait provoquer chez Werner une panne inutile de son système de traitement de l'information.

Il alla chercher la bière numéro deux. La vie avait du bon. Il était hors de l'hôpital. Aussi longtemps qu'il gardait son bip sur lui, il était tout à fait libre d'aller se chercher son dîner, une fille pour passer la soirée et même, plaisir interdit parmi les plaisirs interdits, de dormir. Il décrocha le téléphone et entreprit d'appeler un sujet féminin de vingt-cinq ans, apparemment en bonne santé, aux paires crâniennes I-XII intactes, à la poitrine symétrique et sans excroissance anormale, au rythme cardiaque régulier, avec un pouls de 72 et une tension de 12,6, la peau bien irriguée, chaude, sèche et rose...

La vie avait du bon. En fait, tout était très simple. S'il se mettait à travailler dur, l'argent rentrerait. Et si l'argent se mettait à rentrer, il pourrait se mettre à le dépenser. S'il en avait envie, il pourrait acheter une grosse maison, et même s'y installer avec un sujet féminin de vingt-cinq ans apparemment en bonne santé. Elle était simple et superficielle, mais qui demanderait de la complexité et de la profondeur après seize heures en réa ? Ce serait peut-être agréable de rentrer chez soi et d'y retrouver une charmante bécasse.

Allez ! encore une petite bière pour fêter ça. Travailler dur et s'amuser dur, c'était ça, le truc. Cul-de-Bouteille n'était qu'un gentil petit vieux inoffensif, un salaud d'obsédé sénile, sexiste et raciste. Mais il était vieux, et il n'y pouvait rien. Vivre et laisser vivre... Le Cinq arriverait bien à y passer un jour. Constance était tarée, mais elle avait de bonnes intentions. Félicia était... splendide. Et Werner était un jeune médecin travailleur qui essayait de son mieux de se faire une place au soleil. Dieu, de là-haut, devait tous les regarder en souriant – à condition que Dieu soit toujours là.

Werner avait lu à l'université que Dieu était mort. Une fois à l'École de médecine, il avait appris que Dieu n'était pas mort, mais juste très malade. Le premier acte de décès avait commencé à circuler plus de cent ans auparavant, et Dieu sait combien on connaissait à l'époque peu de choses sur la mort cérébrale et la résurrection cardio-pulmonaire. On avait probablement déclaré le décès de Dieu un peu prématurément. Au lieu d'être juste mort ou retrouvé assassiné, Dieu avait sans doute glissé dans une sorte de coma, ou avait eu une attaque d'amnésie globale durant laquelle Il avait tout simplement oublié qu'Il était Dieu, et avait laissé l'univers livré à lui-même. Au lieu d'annoncer au monde Son état de débilité, peut-être Dieu s'était-Il seulement réfugié dans la clandestinité, comme les Premiers ministres russes malades, laissant la masse se livrer à toutes sortes de spéculations pendant Sa longue convalescence.

Le scénario était très facile à reconstituer. Dieu était sans doute en train de traîner dans une boîte mal famée du mauvais côté du purgatoire, faisant la bombe aussi bien avec les pêcheurs qu'avec les archanges, pour se refamiliariser avec les choses humaines et divines. Dieu était allé au bar faire de la monnaie pour les flippers et les jeux vidéo. Mais comme on Lui en avait trop donné, Il avait laissé tomber une pièce de vingt-cinq cents, alors Il s'était mis à quatre pattes, avait gratté une allumette et avait commencé à farfouiller dans la sciure et les coques de cacahuètes. En se relevant, vlan ! Il avait explosé Son crâne céleste contre un tabouret de bar et s'était fait une commotion de tous les diables (si l'on peut dire), une contusion cérébrale ou un hématome sous-dural. En avaient résulté une amnésie rétrograde et un œdème cérébral traumatique, et c'est ainsi qu'Il avait oublié qu'Il était Dieu.

Pendant ce temps, la planète Terre était tombée en ruines, les livres de Nietzsche avaient été publiés, l'archiduc François-Ferdinand avait été assassiné et la Première Guerre mondiale avait éclaté. Le temps que Dieu soit transféré dans une salle d'urgence décente, Hitler était arrivé au pouvoir et la Seconde Guerre mondiale avait fait long feu. Avant qu'on ait pu joindre le spécialiste adéquat à son domicile, la bombe atomique était déjà opérationnelle.

Les choses vont mal dans ce monde, mais pourquoi tirer des conclusions hâtives et déclarer Dieu mort, alors qu'Il a peut-être seulement besoin d'être mis dans un service de réanimation équipé de la toute dernière technologie ? Des drogues miraculeuses pourraient être mises au point de façon à maintenir Sa tension et à réguler Ses déséquilibres sanguins. Il se pourrait également que Dieu soit actuellement dans une situation critique, attendant dix unités de plaquettes ou trois unités de sang frais. En outre, la médecine progresse à une telle vitesse que les traitements les plus récents ne sont sans doute pas encore disponibles là-haut, ce qui contraindrait Dieu à devoir Se contenter de matériel dépassé et de médecins manquant cruellement d'informations. On peut juste espérer que le personnel médical déjà décédé et arrivé là-haut parvienne à tirer le meilleur parti du peu de technologie dont il disposait ici-bas, en attendant que le chef de la médecine interne de la clinique de Mayo ou un spécialiste de chez Sloan-Kettering débarque avec son savoir-faire, relaie le médecin attitré de Dieu, Le mette sous respirateur, Lui pose un cathéter cardiaque et appelle la radiologie pour un scanner complet.

Une fois que Dieu commencerait à aller mieux, Il pourrait de nouveau Se prendre pour un médecin, tout comme les médecins se prennent pour Dieu. Peut-être Dieu sait-Il ce que signifie être de garde en permanence et ne jamais dormir assez. Peut-être Dieu en est-Il malade, de tous ces maux incurables et de toutes ces catastrophes aveugles, de ces morts-nés et de ces maladies vénériennes, de ces occlusions intestinales et de ces anévrismes cérébraux à disséquer. Peut-être Dieu porte-t-Il une longue blouse blanche, mâche-t-Il constamment le bout de Son crayon, joue-t-Il avec le piston de Son stylo-bille, peut-être Se demande-t-Il désespérément s'Il doit laisser mourir le Deux ou le maintenir deux semaines de plus en dialyse. Et si Dieu passait Ses nuits assis là, à chercher à savoir s'il faut «accompagner» les malades atteints de fibrose cystique avant l'âge de douze ans ou bien les laisser vivre leurs premières années d'adultes ? Est-ce que le répit ou le soulagement que peuvent procurer quelques réceptions de mariage et quelques levers de soleil valent une vie entière de souffrance ? Vaut-il mieux emporter les petits enfants au berceau ou les laisser traverser tragédie sur tragédie, en espérant qu'ils découvriront, çà et là, quelques moments de bonheur intense, ou même qu'ils apprendront la formule magique qui transformera leur souffrance en joie ?

Werner se repencha sur l'article traitant des prostaglandines. Il avait peu de temps pour apprendre les sciences dures, et pas du tout pour folâtrer dans les forêts enchantées de la spéculation. Dans la vie, les questions importantes n'étaient en général rien d'autre que des questions médicales déguisées. La religion se posait la question de la fin, qui ne devenait incontournable qu'une fois que l'alternative médicale avait échoué. La plupart des gens savaient cela intuitivement, même s'ils ne pouvaient pas vraiment le comprendre.

Werner entendit le ronronnement d'un moteur puissant et discret provenant du parking. Le moteur s'arrêta, suivi du bruit de phares amovibles rentrant dans leurs compartiments, puis d'un claquement assourdi, comme si l'on refermait le couvercle d'un cercueil luxueux. Il perçut enfin le tic-tic aguicheur des talons hauts qui claquaient sur le trottoir, avant d'arriver sur le palier.

La patiente était arrivée.

– Dr Ernst ? appela-t-elle timidement à travers la porte. Tu es rentré ?

La Famille, en fait, c'est comme les infirmières, pensa-t-il. Elles continuent à vous appeler docteur, même quand vous êtes sur le point d'entrer dans leur intimité.

Il la fit entrer et l'embrassa. Elle vacilla sur ses escarpins blancs à talons aiguilles. Ses cheveux étaient dressés en l'air, dans une profusion de houppes, de pinces et de petites queues enrubannées. Des boucles d'oreilles blanches grosses comme un carillon tintinnabulaient contre sa nuque. Elle gloussa et rougit, puis se retourna, faisant tourbillonner sa robe blanche et agitant tous ses bracelets.

Elle avait apporté un combi télé-magnétoscope et un nécessaire de voyage plein à craquer.

– Tu m'as dit que tu n'avais pas de télé, dit-elle, alors j'en ai apporté une. Tu aimes ? demanda-t-elle en relevant sa robe et en tendant sa cheville ornée d'un bracelet en or. Je l'ai acheté aujourd'hui.

Elle se balança en arrière sur ses talons hauts.

– Comment ressort mon bronzage, sur tous ces trucs blancs ? poursuivit-elle en découvrant une épaule bronzée prête pour l'inspection.

Werner la prit dans ses bras et effleura des lèvres la peau brune et douce, emportant le goût de l'huile de coco et de la chaleur emmagasinée pendant cette journée de bronzage consciencieux. La robe était si fine et si souple qu'elle bougeait en même temps que les mains de Werner, et qu'il sentait les élastiques, les petits nœuds et les broderies de sa culotte au travers.

Elle se détacha de lui et s'éventa de la main.

– Fiou ! gémit-elle d'une voix aiguë. Il fait une chaleur à crever dans le coin. Je suis déjà trempée. Tu n'as pas l'air conditionné ?

– J'oppose un certain nombre d'objections d'ordre philosophique et moral au fait d'avoir l'air conditionné, répondit Werner. Si on y pense...

– La ferme ! Ça doit être les mêmes que pour la voiture, non ? Quand est-ce qu'ils vous paient, dans ce boulot ?

– Quand ils sont bien sûrs qu'on est trop vieux pour pouvoir en profiter.

Elle l'embrassa, puis alla chercher dans son sac un paquet de cigarettes et une canette de soda light.

– Tu veux bien me l'ouvrir pendant que j'installe la télé ?

A peine eut-elle le temps de finir sa phrase qu'ils se dirigeaient déjà vers le canapé. Elle ne semblait pas très pressée d'en venir au traitement. Werner regarda la robe délicate jouer sur sa peau bronzée tandis qu'elle réglait le poste. Au lieu de coller à ses formes, le tissu semblait flotter autour d'elle, s'enroulant çà et là dans les pleins et les déliés du corps souple. Les plis bouffants du corsage dessinaient le contour de ses seins étrangement mobiles, qui n'étaient pas muselés et bougeaient tous les deux librement. Cet exercice colora les pensées de Werner en rose chair, alors qu'il contemplait les mamelons qui frottaient contre le tissu.

Elle alluma une cigarette et appuya sur le bouton « marche » de la télécommande.

– J'espère que je ne t'ai pas trop dérangé ce matin, déclara-t-elle en zappant d'une chaîne à l'autre, après un rapide coup d'œil à chacune.

– J'étais avec le chef de la médecine interne, pendant sa visite. Ne m'appelle plus jamais avant midi. Jamais. Le matin, c'est hors de question. Je te l'ai déjà dit, mais tu n'as pas écouté.

Il se ressaisit, sentant qu'il se mettait à lui parler comme à un des marsupiaux de l'hôpital.

– Je suis désolée. J'avais l'impression que la soirée s'était mal terminée et je voulais en parler avec toi. Je ne voulais vraiment pas te contrarier.

– Je ne suis jamais contrarié. Et quand je sens que je vais l'être, tout ce que j'ai à faire, c'est dormir... du moment que je ne suis pas de garde.

– Eh bien ! murmura-t-elle en baissant les yeux vers la télécommande, j'espère que ce que tu dis est vrai, parce que je ne veux pas te savoir contrarié. J'ai aimé dormir avec toi. C'était très intime, même si on n'a pas...

Werner se retint de répondre et attendit la suite.

– Et puis je voulais aussi te prévenir que l'avocat allait t'appeler. Je lui ai demandé de ne pas le faire, mais il a insisté pour te parler.

– Je sais ; j'ai déjà discuté avec lui. Et j'ai aussi parlé aux autres médecins... Je ne crois pas que je pourrai faire quoi que ce soit, acheva Werner après une longue inspiration.

144

Des larmes perlèrent aux yeux de Félicia, souillant les joues parfaites et dégoulinant jusqu'au menton.

– Je m'en doutais...

Elle laissa son regard vide errer sur une publicité pour du pop-corn spécial micro-ondes.

Il lui prit la main.

– Je sais ce que tu ressens, assura-t-il en se penchant dans son champ de vision pour attraper son regard. Mais je ne peux pas témoigner contre mes supérieurs, je ne suis qu'interne.

– Autrement dit, tu penses que j'ai raison, mais tu ne peux pas le répéter devant un tribunal.

– Ne parlons plus de tout ça, coupa Werner en lui prenant les mains. Parlons plutôt de nous.

Elle fit tomber la cendre de sa cigarette dans la canette de soda vide.

– OK. Mon nom est Félicia Potter. Mon père est dans le coma depuis des mois aux Soins intensifs, et j'ai toujours peur de le laisser tout seul, parce que je ne peux pas supporter l'idée de ne pas être à ses côtés pendant qu'il se meurt. OK. Ça, c'est moi. Et toi, c'est quoi ton nom ?

– C'est le bazar total, cette histoire, se plaignit Werner. C'est l'incertitude permanente. Dès qu'on étudie le problème, il devient impossible de trancher. Rien n'est tout blanc ou tout noir ; il n'y a que du gris. Un spécialiste affirme « Il faut le faire », un autre répond « A quoi ça sert ? ».

– Mon avocat dit que tu as été rédacteur en chef de la *Revue de médecine de l'université*. Et qu'un juge écoutera forcément un interne qui a été rédacteur d'une revue médicale.

– Je ne vois pas pourquoi. C'est juste beaucoup de travail, ça n'a rien à voir avec la médecine pratique. C'est de la théorie.

– Mais qu'est-ce qu'on va faire, à la fin ? Quand je me rend à l'hôpital, je reste à le regarder pendant des heures. Ce n'est pas mon père que je vois. Mon père était plein de vie, il aimait courir, faire du vélo, jouer au basket, nager... Il était actif. Il détestait les médecins et les hôpitaux. Et regarde-le, maintenant. Une fois, il m'a dit : « Je ne veux pas entendre parler de maison de retraite, tu m'entends ? Je veux qu'on se souvienne de moi comme du type qui emmenait les filles danser, pas comme du type qui demandait qu'on lui change sa couche. »

– J'aimerais pouvoir t'aider, répondit Werner. Mais je ne peux pas témoigner pour toi. Ils me ficheraient à la porte.

– Tu n'auras pas à témoigner, l'interrompit-elle. Mon avocat a engagé deux experts médicaux pour qu'ils témoignent en notre faveur.

« En voilà, une bonne nouvelle, pensa Werner. Peut-être que maintenant, on pourrait se concentrer sur des choses plus importantes. »

Elle jeta sa cigarette et en alluma une autre.

– Selon lui, tu ferais un meilleur témoin, ajouta-t-elle, mais on pourrait se débrouiller sans toi.

– Parfait. Et c'est demain que vous allez au tribunal ?

– Il dit que, demain, c'est seulement une petite audition. Une audition d'urgence, pour les empêcher de mettre ce tube. Ensuite, dans dix jours, il y aura une grande audition où le juge décidera si on peut interdire le tube pour de bon.

– Vous vous en sortirez sans doute mieux sans moi, commenta Werner. Est-ce que tu comprends bien que je témoignerais pour vous, si je pouvais ?

– Tu peux m'aider d'une autre façon, dit-elle en le regardant calmement.

Rien ne vint à l'esprit de Werner. Rien de déontologique, en tout cas.

– Par exemple, supplia-t-elle, tu pourrais commencer par me dire que j'ai fait le bon choix. Peut-être qu'alors je pourrais dormir la nuit.

– Tu as fait le bon choix, répondit Werner. Ne me demande pas de t'expliquer pourquoi. Crois-moi, c'est tout.

Elle posa sa main vers l'intérieur de la cuisse de Werner. A ce contact, Werner sentit une décharge électrique se répandre dans son système nerveux et renvoyer le sang vers le pelvis.

146

– Explique-moi pourquoi. Dis-moi seulement pourquoi j'ai fait le bon choix. Pour ma tranquillité d'esprit, pour que je puisse dormir la nuit.

– C'est trop compliqué. Crois-moi, c'est tout. Il est dans ce qu'on appelle un état végétatif persistant.

– Je voudrais te demander autre chose. J'espère que ça ne te paraîtra pas trop loufoque. Enfin voilà : c'est pour une amie à moi. Elle s'est fait avorter et, après ça, elle a été malade pendant trois jours. Vraiment malade, à ne pas pouvoir sortir de son lit. Et après, elle a continué à avoir des problèmes de santé. Elle avait des crises, tu sais. Ils disaient que c'était des crises d'angoisse, ou quelque chose dans le genre, mais elle avait aussi des problèmes aux poumons, comme de l'asthme. En fait, elle a peur que l'avortement ait fait des caillots de sang dans ses poumons. Ou bien c'est peut-être la pilule contraceptive, c'est ce qu'elle dit. La pilule peut bien causer des caillots, non ? Est-ce que ça pourrait causer des problèmes de poumons, comme par exemple ne pas pouvoir reprendre son souffle, ou des trucs comme ça ?

– En général, non, répondit Werner. Différents types d'avortements peuvent entraîner différents types de complications. En plus, qu'est-ce qu'un gars comme moi est censé connaître de l'avortement ? Tout ce que je sais, c'est comment maintenir en vie des mourants. Et de quel avortement on parle ? L'aspiration ? La dilatation avec curetage ? La dilatation avec évacuation ? L'injection saline ? Tous génèrent des risques distincts, qui vont des nausées et des vomissements à la mort subite.

– On peut mourir d'un avortement ? demanda-t-elle, incrédule.

– Bien sûr. On peut même mourir à cause d'un sandwich au thon, même si ça n'est pas très très courant. Je crois que les risques sont de un sur cent mille, ou quelque chose comme ça, pour une aspiration au cours des trois premiers mois. Tu vois ? Autant dire que c'est négligeable.

– D'accord, et pour la pilule ? Est-ce que ça pourrait lui donner des caillots de sang dans les poumons ?

– Les contraceptifs oraux peuvent contribuer à la formation de caillots, qui apparaissent en général sur les bras ou les jambes. Dès lors que les caillots éclatent et passent dans le système circulatoire, ils se dirigent vers les poumons. Les caillots apparaissant dans le cœur vont droit au cerveau. Dans ce cas, ils entraînent ce qu'on appelle vulgairement une attaque, ou accident cérébro-vasculaire.

Il marqua une pause et jeta un regard perçant sur le crâne de Félicia. Il pouvait presque discerner les circonvolutions de la matière grise se tortillant dans sa bulle de liquide céphalo-rachidien. Puis il termina sa bière et se remémora les échantillons de cerveau sur lesquels il avait travaillé en classe d'anatomie – notamment le cervelet d'un type non identifié mort d'une rupture d'anévrisme, un véritable amas informe de tissu gris et veineux, avec, dans le cercle de Willis, une explosion de sang en forme de chou-fleur.

– Quand des caillots se fixent dans les poumons, continua Werner d'un ton neutre, ils les bloquent de façon partielle, et on se retrouve tout à coup le souffle coupé.

Elle était pâle et silencieuse.

– Mais ce cas extrême demeure très rare. C'est juste que c'est moins rare, ou plus courant, chez les femmes qui prennent la pilule, surtout si elles sont aussi de grosses fumeuses, ajouta-t-il en prenant garde de n'accentuer aucun facteur particulier.

Elle lâcha sa cigarette dans la canette de soda.

– Les risques sont très faibles, quoi qu'il en soit, répéta Werner, surtout chez un sujet jeune. De plus, un caillot dans les poumons causerait un problème permanent, et pas une gêne de temps à autre. Tu m'as dit que ça te prenait par crises, c'est ça ?

– Non, corrigea-t-elle, c'est une de mes amies.

– Allez, quoi, se moqua Werner, quel type d'avortement tu as subi ?

– Non, je t'assure, c'est une amie à moi ! Elle a eu un avortement à injection saline, et elle a été très malade après. Maintenant, elle a des crises.

– OK, dit Werner avec un haussement d'épaules, décidant de marcher dans son scénario.

Elle se leva et alla poser sa canette sur le bar de la kitchenette. La robe moulait ses hanches en mouvement et dessinait sa taille avec précision.

– Si on a un caillot dans le cerveau, est-ce que ça peut donner des migraines atroces ?

– Peut-être, répondit Werner. Une seule migraine bien atroce. Ensuite, ou bien on meurt sur-le-champ, ou bien on se fait d'abord une petite attaque. Mais les migraines chroniques peuvent avoir des milliers d'origines. De la tumeur au cerveau à la myopie en passant par la cuisine chinoise. Les migraines, c'est comme les oreilles qui sifflent. Il est complètement inutile de raconter à son médecin qu'on a les oreilles qui sifflent. C'est aussi révélateur que de lui dire qu'on a tendance à somnoler après un repas trop riche.

– J'ai parfois les oreilles qui sifflent, dit-elle.

– Eh bien ! tu vois, commenta-t-il en levant ses paumes devant lui.

– C'est tellement compliqué, je ne sais pas comment tu fais pour t'y retrouver.

Elle revint vers le canapé en gonflant la poitrine, se pencha sur Werner et lui donna un long baiser humide. Ce dernier fit aussitôt courir ses mains sous la robe de Félicia, remonta le long de ses jambes lisses et tièdes, et son pouls se transforma en une grande vague qui vint s'écraser contre ses tympans.

– Tu m'as bien dit que ton amie prenait la pilule ? demanda-t-il sans interrompre le baiser.

– Ouais, répondit Félicia. C'est pour ça que je t'ai posé toutes ces questions. Pourquoi, il y a autre chose ?

– Non, non, murmura Werner en reniflant ses seins, qui pendaient comme deux belles grappes de raisin, chaudes et vivantes, au-dessus de son nez. Je veux faire l'amour avec toi, dit-il à chacun des deux seins.

Elle les frotta doucement contre les lèvres de Werner.

– Moi aussi, je veux faire l'amour avec toi, murmura-t-elle avec douceur, en entrecoupant les mots de baisers intenses. Et c'est exactement ce que je vais faire... dès que je serai sortie de la douche.

– Pas de douche, dit Werner en l'attirant au-dessus de lui dans un mouvement d'abord plein de passion, et qui prit peu à peu de l'autorité. Pourquoi ne pas prendre une douche plus tard... après ?

– Il fait une chaleur torride, ici. Je sens mauvais, et je colle de partout.

Elle lui déposa un petit baiser dans le cou.

Il essaya de rétorquer par l'humour et fit mine de lui lécher l'aisselle.

– Je ne sens rien ! s'étonna Werner. Et même si je sentais quelque chose, je suis sûr que ça me rendrait fou.

– Et moi, là-dedans ? Je n'aime pas sentir mauvais. En plus, quand je suis toute propre et toute fraîche, j'ai l'impression d'être plus sexy. Au fait, est-ce que tu as pensé à apporter ce truc à base d'eau ?

Werner blêmit, pris de panique. Comment avait-il pu oublier ? C'était la chose la plus importante de la journée...

– Je...

– Tu as oublié, le coupa-t-elle. Oh ! après tout, peut-être que ça n'aurait rien changé.

Elle se leva d'un bond, attrapa son sac et disparut dans la salle de bains.

– Je te préviens, je ferme la porte. Alors, pas la peine de tenter une attaque par surprise !

Deuxième round, songea Werner, se maudissant d'avoir oublié de piquer quelques sachets de gelée après le message de Félicia à l'hôpital. Il se versa un autre fond de scotch et l'avala.

Il retourna sa blouse une fois de plus, espérant y trouver un sachet rescapé d'une intubation ou d'un examen rectal.

– Merde !

Le téléphone se mit à sonner.

– Re-merde !

Il mesura les risques encourus s'il ne répondait pas, et saisit le combiné. Il tenta un faible «Allô», décidé à raccrocher s'il ne reconnaissait pas immédiatement la voix.

– Wiener ? C'est Stella. Votre type, en 5, eh bien ! il fait monter les enchères pour acheter la ferme.

Werner couvrit le micro avec sa main. Il brandit le téléphone au-dessus de sa tête et se mit à le secouer avec colère.

– Vous êtes toujours là ? demanda Stella.

L'eau continuait de couler dans la salle de bains.

– Ouais, dit Werner, je suis là.

– Il nous fait des TV, son CO_2 est en plein délire, et son pH s'écroule, continua-t-elle d'une voix monocorde. Je lui ai fait avaler de la lidocaïne, il a eu deux ampoules de bicarbonate, et je lui donne de l'atropine chaque fois qu'il va nous faire une attaque.

– J'ai essayé de le mettre en non code aujourd'hui, mais Cul-de-Bouteille n'a rien voulu entendre.

– Ouais, reprit Stella, on a appelé Cul-de-Bouteille chez lui, et je vous laisse deviner la suite. Le Dr «J'articule-quand-j'ai-le-temps» a ordonné une greffe cœur-poumons, et il a ajouté qu'il viendrait la faire demain, en personne.

– Bon sang ! s'exclama Werner en vérifiant d'une oreille le bruit de l'eau. Ce type coulerait comme une enclume si on le laissait se débrouiller tout seul !

– Ouais, approuva Stella, malheureusement, on peut pas. En plus, on a la grosse fana des Écritures qui vire hystérique. On a dû appeler deux costauds de l'aumônerie. Mais on n'arrive pas à joindre l'autre fille, l'hôtesse *Playboy*. Il est dit dans le dossier qu'elle veut être prévenue du moindre changement. L'équipe des codes bleus est là à attendre. Et puis il y a Hansen, si jamais il y a une embolie pulmonaire dans le secteur...

L'eau s'arrêta de couler dans la salle de bains. Werner sentit comme un poids sur sa poitrine. Il couvrit le micro de sa main.

– Oooups, lança Stella, voilà qu'il nous refait une série de TV. Je vous rappelle.

Elle raccrocha. «Génial, pensa Werner. Vraiment génial. Merde !» Il alla jusqu'au comptoir de la cuisine et avala un doigt de scotch. Il l'entendit fredonner de la pièce voisine et sentit une nouvelle vague de chaleur l'envahir sous la ceinture.

Elle sortit vêtue d'une nuisette magique, satinée, qui changeait de couleur à chacune de ses respirations. Le décolleté prolongeait la ligne gracieuse de son cou et dessinait un V qui mettait en valeur sa poitrine. D'un côté, sa coiffure était plate et lisse, les cheveux tirés jusque derrière la tête, où ils étaient attachés par une composition artistique de peignes ; de l'autre, une explosion de boucles folles, de petites anglaises et de vrilles. La petite oreille délicate, pâle et nue, restait découverte ; une boucle en or, en forme de larme, pendait au lobe percé, en dessous des entrelacs compliqués de peau et de cartilage.

– Comment tu as pu faire ça aussi vite ? voulut savoir le médecin, bouche bée devant le travail d'artiste qu'elle avait réalisé.

– Je suis mannequin, dit-elle en touchant le coin de ses lèvres brillantes. On apprend à se faire une beauté en quatrième vitesse, dans mon boulot.

Elle s'approcha de lui d'une démarche chaloupée et se montra de profil. Il ne put résister à l'envie de l'embrasser dans le cou, goûtant un mélange de lotions et de parfums. L'ampoule de la salle de bains diffusait ses quarante watts de lumière orange.

– Est-ce que ça n'est pas mieux que d'être toute collante ? demanda-t-elle.

– Tu es la plus belle femme que j'aie jamais vue, dit Werner en l'embrassant de nouveau dans le cou et en serrant contre lui la poitrine ronde.

– Tu me le jures ?

– Absolument, promit Werner.

– Et la télé, alors ?

– Pardon ?

– Est-ce que je suis la plus belle femme que tu aies vue en tout, ou seulement dans la vie réelle ? Est-ce que tu as déjà vu mieux à la télé, ou dans un film ?

– Non, je t'assure que non.

– Bien, répondit-elle. Parce que c'est toutes des concurrentes. Il me faut une diffusion nationale, à une heure de grande écoute. Si possible une pub pour des produits de beauté.

Werner l'embrassa et ôta la nuisette, puis ses propres frusques. Dès qu'ils furent installés sur le lit rabattable, il entreprit de remédier à la dyspareunie idiopathique de Félicia. Il joua subtilement avec sa langue et embrassa les mamelons. Ils se dressèrent, mais Félicia remonta légèrement les épaules pour lui indiquer de venir embrasser sa bouche. Ce qu'il s'empressa de faire en un baiser silencieux, techniquement érotique, mais assez loin de la fougue qu'il savait y mettre. Il explora son cou et ses oreilles en quête de zones érogènes.

Il se ménagea pour la toute dernière expédition, vers la vallée de son corps chaud et tout en courbes. Elle réussit à attraper le fil de la lampe de chevet et appuya sur l'interrupteur, mettant fin au film. Loin de se démonter, Werner retourna aussitôt au travail, tout en restant consciencieusement à distance de sa destination finale. Elle avait dû se faire malmener par un homme des cavernes. Il décida de prendre tout le temps qu'il faudrait. Il avait l'intention de la transformer en un morceau d'argile chaud et humide. Il allait la sculpter, la modeler en frottant ses mains contre elle, en massant la peau et les muscles, il allait façonner une urne chaude et douce aux formes souples, il travaillerait d'une main les courbes internes, et de l'autre les contours, il l'ouvrirait et se répandrait tendrement en elle, emplissant de plaisir chacune de ses particules dociles.

Il se réveilla de son fantasme et l'embrassa. Est-ce qu'elle avait bougé ? Oui, ses bras avaient bougé. Elle les avait serrés autour du cou de Werner. Mais il ne se rappelait pas avoir senti remuer ses jambes. Il reprit les commandes et essaya de les écarter en glissant doucement son genou au milieu.

– Embrasse-moi, dit-elle en resserrant imperceptiblement les jambes, défaisant tout ce que Werner venait de faire.

Après dix minutes de baisers et de massages, de soupirs et de compliments au creux de l'oreille, il fit descendre sa main, cherchant dans l'obscurité les doux pétales de rose, chauds et humides, si différents de ce que le médecin observe ou analyse dans le cadre d'un hôpital... Mais là, ses doigts ne rencontrèrent que des muqueuses. Des membranes aussi froides et sèches que des gants de caoutchouc stériles. Rien. Pas une goutte de cette essence miraculeuse qui transforme un organe en poème.

– Qu'est-ce qui ne va pas ? demanda-t-elle avec anxiété. Il y a quelque chose qui ne va pas ?

– Non, tout va bien, répondit Werner, sentant qu'il perdait une ou deux longueurs. Est-ce que ça t'embête quand je te touche ?

– Non, dit-elle en se raidissant un peu. J'aime ça.

Werner recommença à la caresser, et tenta les trois ou quatre recettes qu'il avait apprises au cours de son apprentissage de mâle. Il l'embrassa, serra contre elle ce qui lui restait de virilité, espérant que les choses se feraient d'elles-mêmes.

– Il y a quelque chose qui cloche, hein ?

– Non, non, lui assura le Dr Werner, se demandant quel type de stimulation pourrait sauver la situation.

– Tu ne peux pas, c'est ça ? demanda-t-elle d'une voix déçue.

– Eh, attends une minute ! lâcha Werner.

Elle le poussa doucement d'un mouvement de cuisse.

– Il n'est plus dur, c'est ça ? Dis, ce n'est pas que ma faute, n'est-ce pas ?

Chapitre 9

A 6 h 30 le matin suivant, Werner regardait le soleil se lever sur le labo de la mort avec un Coca et quatre aspirines à portée de main. Il avait traîné le classeur à dossiers près de la console, dans l'idée de les passer en revue avant la visite du Dr Hofstader. Entre autres choses, la brigade des clones devait assister à 7 h 30 à une coloscopie sur l'occlusion intestinale d'un patient de quatre-vingt-trois ans, en 3. Après sa dernière rencontre avec le Dr Hofstader, Werner pensait qu'il serait plus prudent de connaître par cœur le dossier du Trois, au cas où Hofstader serait d'humeur à recommencer une séance de sadisme intellectuel.

Mais Werner était là depuis une demi-heure et il n'avait pas encore ouvert un seul dossier. Le *Manuel de statistiques et de diagnostic des troubles mentaux*, troisième édition, publié par l'Association américaine de psychiatrie, était posé devant lui, ouvert au chapitre « Étiologie et diagnostic des troubles psycho-sexuels ». Il s'était aussi plongé dans son manuel *Merck*, plus exactement à la section 171, « Troubles de la fonction sexuelle », où il était spécifié : « Le fonctionnement sexuel normal chez l'homme et chez la femme dépend d'un état mental d'anticipation de l'acte (le désir sexuel), d'une stimulation vasocongestive (l'érection chez l'homme, *la lubrification chez la femme*) [c'est Werner qui souligne], et de l'orgasme. »

Ha ! Fallait-il l'appeler chez elle ? Ou juste lui transmettre une photocopie de la page par fax ? Et voilà pour son insinuation... Ha ! Chez lui, l'état mental d'anticipation de l'acte s'était mis en route vers douze ans, et il avait atteint un nouveau pic la nuit précédente. Lui, il était normal. Le manuel démontrait bien que l'ingrédient manquant était de son côté à elle.

Quant à l'étiologie et au diagnostic de sa névrose, il y avait plusieurs hypothèses possibles. L'une d'elles était que Félicia croyait leurs anatomies respectives incompatibles. Ça n'était pas improbable, contrairement à ce que pourrait croire le profane. Il n'est pas rare que des patients consultent après des débuts sexuels non satisfaisants, et cela à cause d'une incompatibilité d'organes. A n'en pas douter, le puissant phallus de Werner l'avait affolée dès qu'il s'était montré. N'importe quelle femme se serait pâmée devant la majesté d'un tel organe. Il fonça droit sur son fidèle *Merck* pour tirer ça au clair. Aha ! «Parmi les facteurs psychologiques, on notera la colère dirigée contre le partenaire, la peur de l'appareil génital du partenaire, la peur de l'intimité ou de la perte de la maîtrise de soi, la peur de la dépendance... »

Ou peut-être avait-elle peur de son intellect... Peut-être n'arrivait-elle pas à se décontracter parce qu'elle craignait d'avoir l'air stupide aux yeux de Werner. On avait déjà vu des infirmières qui n'arrivaient pas à se détendre pendant l'acte, simplement parce qu'elles craignaient de faire une erreur et de se faire hurler dessus par le Dr Ernst (« Mais non, espèce de gourde ! Qui est-ce qui m'a fichu une technique pareille ? J'ai dit plus vite, pas plus fort ! Je parle de fréquence, pas d'intensité. C'est compris ? Je veux bien que vous preniez les choses en main, mais respectez les instructions, s'il vous plaît ! »).

Werner reprit ses esprits et le cours normal de ses obligations médicales. Il vérifia ainsi le rythme cardiaque du Cinq sur le moniteur, puis sortit son dossier. Les nouvelles prescriptions prenaient trois pages. Le Centre médical accumulait les preuves pour empêcher la décision de référés. Butz avait prescrit une nouvelle imagerie à résonance magnétique (ou IRM) et un scanner du cerveau pour déterminer l'ampleur de l'atrophie cérébrale du Cinq. Il était précisé que les résultats devraient être transmis au Dr Hofstader et aux deux neurologues consultants. La note de ce mois-ci allait être une dégelée en règle.

Dans le service, c'était le coup de feu des corvées du matin. Il fallait peser les patients en les faisant rouler sur des brancards, qu'on hissait ensuite sur les balances à l'aide d'une grue et d'un système de poulies. Pendant que les patients se balançaient en l'air, on changeait les draps et les alèses. Ensuite, il fallait leur donner le bain. Accrocher de nouvelles perfs. Puis venait l'éternelle vérification des paires crâniennes.

– Vous pouvez me dire quel jour on est ?

– On est avant-hier. Et la paie, c'est tous les autres vendredis du mois. Vous allez me l'apporter, ce maudit pantalon ?

– Vous savez où vous êtes ?

– Bien sûr que je le sais. Je suis en cure thermale à Yankton, dans le Dakota. Et vous, où vous êtes ?

– Qui est président des États-Unis ?

– L'homme du New Deal, le petit père Truman. Ça, je le sais. Posez-moi une vraie colle, pour changer.

Si cette vérification n'avait qu'un seul profit, c'était de leur fournir un échauffement pour les portes du paradis. Personne ne passe devant saint Pierre s'il ne peut pas nommer le président des États-Unis.

Chaque matin, les infirmières devaient aussi changer des mètres et des mètres de tubes, qui reliaient les patients aux machines. Les réanimateurs remplaçaient toutes les composantes des respirateurs. Les biologistes faisaient de nouveaux prélèvements de sang sur les perfusions. D'autres techniciens inspectaient et réglaient les machines, vérifiaient les alarmes, passaient en revue les dispositifs de sécurité et changeaient les éventuelles pièces déficientes. Enfin, les hommes du service d'entretien venaient ramasser d'énormes sacs-poubelle remplis des déchets générés par vingt-quatre heures d'activité aux Soins intensifs.

Werner se rappela une des étudiantes à l'École de médecine qui, lors de sa quatrième année, avait été prise de pulsions humanitaires et s'était engagée auprès d'une religieuse qui dirigeait des hôpitaux en Inde. Quand la fringante petite interne en médecine avait débarqué, on l'avait conduite dans un entrepôt miteux de Calcutta, rempli de centaines de gens malades et affamés, allongés sur des paillasses. Les familles des malades les plus aisés apportaient chaque jour des médicaments et les administraient elles-mêmes aux patients. En dehors de ça, pas d'autres médicaments.

Rien que dans les cinq premières minutes, l'amie de Werner avait vu une bonne douzaine de personnes aux portes de la mort. Alors, elle s'était tournée vers ses guides et avait demandé : « Où est le service de réanimation ? » On avait traduit la question à la religieuse, qui s'était empressée de lui montrer ses mains : « Voilà ce qu'on utilise pour la réanimation. »

Werner se glissa chez le Cinq pendant que les infirmières s'occupaient de hisser le Deux sur la balance. De l'extérieur, ses démêlés de la veille avec l'équipe des codes bleus ne semblaient pas avoir trop amoché le patient. Sa tête blanche tremblotait toujours sur l'oreiller et les spasmes de son bras droit tétanisé continuaient de produire de petits tintements métalliques contre les montants du lit. Tous les nouveaux examens pratiqués la veille avaient cependant dû l'achever et provoquer la tachycardie ventriculaire et l'arrêt cardiaque survenus dans la soirée. A présent, il n'était plus qu'un squelette tiède couché sur un lit.

Werner pencha la tête hors du box pour vérifier que personne ne pouvait le voir. Il détacha alors la main droite du Cinq.

– Serrez ma main, ordonna-t-il.

Des spasmes tordirent les doigts osseux du Cinq.

– Monsieur, si vous m'entendez, serrez ma main.

Rien que des petits spasmes passifs, pensa Werner. Il avait hâte de voir les résultats de la dernière IRM et du scanner cérébral. Sans aucun doute une atrophie progressive. Le cerveau se transformait lentement en purée.

Félicia et son avocat avaient sans doute raison. Si le Cinq était son propre père, Werner s'opposerait indiscutablement à la gastrotomie et au respirateur, mais il s'y opposerait en tant que membre de la famille, non en tant que médecin. On pourrait également lui objecter qu'en tant que médecin, il n'avait qu'à prodiguer des soins et laisser les magistrats et le code déontologique décider de la poursuite ou non du traitement.

C'était une chose de se balader dans les couloirs de la mort en se disant que la plupart de ces légumes seraient mieux définitivement cuits, mais c'en était une autre de franchir le pas et de témoigner sous serment qu'un individu devrait être étiqueté à la morgue. Suspendre un traitement, c'était une chose, mais la nourriture ? Et l'eau ? Si le Cinq ressentait encore quoi que ce soit, qu'est-ce que ça lui ferait de mourir lentement de faim et de soif ? Et tout ça ne répondait pas aux questions essentielles, du genre : combien de temps l'assurance du Cinq couvrirait-elle encore les frais ?

Les clones commencèrent à débarquer par groupes de deux ou trois, trop heureux à la perspective de voir autre chose que des dossiers et des bilans de santé. Hofstader et sa suite firent leur apparition vers 7 h 15, et l'aréopage de clones se dirigea vers le labo de gastro pour la coloscopie du Trois.

Le Trois était une femme blanche de quatre-vingt-trois ans obèse, souffrant d'occlusions intestinales chroniques et d'insuffisance cardiaque. Elle était à jeun strict depuis vingt-quatre heures. A 4 heures, encore enroulée dans les bras de Morphée, elle avait été hissée au bout d'une grue, avait été pesée et décrassée, puis on lui avait fait un lavement en vue de son rendez-vous au labo de gastro à 6 h 30. Durant toutes les épreuves qu'elle avait traversées depuis l'aube, elle n'avait pas cessé d'appeler son chien qui était en train de gratter les plates-bandes du voisin.

– Smoky ! Je t'ai dit de ne pas aller dans le jardin de M. Mulligan. Allez, rentre maintenant, sois un bon garçon. M. Mulligan va encore appeler la fourrière, Smoky. Je te préviens, tu vas prendre une raclée.

A 7 h 10, deux aides-soignants l'avaient retournée sur une table inclinable et avaient remonté son volumineux derrière d'un bon mètre, la transformant en un paquet de vieille graisse

159

suspendu à l'envers. Lorsqu'ils débarquèrent, les clones virent deux grosses joues lunaires parsemées des cratères roses de vaisseaux éclatés, de cellulite et de vergetures.

Comme Hofstader expliqua qu'il était attendu ailleurs, il s'empressa de présenter le Dr Théa Hallorhan, une rouquine élancée, chercheur en gastro-entérologie attaché à l'université ; Werner avait eu une dent contre elle dès qu'il avait appris qu'elle était mariée. Elle était connue et appréciée pour ne pas jouer les grandes dames et ne pas essayer d'en imposer aux inférieurs hiérarchiques.

Huit ou neuf R1, M3 et M4 se placèrent en demi-cercle autour du postérieur de quatre-vingt-trois ans. L'idée traversa l'esprit de Werner que le Trois n'avait pas dû être l'objet de tant d'attention depuis au moins vingt ans, le jour de sa première occlusion intestinale. Elle aurait dû être très contente de voir tout ce monde, si elle n'avait pas été nue et les fesses en l'air.

– Smoky, allez, tu viens ici tout de suite.

Le Dr Hallorhan montra à tous l'endoscope à fibre optique, un tuyau de caoutchouc noir long comme un manche à balai, équipé d'une diode lumineuse, de forceps à biopsie et de petits conduits pour injecter le sérum physiologique ou l'air. Le sérum permettait au chirurgien de nettoyer les membranes pendant l'intervention et de mieux visualiser la partie à traiter. Le gonflage de l'intestin par air comprimé – ou insufflation – était une sorte de pet artificiel qui distendait assez les plis pour que le chirurgien puisse observer l'organe au microscope. L'endoscope était en outre pourvu d'une loupe pédagogique, de sorte que les clones pouvaient se relayer pour suivre l'intervention.

Puis le Dr Hallorhan fit un rapide historique de la patiente : sourde, sénile, avec déjà trois occlusions. On l'avait amputée des doigts de pied à cause d'un diabète foudroyant. On lui avait posé un pacemaker Sentinel, un cathéter Swan-Ganz et une voie artérielle. Grâce aux progrès de la médecine moderne, cette grosse tourte octogénaire, sourde, sénile, diabétique et cardiaque, ressortirait peut-être bientôt avec un sac en guise de côlon, serait transférée en maison de repos où, pendant six mois, on la retaperait pour trois cents dollars par jour, puis serait encore suivie scrupuleusement pendant trois semaines en consultation externe, avant de demander à tout le monde de la laisser tranquille s'il vous plaît, et de mourir dans son sommeil.

Le vrai problème avait été de lui faire signer les formulaires pour l'opération. De toute évidence, une des petites nouvelles avait poussé le devoir d'informer le patient jusqu'à montrer à la vieille acariâtre le matériel qui serait utilisé, et comment. Dans un soudain regain de lucidité, la Trois avait refusé de signer quoi que ce soit. Il avait fallu la rassurer et la calmer au Xanax, et la convaincre qu'aller au fond de ce problème d'occlusions était la meilleure solution pour elle.

Un M4 écarta nonchalamment les joues du Trois, tandis qu'un R1 lubrifiait l'extrémité de la sonde et l'introduisait dans le rectum. Werner glissa subrepticement six ou sept sachets de gelée lubrifiante dans sa blouse.

Le Dr Hallorhan releva sa blouse au-dessus du genou, se pencha en avant sur son tabouret et prit le contrôle des opérations. Werner observa le galbe de ses mollets tandis qu'elle accrochait ses talons dans l'anneau métallique au pied du tabouret. Beau matériel, Dr Hallorhan. Werner se demanda si, plutôt que de regarder des anus à longueur de journée, elle serait d'accord pour s'enfuir au Tibet avec lui. Il n'y avait sans doute pas d'endoscopes à fibre optique dans l'Himalaya.

Hallorhan laissa bientôt les bébés clones s'émerveiller devant le vieil intestin comme devant une planète encore inexplorée.

— Enregistrez bien la mobilité réduite du côlon, conseilla Hallorhan en déplaçant l'endoscope de quelques millimètres.

— Il faudrait qu'on sorte, dit un R3 à la belle chercheuse, est-ce que votre divorce est réglé ?

Hallorhan fit passer quelques pets artificiels dans le conduit.

— Vous n'avez pas enregistré la mobilité réduite, expliqua-t-elle, et vous n'avez pas enregistré que je ne veux pas sortir avec vous. J'élimine de ma vie privée toutes les complications possibles.

– Mais je ne suis pas du tout compliqué, protesta le R3. Je ne veux qu'une chose.

– Eh bien ! mettez-en un échantillon dans du fixatif et envoyez-le en cytologie, dit Hallorhan en pouffant. Faites bien vérifier les hormones.

Ha ! Ha ! Si Werner comprenait bien, il y avait de l'espoir. Encore un mariage sacrifié au Moloch de la Médecine. Le Dr Hallorhan et lui pourraient s'utiliser l'un l'autre : elle pourrait l'aider à survivre aux dernières années de l'internat, et lui pourrait lui rappeler comment séduire.

– Prenez les commandes, dit Hallorhan, et prévenez-moi quand vous arriverez à l'appendice.

« Très mignonne, pensa Werner, avec en plus un sacré sens de l'humour. »

De temps à autre, une infirmière entrait, prenait la main du Trois, et lui demandait qui était président des États-Unis.

– Non, Smoky, pas de susucre pour toi. Je t'avais bien dit de ne pas aller creuser à côté.

A 8 h 30, Werner prit l'ascenseur jusqu'à l'entresol et finit par trouver le bureau de Wilson, perdu dans les catacombes administratives du service juridique.

Wilson était courtaud et rondelet. Il fit entrer Werner dans une pièce de la taille d'un box des Soins intensifs et s'installa derrière son bureau métallique, où trônaient des photos de lui et de sa famille en train de pêcher dans une station hyper-moderne. Sa chemise à manches courtes en polyester transparent était tachée de bleu et de noir au-dessus de la poche dans laquelle il avait glissé des stylos sans capuchon. Sa veste de prêt-à-porter bleu sombre pendait d'un porte-manteau tout près de la chaise de Werner. Lorsque ce dernier posa son bras sur l'accoudoir, il sentit le polyester froissé frotter contre sa peau.

– Commençons par le commencement, dit Wilson en s'emparant d'une pile de documents.

Werner refusa le chewing-gum qu'il lui proposait.

162

– Voici déjà votre exemplaire, continua Wilson en tendant à Werner un paquet de l'épaisseur d'un mémoire universitaire.

En en-tête de chaque feuille était écrit : « FÉLICIA E. POTTER, pour elle-même, et au nom de son père, JOSEPH F. POTTER, PLAIGNANTS contre... » Werner parcourut du regard la liste de noms, puis trouva le sien sur la deuxième page, au milieu d'autres : « PETER WERNER ERNST, docteur en médecine » et, en bas de la liste : « DÉFENDEURS ». Werner sentit son visage devenir cramoisi.

– Pourquoi ils ont mis mon nom là-dessus ? Je croyais que c'était le Centre médical qu'ils attaquaient ?

Wilson bougea son cou gras et tira sur son col, découvrant l'attache de sa cravate pince.

– On voit bien que vous n'êtes pas du métier, dit-il en riant. Si vous avez de l'argent à gaspiller dans ce genre de trucs, expliqua-t-il en soupesant le paquet de papiers, alors autant mettre sur la liste tous les noms qui vous passent par la tête, et laisser le juge faire le tri. Par ailleurs, ils veulent être sûrs que tous ceux qui ont eu à s'occuper du type seront cités.

– Mais je n'ai rien fait, protesta Werner.

– Vous êtes des milliers chaque jour à être poursuivis en justice. Vous croyez vraiment qu'au tribunal ils paient quelqu'un pour vérifier que personne n'attaquera Werner Ernst, sauf si Werner Ernst a réellement fait quelque chose ?

– Pourquoi moi à titre individuel ? se plaignit Werner. Est-ce que ça signifie que je pourrais me retrouver à rendre des comptes à... ces gens ?

– Ils ne vous poursuivent pas en dommages et intérêts. Pas encore. Quoique ça pourrait venir. C'est tout nouveau, ça vient de sortir. D'abord, la famille attaque les médecins pour avoir maintenu un malade en vie trop longtemps ; ensuite, ils essaient d'obtenir une réduction des frais médicaux et ils invoquent les dommages par négligence, la détresse morale infligée à dessein, les coups et blessures, la fraude... Comme je vous l'ai expliqué, ce n'est pas encore le cas ici, cependant ça viendra, pas de doute.

– Vous voulez dire... contre moi personnellement ? répéta Werner, avalant sa salive avec difficulté.

– Ne vous inquiétez pas, le Centre médical protégera vos intérêts. Nous avons des conseillers extérieurs qui s'occupent de ça. Des gros poissons. Le boulot sera bien fait.

– Est-ce qu'il me faut un avocat en plus ?

– Faites gaffe, gloussa Wilson. C'est comme si vous demandiez à un coiffeur si vous devez vous faire couper les cheveux.

– Excusez-moi si je ne suis pas d'humeur à rigoler, l'interrompit Werner. On m'attaque en justice, pour l'instant.

– Détendez-vous. Comme je vous l'ai dit, le Centre vous protégera. Vous avez entendu parler de Mitchell Payne ?

– Non, qui est-ce ?

– Notre conseiller extérieur sur cette affaire. Il a été procureur, puis procureur général, puis ministre de la Justice. *Le* ministre de la Justice. Ils voulaient en faire un juge fédéral, mais il a refusé. J'ai entendu dire que c'était parce qu'il aimait la chair fraîche, et qu'il n'était pas encore prêt à aller à la chasse lui-même. C'est un excellent avocat, il travaille dans le plus gros cabinet de la ville. Et c'est aussi votre avocat ; si vous êtes d'accord, bien sûr.

– Ça me paraît bien, admit Werner.

Wilson saisit un nouveau document.

– Bon, c'est juste une formalité, toutefois il faut que vous signiez cet accord de coreprésentation, ce qui signifie que le Centre médical accepte de vous défendre et que vous acceptez de le laisser prendre les choses en main. L'accord précise aussi que nous nous réservons le droit de suspendre votre défense à tout moment, et cela à la discrétion de nos avocats, si vos intérêts se révèlent contraires à ceux du Centre. Dans ce cas, il vous incomberait de trouver un autre avocat.

– Pourquoi il dit ça, cet accord ? demanda Werner avec méfiance, sentant les vertèbres se raidir dans sa nuque.

– Détendez-vous, conseilla Wilson. Ça n'est que pour la forme. Chaque médecin cité dans cette liste aura à signer ce papier. Il donne juste au Centre médical le droit de vous libérer s'ils découvrent que vous leur avez volontairement fait du tort.

– Comme par exemple ?

– Je ne sais pas, comme une fraude, ou quelque chose de ce genre. Détendez-vous, d'accord ? Ah ! ces internes qu'on nous envoie ici ! Qu'est-ce qu'ils vous font, à l'École de médecine ? Il y en a qui ont le cul tellement serré quand ils débarquent ici qu'on pourrait pas y glisser un thermomètre ! Signez ce foutu papier. Ou alors sortez et trouvez-vous un avocat à deux cents dollars de l'heure.

Werner lut le document et le signa.

– Bon, maintenant, on va tirer tout ça au clair. La première fille, là, comment elle s'appelle... Il attrapa un papier. Mlle Félicia Potter. Vous la connaissez ?

– Oui. Je l'ai vue en réanimation. Je ne la connais pas autrement. Je veux dire, je ne la connaissais pas avant, ajouta-t-il.

– OK. Elle veut empêcher la pose du tube, ainsi que tout traitement ultérieur. Y compris le respirateur, la surveillance de la tension, etc. L'autre fille – Constance, je crois –, elle, veut qu'on continue et qu'on fasse notre possible pour garder le vieux bonhomme en vie.

– D'accord, dit Werner.

– D'après ce que j'ai appris des avocats, reprit Wilson, ces femmes se méprisent. Ça va faire un carnage, parce que chacune d'elles a engagé un cador.

– Super, commenta Werner. Et le Cinq est coincé au milieu.

– Et ça n'est pas tout, dit Wilson en prenant des papiers sur une autre pile. Nos juristes ont fait des recherches et ont dégoté un autre procès familial remontant à deux ans. Apparemment, ces deux-là sont demi-sœurs. Le patient, c'est le père, et il a eu deux femmes. La seconde avait ouvert un fidéicommis consigné dans son testament. A l'heure actuelle, il contient deux millions de dollars. Toujours est-il qu'il y a deux ans, l'une des filles a intenté un procès pour avoir accès à sa part de façon anticipée.

– Vous m'excuserez, je suis diplômé en linguistique, mais je suis entré tout droit en médecine. Comment peut-on anticiper sa part d'un fidéicommis ? Attendez : d'abord, c'est quoi un fidéicommis ?

165

— Un compte en fidéicommis, c'est une façon de donner une grosse somme d'argent sans en perdre le contrôle, expliqua Wilson. Au lieu de verser directement l'argent à une personne ou à une œuvre spécifique, vous ouvrez un compte en fidéicommis à la banque, et l'argent appartient légalement à ce compte. Avant de déposer la somme, vous établissez la liste des instructions, appelées clauses, qui précisent à la banque ce qui doit être fait de cet argent. Vous inscrivez toutes les provisions dans un document qui explique juste aux avocats quoi faire de cet argent si les événements X, Y ou Z se passent ou ne se passent pas. En général, ce document spécifie quoi faire avec le principal, c'est-à-dire la somme initialement versée au compte, ainsi que les revenus de cet argent qui a été investi. Par exemple, vous pouvez dire : «Je veux que les intérêts soient utilisés pour l'éducation de mon fils, mais dès qu'il atteindra ses vingt et un ans, je veux qu'ils aillent à ma fille si elle vit toujours, et sinon à ma tante Hilda, surtout si elle en a besoin» etc. Il arrive un moment où le compte touche à sa fin et où tout l'argent est alors distribué conformément aux clauses consignées dans le document.

— Et le Cinq, qu'est-ce qu'il devient, là-dedans ? demanda Werner.

— Le type et ses filles sont les bénéficiaires, ce qui signifie que dans certaines circonstances, la banque sera amenée à leur verser aux uns ou aux autres tout ou partie de cet argent. On dit qu'un bénéficiaire anticipe ses intérêts lorsqu'il ou elle essaie d'obtenir l'argent avant la date prévue par les clauses. Et c'est ce qu'a voulu faire l'une des filles.

— Donc, il y a deux ans, elles ont essayé d'avoir l'argent et le tribunal a refusé ?

— C'est ça, acquiesça Wilson.

— Mais alors, qui a l'argent, maintenant ?

— C'est le Cinq, mais seulement s'il vit jusqu'à soixante-dix ans et ne se remarie pas, conditions qui seront réunies dans un mois à peu près.

— Vous plaisantez ? Pourquoi sa femme aurait-elle imposé une condition aussi dingue dans ce document ?

– C'est une condition très courante, au contraire. Surtout quand il s'agit d'un testament. C'est un moyen d'empêcher que l'argent aille droit dans les poches du nouveau conjoint. Le bénéficiaire est libre de refuser l'argent ou d'établir de nouvelles instructions concernant les ressources de la famille, et s'il veut l'argent, il n'y a qu'un moyen : être fidèle au défunt.

– Mais c'est un légume ! objecta Werner.

– Attention ! Vous voulez dire qu'il est peut-être dans un état végétatif.

– Appelez ça comme vous voudrez. En tout cas, ça ne va pas lui faire grand-chose s'il récolte deux millions de dollars.

– C'est exact, admit Wilson. Il est incompétent, donc l'argent va s'intégrer à son patrimoine, et il sera transmis conformément à la clause résiduelle de son testament.

– La clause *quoi* ? l'interrompit Werner.

– La clause résiduelle. Dans un testament, c'est la clause qui dispose de tout ce qui reste des biens qui n'ont pas été attribués. C'est là que va ce genre d'argent, parce que le testateur ne le possédait pas au moment où il a rédigé son testament, alors il n'a pas pu l'attribuer.

– Et s'il meurt avant soixante-dix ans ? s'enquit Werner.

– Ah ! là, vous raisonnez en avocat, lui dit Wilson. C'est ce qu'on aimerait tous savoir. Un fidéicommis n'est pas un document public. C'est une des raisons pour lesquelles les gens riches les préfèrent aux testaments simples. Dès que vous mourez, votre testament devient public, et si vous laissez à votre maîtresse la ferme au Connecticut, le monde entier est au courant. Il y a deux ans, ils ont utilisé des extraits du fidéicommis dans leurs plaidoyers, qui montrent que, si le Cinq se remarie ou meurt avant soixante-dix ans, tout est annulé et l'argent est entièrement redistribué, et cela sans délai. Les extraits ne précisaient ni le nom, ni les parts respectives des bénéficiaires contingents.

– Les bénéficiaires contingents ?

– Les gens qui reçoivent l'argent si le Cinq ne tient pas jusqu'à soixante-dix ans.

Werner fixa la photo de Wilson et de sa famille.

– C'est très compliqué, résuma-t-il.

– En fait, peut-être que ça n'est rien d'autre qu'une petite dispute à propos d'une prise à débrancher ou pas, dit Wilson. Peut-être aussi que c'est beaucoup plus gros que ça.

Il regarda Werner et haussa les sourcils.

– Vous n'êtes pas en train de suggérer que l'une d'elles voudrait manipuler la mort de son père ? demanda Werner.

Wilson eut un haussement d'épaules qui pouvait signifier « qui sait ? ».

– Supposez que sa seconde femme, celle qui a fait le fidéicommis, ait aimé l'une des filles plus que l'autre. Mettons que sa préférée ait été sa fille naturelle plutôt que sa belle-fille. Elle aurait pu prévoir que si le Cinq mourait avant soixante-dix ans, tout serait annulé et que l'argent irait à sa fille naturelle, ou du moins la plus grande partie de l'argent. Si, moi, j'étais cette fille, peut-être que je me dirais que ça serait cool si le vieux pouvait prendre le dernier métro avant ses soixante-dix ans.

– C'est terrible.

– D'un autre côté, supposez que le Cinq préfère une de ses filles à l'autre. Supposez maintenant que son testament laisse aux deux un certain nombre de cadeaux, mais que la clause résiduelle laisse tout le reste à une seule d'entre elles. Dans ce cas, tout l'argent ira dans le testament du Cinq, puis en ressortira par le biais de cette clause et ira ainsi droit à sa préférée. Encore une fois, si j'étais cette fille, je me dirais peut-être que ça serait vraiment cool si le vieux pouvait tenir le coup juste un mois de plus.

Pour Werner, c'était trop d'informations non médicales à la fois. Félicia était la fille naturelle de la seconde épouse, qui avait établi le fidéicommis. Si l'on en croyait Connie, Félicia et le Cinq ne s'étaient plus vus pendant des années avant l'hospitalisation du père.

– Il n'est pas possible d'y voir plus clair tant qu'on n'aura pas accès au fidéicommis et au testament, continua Wilson. Comme je vous l'ai dit, le fidéicommis est un document privé ;

et le testament aussi, jusqu'à sa mort. Maintenant que le litige est établi, on va peut-être réussir à en obtenir des copies.

— Quand ? demanda Werner.

— Bientôt. Étant donné la situation, le juge accélérera peut-être la procédure.

— Je vois.

— Comprenez-moi bien, ajouta Wilson, ces avocats des gros cabinets sont payés pour être sans pitié. Ils finissent très souvent par courir après tout et n'importe quoi. Il se pourrait très bien que ces deux sirènes s'en tirent pareil, que le Cinq passe l'arme à gauche tout de suite ou dans un mois. Un avocat, c'est méfiant.

Wilson étudia la dernière page de l'un des documents.

— Est-ce qu'un procureur nommé Sheldon Hatchett ou Gregory Mace vous a contacté ?

— Hatchett m'a appelé.

— Qu'est-ce qu'il voulait et qu'est-ce que vous avez répondu ? s'enquit Wilson en prenant un petit carnet et en sortant de sa poche de chemise un des stylos sans capuchon.

— Il m'a demandé de témoigner, de dire que le Cinq était dans un coma irréversible et que tout traitement serait inutile. Je lui ai répondu que rien n'était tout blanc ou tout noir, et que je ne pouvais pas témoigner pour lui.

Werner se pencha pour voir ce que Wilson était en train d'écrire. Ce dernier recula dans son siège et posa le bloc sur ses genoux.

— OK. On fixe les règles tout de suite. Ne parlez du dossier à personne. Ne parlez pas aux avocats. Ne parlez pas aux autres internes. Ne parlez pas aux médecins. Si vous avez besoin de parler ou que vous ayez des questions, venez me voir, moi. Et si je ne peux pas répondre, je vous mettrai en rapport avec nos avocats. C'est compris ?

— Pourquoi ? demanda Werner.

— Et par-dessus tout, ne parlez pas à la famille, insista Wilson.

— Et comment je suis censé faire pour éviter la famille ? Et si elles me posent une question ?

— Restez strictement neutre. Rien que des évidences, pas de controverse. Ne donnez pas votre avis. Ne discutez pas des options de traitement. Ne parlez pas des chances de rétablissement. Si elles insistent, dites que vous avez reçu l'ordre de ne pas parler de traitement pendant la durée du litige, sauf si le bien-être du patient est en jeu.

— Tout ça me paraît bien excessif, commenta Werner.

Wilson se pencha à travers le bureau et tapota le métal avec son ongle pour attirer l'attention de Werner.

— Eh ! oh ! docteur, je connais mon boulot, OK ? Je vais vous dire ce qui va se passer. Quoi qu'on fasse, une de ces femmes va nous attaquer. Si l'on garde ce type en vie, cette Félicia va nous attaquer pour poursuite non autorisée d'un traitement médical et pour coups et blessures, elle voudra qu'on rembourse les soins, etc. Et si on le laisse mourir, cette chère Constance va nous attaquer pour erreur médicale et non-assistance à personne en danger. Peu importe ce que vous direz, l'une ou l'autre en fera une preuve. Alors fermez-la, compris ? Et rappelez-vous que si vos intérêts deviennent contraires à ceux du Centre, vous devrez vous payer un avo-cat. Ça vous paraît toujours «bien excessif», Dr Ernst ?

— Non, répondit Werner.

— Ce matin, l'avocat de Félicia Potter demande une décision de référés, et il va sans doute l'obtenir. Ce qui signifie que le juge empêchera pour quelque temps toute nouvelle décision, jusqu'à l'injonction préliminaire. Ça, c'est le gros morceau.

— Mais si je suis poursuivi, je serai obligé de témoigner ?

— Vous voulez dire que vous serez amené à témoigner, sug-géra Wilson. Probablement pas. Nous n'avons pas besoin de vous, parce que nous avons Hofstader et d'autres experts, et ils ont déjà eu affaire à ce genre de choses. Nous avons aussi un expert consultant. Il faudra faire apparaître Butz le moins possible. Et on aura quelqu'un du comité de déontologie qui expliquera quelle est la politique du Centre lorsqu'il n'y a pas d'instructions laissées par le patient lui-même. L'autre partie ne fera pas appel à vous, parce qu'ils ne savent pas ce que vous pourriez dire, sauf s'il y a déposition préalable. Mais je ne les vois pas dépenser leur argent pour obtenir la déposition d'un interne.

– Donc, s'ils demandent les dépositions des témoins, je serai obligé de témoigner, et...

– *Amené* à témoigner, corrigea Wilson. Prenez ça comme une expérience enrichissante. Une déposition n'est pas une audition. Pour une déposition, vous avez deux avocats et un greffier assis dans une pièce, avec un témoin qui répond à des questions. On ne montre jamais ça à la télé, parce que c'est à mourir d'ennui. Rien qu'un extrait, ça vous endormirait un public en *prime time* plus efficacement qu'un valium. Prenez ça comme l'occasion d'assister à un procès de l'intérieur. Dans l'éventualité peu probable où ils voudraient votre témoignage, on vous préparerait avant. Mais ils ne feront rien de ce genre.

– D'autres questions ? demanda Wilson.

– Pas dans l'immédiat, dit Werner, absorbé par son nom inscrit sur tous ces documents.

– Bien, conclut Wilson. Je vous enverrai un exemplaire de l'accord que vous avez signé. Voici ma carte, si vous avez des questions. Et si les avocats du Centre veulent s'entretenir avec vous, je vous appellerai avant. Ne parlez à personne d'autre.

Dans l'ascenseur qui le ramenait au neuvième, Werner sentit la douce flamme de l'amour se transformer en feu de colère. Bon sang, ils avaient une relation et elle l'avait violée avec son histoire de procès. Elle ne l'avait même pas prévenu de ce qui allait lui tomber dessus.

En passant devant le box 7, Werner entendit Hofstader faire son exposé sur la ventilation mécanique à des M3 et des M4. C'était un cours pour sous-clones, sans internes. Werner passa en revue les prescriptions laissées le matin par Butz et Hofstader.

Le Sept, âgé de soixante-dix-neuf ans, avait les membres pliés par les contractures, et ses yeux étaient rivés au plafond, comme s'il avait décidé des semaines plus tôt qu'il ne pouvait

171

plus supporter la vue de quoi que ce soit, excepté ce plafond. Sa mâchoire pendante était maintenue autour d'une sonde d'intubation, plantée dans sa gorge comme une branche en plastique. Ses mains liées et ses doigts étaient secoués des tremblements caractéristiques de la maladie de Parkinson.

Le Dr Hofstader fit face aux sous-clones au-dessus du torse du Sept.

– Dès lors qu'une ou plusieurs maladies affectent gravement l'organisme, la fonction la plus épuisante devient la respiration. Ça n'est pas une mince affaire. La respiration brûle des calories, surtout lorsque les poumons sont endommagés et qu'ils sollicitent les muscles annexes.

Le Dr Hofstader fit le tour du lit et posa la main sur un respirateur flambant neuf.

– Avant l'invention du respirateur, la pneumonie, ou même le seul fait de respirer, achevait un patient âgé en trois ou quatre jours. On appelait la pneumonie « l'amie des anciens ». La racine *pneuma* signifie littéralement « air », ou « vent ». Mais, pour les Grecs, elle signifiait aussi « feu céleste », ou « esprit », qui était le principe cosmique de la vie, l'âme du monde, ou encore l'esprit de Dieu. Dans la Genèse, avant la lumière, il n'y avait qu'une terre abandonnée, sans forme, et un abysse de ténèbres, mais le vent soufflait sur l'eau. Le Saint-Esprit est apparu aux Apôtres sous la forme d'un grand vent. D'ailleurs, quand quelqu'un meurt, on dit toujours qu'il ou elle expire, c'est-à-dire souffle son esprit. Dans certaines tribus africaines, quand un mourant ne peut plus respirer, on dit de lui : « Il escalade la montagne de sa mort. » C'est pourquoi, lorsque nous parlons de ventilation et du fonctionnement du respirateur, nous parlons du fonctionnement de la vie même.

Les disciples étaient en transe. Avait-on jamais vu pareil génie dans l'art de soigner les maux de l'homme ?

Werner se rappela avoir entendu le même exposé mot pour mot trois ans plus tôt. Hofstader saisissait toutes les occasions de prouver qu'il n'était pas seulement un scientifique.

Le bip de Werner signala un appel extérieur, qu'il prit à la console. C'était encore Félicia, qui sanglotait au bout du fil.

— Je sais que tu m'as dit de ne pas t'appeler le matin, mais je viens de trouver un message sur mon répondeur. Mon père a failli mourir hier soir, et je n'étais même pas au courant.

Werner regarda le Dr Hofstader soulever le capot du respirateur et vanter les mérites de la ventilation intermittente synchronisée.

— Je viens de l'apprendre moi-même, répondit Werner. A présent il est stabilisé, mais je n'ai pas de détails. Je vais consulter le dossier, et je te rappelle.

— Et puis il y a cette saleté de tribunal, tout à l'heure. Dans une heure, en fait. Quel calvaire, gémit-elle. Ils ne se rendent pas compte de ce que je peux ressentir ? Je dois les supplier de laisser mourir mon père.

— Écoute, je ne peux pas te parler, je te rappelle.

« Et je vais pas tarder à te prendre un rendez-vous à l'aumônerie », pensa Werner.

— Est-ce qu'il risque quelque chose aujourd'hui ? Je veux être là s'il se passe quoi que ce soit.

— Dans son état, il est impossible de prévoir ce qui risque d'arriver, et quand. Impossible.

— Je dois montrer mon *press book* à une bande de types cet après-midi. J'appellerai et j'interrogerai mon répondeur aussi souvent que possible. J'ai laissé mon sac chez toi, à quelle heure tu rentres ?

— Vers 19 h 30, je pense. J'ai à te parler, d'ailleurs, ajouta-t-il en baissant les yeux sur les papiers remplis par l'avocat de Félicia.

— Je penserai fort à toi.

Werner rendit le téléphone à un marsupial qui passait et se pencha de nouveau sur les relevés cardiaques du Cinq.

Du coin de l'œil, il aperçut une malade qui tendait vers le plafond son bras blanc et décharné, duquel pendait l'entrave de coton renforcé. C'était la patiente du 4, une vieille dame de quatre-vingt-sept ans, avec des serres en guise de mains et de pieds. On devait la monter en chirurgie le jour même. Et si tout se passait comme prévu, elle ne tarderait pas à entrer en maison de repos.

Werner se leva et se dirigea vers son box.

Les doigts tordus et parsemés de taches de la vieille femme étaient pointés vers le plafond, où ses yeux restaient fixés depuis des semaines. Elle fit jouer ses gencives nues et regarda Werner sans baisser le bras.

– Bonjour, dit le Dr Ernst.

Elle sourit et pointa le doigt plus avant. Werner se retourna en exagérant le mouvement, pour bien lui montrer qu'il regardait dans la direction qu'elle indiquait.

– Qu'est-ce que vous me montrez ? demanda Werner.

– Ma grand-maman, répondit la femme.

– Votre grand-maman ? ne put s'empêcher de pouffer Werner. Eh bien ! quelle histoire !

– Elle est venue pour moi, je dois aller avec elle.

Werner fit le tour du lit et vint prendre la main de la Quatre dans les siennes. Il appuya sur un ongle, qui devint blanc puis retrouva une couleur rose tout à fait saine.

– Vous allez mieux, dit-il. Vous allez bientôt sortir d'ici.

Werner essaya de dégager sa main, mais elle la serra fermement.

– Asseyez-vous à côté de moi, jeune homme. Asseyez-vous juste un petit moment, avant que je m'en aille.

Werner regarda sa montre tout en tenant la main de la vieille femme. La secrétaire du service passa la tête dans l'embrasure et annonça à Werner une nouvelle admission en 8. Aussitôt son bip résonna, lui signalant qu'une partie des examens sanguins du Sept étaient prêts. Il appuya une seconde fois sur le bouton et lut un autre message. Les résultats des analyses qu'il avait prescrites pour le Deux révélaient des taux alarmants.

Werner tapota la main de la Quatre.

– Asseyez-vous juste un moment près de moi, murmura-t-elle avec du désespoir dans la voix, refusant de lâcher la main du médecin.

174

Werner attrapa le bouton d'appel accroché à la chemise de nuit de la patiente et appuya. Trente secondes plus tard, Marie Quelque-Chose entra dans le box et se planta à côté de Werner.

– Juste une seconde, jeune homme, s'il vous plaît.

Werner se dégagea et plaça la main tordue de la vieille femme dans celles, douces et tièdes, de Marie.

– Voyez ce que veut cette patiente.

Chapitre 10

De retour chez lui, Werner plaça trois bières dans le compartiment congélateur et mit le scotch en haut du placard, hors de portée de sa tentation.

Il était grand temps pour lui de se simplifier la vie. Il s'installa dans son fauteuil et décida de se couper du monde tant que ne serait pas résolue cette histoire au sujet du Cinq. Il se concentrerait sur ce problème comme sur n'importe quel autre problème médical.

Premièrement, éliminer toute considération déplacée. Connie, Félicia, Wilson, les avocats de Connie, les avocats de Félicia et les avocats de l'hôpital. Tous étaient des considérations déplacées. Le Cinq était le patient de Werner. Enfin, le Cinq était le patient du Dr Butz, et Werner travaillait pour Butz. La nouvelle mode, comme on le lui avait rabâché à l'École de médecine, c'était l'autonomie du patient. Le consentement éclairé du malade. Il fallait fournir au patient assez d'informations pour qu'il puisse décider lui-même de ce qui était bon pour lui. Mais son patient à lui était dans un état végétatif. Peut-être que ses yeux s'ouvriraient de temps à autre, qu'il presserait la main de quelqu'un, mais sans avoir aucune idée de ce qu'il ferait. Il n'était en tout cas pas en état de prendre une décision concernant son traitement. Et s'il pouvait le faire, que voudrait-il ? Demandez donc à la famille. Un coup pour rien : ce serait la foire d'empoigne.

Le tribunal était peut-être le meilleur endroit pour définir ce que le Cinq aurait voulu, surtout avec toutes ces histoires

177

de comptes en banque et de testament tapies en arrière-plan. Peut-être toute vie humaine – si atteinte ou diminuée soit-elle – était-elle précieuse.

Tout cela paraissait logique, mais au plus profond de son cœur, une voix chuchota à Werner que le Cinq ne s'en remettrait jamais. Il ne quitterait jamais les Soins intensifs. Il ne quitterait certainement jamais l'hôpital. La «vie» du Cinq se composerait de quelques mois de plus de codes bleus, de côtes brisées durant les réanimations cardio-pulmonaires, d'escarres rouvertes ; des mois à ne jamais dormir au sens propre du terme, à être piqué par des aiguilles six ou sept fois par jour, à être poussé, retourné, ventilé et ponctionné... Tout ça pour quoi ? Werner se leurrait s'il croyait que quiconque choisirait une telle existence.

Si l'on prenait pour facteur déterminant la qualité de vie, pourquoi ne pas tout bonnement exécuter tous ceux frappés de maladies chroniques ou incurables ?

Werner alla chercher une bière bien fraîche dans le haut du réfrigérateur, ferma les yeux, et essaya de se glisser à la place du Cinq. Il flottait dans un lit avec des montants en fer, dans une mer de gélatine blanche et lumineuse. Des projecteurs avaient été posés au-dessus et en dessous du lit. Des gens vêtus de blanc traversaient le brouillard et se mettaient à parler entre eux, dans des langues étrangères. Ils avaient l'air de discuter mathématiques en latin. Parfois il les reconnaissait ; parfois c'était de parfaits inconnus qui riaient et lui racontaient des blagues qu'il ne comprenait pas. Sa famille aussi traversait le brouillard. Leurs visages semblaient moulés dans d'horribles masques de chagrin. Une de ses filles entrait, et il s'évaporait dans la chaleur de sa présence, s'élevait jusqu'au point où la gélatine fond et se transforme en lumière. La vue, l'odorat et le toucher se détachaient de lui, il ne restait que les sons, qui passaient sur lui comme des vagues de tonnerre.

Les cellules ennemies avaient franchi le Rubicon et s'attaquaient désormais à ses fonctions vitales. Le sang n'atteignait plus ses mains ni ses pieds. Il sentait le poids de sa chair se dissoudre comme de l'argile. Ses sens l'abandonnaient, un par un,

178

mais il se rendait compte avec une horreur muette que chaque perte corporelle éveillait un nouveau degré de lucidité intérieure, comme si toute l'énergie métabolique convergeait vers l'esprit, comme si chaque pensée revêtait la force coupante d'un rasoir. Chaque image mentale était claire, bien trop claire : les rêves, les souvenirs, les hallucinations, tout brillait d'un éclat cru et se détachait sur l'écran blanc et pur de la mort.

Les pensées hurlaient dans l'écho vide de son crâne. Juste au moment où il ressentait les intuitions les plus effrayantes et les plus extatiques, les visions et les révélations les plus extraordinaires, tout ce qui lui restait pour les exprimer, c'était des sens totalement passifs. Il entendait. Il percevait tout et ne transmettait strictement rien. Il ne pouvait même pas leur dire qu'il sentait quelque chose de pointu lui rentrer dans le flanc ; il lui fallait attendre que quelqu'un vienne et s'en rende compte par hasard. Il traversait ce lent calvaire, la prise de conscience de la mort. Il lui serait si facile de s'endormir pour toujours, si seulement on voulait bien le laisser tranquille. La douleur, l'épuisement, la torture de laisser cette machine respirer à sa place, c'était comme casser des cailloux dans un camp.

Werner leva les yeux et vit deux superbes créatures se découper sur l'éclat aveuglant des projecteurs. Une de chaque côté du lit, les plus beaux spécimens qu'il ait vus de sa vie. Elles portaient toutes les deux des combinaisons spatiales blanches. Il sentait les relents mentholés de leurs chewing-gums.

L'une d'elles gloussa et dit :

– Tu trouvais l'autre horrible, eh bien ! écoute-moi un peu celle-ci. Alors, qu'est-ce qui est tout dur et tout blanc dans la chambre à coucher ?

– Je donne ma langue au chat, répondit la seconde.

– Un suicidé aux barbituriques ! dit la première dans un éclat de rire hystérique.

– Elle est affreuse ! hoqueta l'autre en riant.

Sous le regard de Werner, une des deux femmes enfila une paire de gants stériles. L'autre repoussa les draps et écarta la chemise de nuit courte de Werner, révélant l'appareil génital.

– D'accord. Bon, maintenant, qu'est-ce qui est tout dur et tout bleu dans la cuisine ?

La femme aux gants prit en main le pénis de Werner. Elle versa dessus du désinfectant orange et l'étala avec de la gaze.

– Ben, vas-y, qu'est-ce que c'est ? pouffa l'autre en remettant en place la sonde d'intubation.

– Le même qui s'est fini au gaz !

Elles partirent d'un fou rire incontrôlable.

– Qu'est-ce qu'on tient, ce matin !

La femme versa encore un peu de désinfectant sur le pénis de Werner et sur le scrotum. Puis elle prit un long tube orange et le montra à Werner.

– Vous voyez ce truc ? C'est ce qu'on appelle un cathéter. Il faut qu'on vous fasse passer ce tube par le pénis jusqu'à la vessie, pour que vous puissiez uriner, d'accord ?

Werner secoua vigoureusement la tête pour dire que non, pas d'accord. Il tenta désespérément de dire quelque chose autour de son tube.

– Arrêtez d'essayer de parler avec cette sonde, dit la dame astronaute, et écoutez-moi. Si on doit vous replacer ce tube dans le pénis, c'est pour une seule raison, c'est que vous passez votre temps à le retirer, compris ? Pour des zozos comme vous, attacher les mains, ça ne suffit pas. Alors vous savez ce qu'on va être obligé de faire ? On va être obligé de vous enrouler les mains dans des serviettes de toilette et de vous les coller au lit avec du ruban adhésif. Tout ça à cause de vous. Hier vous avez arraché votre perf. Avant ça, c'était le drain abdominal...

Werner fit non de la tête.

– Économise ta salive, dit la femme aux gants de caoutchouc, ce con est dans le potage.

Werner regarda le tube s'enfoncer dans son pénis et le sentit remonter jusqu'à la vessie. Il tenta d'arrêter la femme, mais il était attaché, les bras en croix, comme un aigle sous la lumière crue des projecteurs.

– Bonjour, dit un nouvel astronaute, mon nom est Dr Carnage. Vous vous souvenez sûrement de moi. C'est moi qui vous ai fait les quelques examens prescrits par le Dr Butz, l'autre jour.

Werner regarda le Dr Carnage de haut en bas, deux ou trois fois. C'était l'homme qui l'avait invité à se tenir tranquille pendant qu'il lui enfonçait une aiguille à tricoter dans la colonne vertébrale.

— Les résultats des examens ne sont guère encourageants, dit le Dr Carnage. On a trouvé des tumeurs.

— Est-ce que ça signifie que je vais mourir, maintenant ? demanda Werner, réussissant miraculeusement à parler malgré son tube.

— Mais non, dit Carnage. On va vous donner, à vous et à vos tumeurs, tout un tas de poisons, et on va voir qui lâche en premier. Parfois ça marche. Vu que vous êtes quand même plus gros que les tumeurs, vous avez plus de chances de survie.

— Je vois, répliqua Werner. Rien d'autre ?

— On va faire pareil avec des rayons, répondit Carnage. On va vous bombarder une à deux fois par mois, et voir si le cancer déguerpit devant la guerre nucléaire et si vous tenez le coup, ou si c'est l'inverse.

— C'est tout ? fit Werner.

— Pas tout à fait, admit Carnage en se rengorgeant. On vient de faire des découvertes spectaculaires dans ce domaine, même si on n'en est encore qu'au stade expérimental. Il s'agit d'un nouveau traitement très prometteur.

— Oh ! dit Werner. Ça consiste en quoi ?

— Eh bien, expliqua Carnage, ce qu'on fait, c'est qu'on vous coupe les bras au coude et les jambes au genou.

— Mais pourquoi ? demanda Werner, terrifié.

— C'est très simple, reprit Carnage. La recherche a montré que si on coupait les membres, tout le sang, l'oxygène et les nutriments qui les alimentaient auparavant seraient dès lors disponibles pour combattre les tumeurs. Comme je vous l'ai dit, les expériences commencent tout juste sur des êtres humains, mais il y a déjà de grands succès sur les rongeurs.

Soudain, la pièce fut remplie de silhouettes vêtues de blanc.

Elles ouvrirent le ventre de Werner et se mirent à farfouiller à l'intérieur.

Une jeune et jolie infirmière lui sortit le pancréas et planta dedans une longue aiguille. Puis elle lui sourit et expliqua :

– C'est un thermomètre hypersensible à aiguille radioactive. On va vous le greffer dans le pancréas pour avoir votre température pancréatique précise.

– On a la température pancréatique ? demanda un aide-soignant à l'autre bout de la pièce.

La jolie infirmière se retourna et appuya sur un bouton du moniteur.

– La température P est de 41,46573 degrés centigrades, dit-elle.

– 41,46573, répéta l'aide-soignant en inscrivant le résultat sur une feuille de température.

Entra alors un lézard d'un mètre quatre-vingt-dix habillé en chirurgien, avec un stéthoscope autour du cou et un bip dans la poche de sa blouse. Le lézard portait une tête de chèvre par-dessus la sienne, un masque chirurgical sur la bouche et observait Werner à travers les trous ménagés pour les yeux. Le lézard fit levier dans la cage thoracique de Werner avec un pied de biche stérile, et en extirpa de force un des poumons.

– Je n'ai jamais vu un organe aussi abîmé, déclara le lézard par-dessus son épaule, en retournant le poumon dans un récipient en inox.

Un peu plus tard, ils demandèrent à Werner de serrer leurs mains ; il essaya de toutes ses forces de rester immobile, espérant qu'ils le croiraient mort et le laisseraient enfin en paix. Mais ils ne voulaient pas le laisser en paix. Jamais. Pour une raison tordue, diabolique, ils ne voulaient pas le laisser mourir. La mort, c'était contre leur religion. Il enfonça sa tête dans l'oreiller, priant par chacune de ses cellules, tentant de se tuer par un acte de pure volonté.

Il entendait sa famille l'appeler.

– Werner ? appelait sa fille.

Il n'osait pas bouger, par peur d'une nouvelle opération.

– Werner ?

Werner ouvrit les yeux et trouva Félicia debout près de lui, vêtue d'une tunique de bain. Elle portait un nouveau sac en vinyle, ses cheveux étaient gaufrés, gonflés en une crinière extravagante.

– On a obtenu la détention provisoire, dit-elle. Et devine quoi ?

– La suspension provisoire, corrigea Werner. Quoi d'autre ? demanda-t-il en secouant sa boîte de bière vide.

– Je vais à Los Angeles pour les produits de beauté Renée Feral Cosmetics. Si je décroche le boulot, je passerai à la télé nationale et on ne verra pas que ma tête. Tu veux voir ?

– Bien sûr, dit Werner en bâillant.

– Qu'est-ce qui ne va pas ? l'interrogea-t-elle. Mais enfin, tu ne te rends pas compte, c'est énorme, c'est le délire total !

Werner tourna la tête.

– Je suppose que je serais plus enthousiaste si je n'étais pas attaqué en justice.

Elle balança son sac sur le lit rabattable.

– Je t'ai dit que tu n'aurais pas à témoigner. Je ne pensais pas qu'on aurait à en reparler. On n'était pas d'accord ?

– Comment ça, on ne va pas en reparler ? Tu m'attaques en justice !

– Ce n'est pas moi. C'est mon avocat qui t'attaque. Il dit que ça ferait terriblement bizarre si on attaquait tout le monde sauf toi.

Werner fit la moue.

– Ne laisse pas cette histoire se mettre entre nous, reprit-elle en se serrant les bras autour de la taille.

Elle bascula la tête en arrière et secoua sa chevelure.

– Ferme les yeux, dit-elle, et je vais te montrer ce que je ferai demain.

– Je ne refuse jamais une occasion de fermer les yeux, répondit Werner.

Il entendit des ligaments craquer et des vêtements glisser par terre.

183

– Ça y est, dit Félicia quelques instants plus tard.

Elle avait retiré sa tunique et ondulait dans l'appartement dans un maillot de bain deux pièces en Lycra, couleur mandarine, qui lançait des éclairs. A la hauteur des hanches, l'échancrure remontait très haut au-dessus des cuisses, jusqu'à sa cage thoracique. Les bords plus foncés convergeaient sur son ventre plat, descendaient par-devant en un triangle étroit et dessinaient à l'arrière la courbe ferme de ses fesses. Ses hanches saillaient au-dessus des longues jambes fuselées, des jambes qui tenaient Werner à leur merci, faisant rebondir son regard d'une douce courbe à l'autre, jusqu'aux doigts de pieds pointus et aux ongles vernis. Les lanières de ses hauts talons assortis formaient de gros nœuds, comme des cadeaux attendant d'être ouverts. Les yeux de Werner remontèrent doucement le long de la peau bronzée vers le plat principal, les hanches.

– Regarde un peu ça, mon chou.

Elle pencha la tête, la rejeta en arrière, faisant plonger une boucle gracieuse au-dessus de son œil.

– Je ne confie pas ma peau à n'importe quel lait hydratant. Je ne fais confiance qu'à Renée Feral.

Elle se mit à rire.

– Comment tu m'as trouvée ?

– Où je peux me procurer du lait hydratant Renée Feral ? demanda Werner.

Elle gloussa, puis se mit à chantonner et à sautiller à travers l'appartement.

– J'ai passé toute la journée avec eux à faire des photos, et ils veulent que je reste une semaine à L.A., à partir de demain. Ils m'ont aussi refilé le costume et les chaussures. Est-ce que ces gros bonbons ne sont pas superexcitants ?

Elle leva lentement le pied et fit tourner l'escarpin étroit.

«C'est ce qu'on appelle une cheville bien tournée», pensa Werner, se disant que cent ans plus tôt, si une telle cheville avait été entr'aperçue par mégarde sous une robe à panier à peine retroussée, elle aurait provoqué des crises cardiaques.

– Et le maillot, tu en penses quoi ? minauda-t-elle en passant ses ongles assortis sur le tissu mandarine.

Elle releva les coudes et montra à Werner un profil aguicheur.

– Tu ne le trouves pas hyper génial ?

– Il est super, dit Werner, sentant un sourire lui monter aux lèvres.

– J'ai du travail, d'ici à demain. Et la première chose à faire, c'est le test visage. Tu peux regarder, si tu veux.

– Tu vas faire quoi ?

– Le test visage, répéta-t-elle, fouillant dans son sac et en sortant une palette de fards à paupières pastel et des pinceaux de différentes tailles. Je vais faire des essais. Tu peux regarder, si tu veux.

Werner avait toujours cru qu'il était interdit de regarder comment tout ça se faisait, tout comme il est interdit au public de venir voir en coulisse les trucs d'un grand magicien. On devait compter sur le magicien pour se protéger de soi-même, afin qu'au lieu de rentrer chez soi ennuyé et cynique, on puisse repartir ensorcelé et enchanté par le pouvoir de la magie.

– Je peux ? demanda-t-il.

Elle chercha de nouveau dans son sac et en sortit cette fois un miroir de maquillage de un mètre de haut, bordé d'ampoules électriques derrière des petits panneaux colorés. Puis elle alluma la télé avec la télécommande et rangea le dessus du bureau dans une corbeille à linge.

– J'ai besoin de place, expliqua-t-elle en approchant une chaise, avant d'installer le miroir. Regarde cette pub, elle est super.

– Je déteste les pubs, la prévint Werner.

– C'est parce que tu manques d'imagination. Les pubs, c'est ce qu'il y a de plus drôle à la télé, mais il faut se servir de son imagination. Il faut chercher le symbole, derrière toutes ces âneries. Comme tu sais, tout ce qu'ils essaient de faire, c'est de te refiler leur papier toilette ou autre chose ; mais va au-delà de ça, sers-toi de ton imagination, regarde le côté psychologique ; ou essaie de voir si tu reconnais les gens dans la pub, et si tu peux citer toutes les pubs qu'ils ont faites. Si je me sers de mon imagination, même le fait de parler avec toi peut paraître drôle. Tu vois ce que je veux dire ?

Elle gloussa et lui pinça les fesses. Comme toujours, il savait avec précision ce qu'elle voulait dire, malgré son charabia. Sa bouche produisait du bruit, pas des mots. La hauteur et l'inflexion de la voix indiquaient ce qu'elle aimait et ce qu'elle n'aimait pas. Elle se fichait des mots.

Werner éteignit la télé qui beuglait, avant de devoir entendre un mot de plus sur les sodas sans sucre, le son de blé, et la mayonnaise allégée, qui pourraient rendre n'importe quelle femme de ce pays aussi mince et belle que Félicia. Cette dernière attrapa d'ailleurs six ou sept bouteilles en plastique dans son sac et se dirigea vers la salle de bains.

– Je vais repenser complètement mon visage, je vais... l'embellir. Mais d'abord, à la douche.

Pendant qu'elle prenait sa douche, Werner sortit les sachets de gelée lubrifiante et les mit dans le tiroir de sa table de nuit, juste à côté du lit. Il alla chercher la bière numéro deux et choisit une place au premier rang, juste devant le miroir.

Elle émergea, sentant la lotion au citron et le savon parfumé, vêtue de deux serviettes violettes, l'une en sarong sous les bras, l'autre en turban sur une tour penchée de cheveux mouillés. Werner se leva et la suivit jusqu'à son sac, pour goûter les nouvelles saveurs de sa peau, couverte de vapeur parfumée, pleine et chaude.

– Attention, monsieur glouton, dit-elle en se défilant.

Elle versa une noix de lait dans le creux de sa main.

– D'abord, la crème émolliente parfumée, expliqua-t-elle en étalant le lait sur ses bras et ses jambes.

– C'est quoi, ça ? demanda Werner en montrant du doigt un grand cadran sur le miroir de maquillage.

– Le sélecteur de lumière, répondit-elle en faisant tourner le cadran, ce qui fit glisser devant les ampoules des petites plaques teintées de couleurs différentes.

Werner le fit tourner à son tour et lut le nom des différentes ambiances déclinées par le sélecteur : «intérieur jour», «soleil de quatre heures», «crépuscule», «dîner aux chandelles», «intérieur nuit».

– Allez, tu vas pas me dire que ça change quelque chose !

186

– Ah ! Les hommes ! commenta Félicia en mimant l'exaspération. La lumière, c'est ce qui fait toute la différence. Tu crois peut-être qu'une femme ne se maquille qu'une fois par jour ?

– Je...

– T'es ultra ringard, gémit-elle. Tu n'apprécies pas les subtilités de l'art du maquillage.

Werner avala une gorgée de bière fraîche et haussa les épaules.

– Imaginons que tu travailles dans un bureau, dit-elle en sélectionnant l'ambiance « intérieur jour ». OK, tu es toute la journée sous les néons, de la lumière blanche et crue. Alors il te faut des couleurs douces, quelque chose de subtil – dans les tons pêche, corail, cédrat, des trucs comme ça. La chose essentielle, c'est d'adoucir le visage avec un fond de teint plutôt blanc et de le rehausser avec des teintes pêche ou citron. Tu comprends ?

Werner fit oui de la tête.

– OK, continua-t-elle. Bon, mais ce soir, on t'a invitée à dîner. Alors là, on met « crépuscule » ou « dîner aux chandelles », poursuivit-elle en essayant les deux à tour de rôle. Maintenant il y a beaucoup moins de lumière, alors il faut approfondir tes couleurs. Vu que les chandelles, ça efface le rouge naturel du visage, ton maquillage du bureau va ressembler à un masque funéraire. Sauf si tu accentues les rouges. Il faut utiliser les nouveaux mascaras rouges sur les cils, après une première couche de noir classique. Tu peux même mettre un trait de crayon rouge sur les yeux, après un premier trait en noir classique. Tu dois forcer sur le blush. Il te faut des yeux audacieux, brillants de couleur, avec des reflets à tomber par terre. Tu dois allonger l'ombre de l'œil, agrandir le front, souligner les pommettes... Elle fronça les sourcils. Ça serait peut-être plus facile si tu regardais, finalement.

Elle mit l'ambiance « crépuscule » et retourna à son sac pour y prendre des crayons à sourcils, des disques de coton, des fers à cils, des crayons à lèvres, un stick anticernes, des poudriers et un arsenal de petites bouteilles, de fioles et de pots.

– Sous tes yeux, il y en a pour plus de mille dollars en produits et en matériel, commenta-t-elle. Ces pinceaux sont en vrai poil de martre. Et les prix de Renée Feral sont deux fois plus élevés que ceux de ses concurrents, parce que c'est de la qualité. Ça ne coule pas et ça ne tourne pas sur la peau, ajouta-t-elle en déposant des noisettes de lait aux points stratégiques du visage, puis elle les étala du bout des doigts, en caresses légères et circulaires.

– Et ça résiste très bien sous la lumière forte. Ça, c'était du lait hydratant.

Elle tourna la tête et toucha du doigt quelques imperfections.

– OK, maintenant, le fond de teint liquide et le correcteur de teint, dit-elle en s'étalant un liquide rose sur le visage avec une petite éponge humide.

Elle plongea une boule de coton dans un poudrier.

– Et là, qu'est-ce que tu fais ? demanda Werner.

– Je matifie le fond de teint avec une poudre transparente, expliqua-t-elle en tapotant le coton sur sa peau. Et ensuite je retire l'excédent avec ça.

Elle lui montra un grand pinceau plat, puis dénoua la serviette violette de sa tête, laissant tomber sur ses épaules de longues mèches humides et ondulées.

– L'avocat a dit que la détention ne posait aucun problème.

– Suspension, corrigea Werner.

– Oui, bon. Il pense même qu'on va gagner la jonction finale.

– L'injonction, corrigea Werner.

– Oui, bon. Il dit que l'hôpital garde mon père en vie uniquement parce qu'ils se font deux ou trois mille dollars par jour sur son dos. Tout ça pour le brancher sur des machines dans ce cagibi.

Elle lui lança un regard du coin de l'œil et secoua sa chevelure mouillée.

– On croirait un discours d'avocat, fit observer Werner.

– Eh bien ? Tu en penses quoi, toi ? Tu ne me dis jamais ce que tu penses. C'est pour ça qu'ils ne laissent pas les gens mourir en paix ? C'est parce que ça leur rapporte trop d'argent ?

– Bien sûr que non. La raison pour laquelle ils ne laissent pas les gens mourir en paix, c'est les avocats. Les médecins et l'hôpital ne veulent pas être poursuivis pour négligence ou erreur médicale.

Elle souligna son sourcil d'un trait de crayon.

– Je crois qu'il y a un Russe qui s'appelle Tchekhov qui a dit que les médecins, c'est exactement comme les avocats. La seule différence, c'est que les avocats se contentent de vous dépouiller, alors que les médecins, en plus, ils vous tuent.

Werner faillit tomber de sa chaise.

– Depuis quand tu cites Tchekhov ?

Elle se tapota le coin de l'œil avec un petit pinceau.

– Moi aussi je suis allée à l'université, tu sais, dit-elle d'un ton évasif. Et dès que j'ai compris que j'en savais assez pour gagner décemment ma vie, j'ai arrêté la lecture et je me suis mise à la télé.

Werner pencha la tête en avant pour essayer d'attraper son regard.

– Maintenant, l'anticernes, annonça-t-elle en se passant sous les yeux ce qui ressemblait à un tube de rouge à lèvres blanc. C'est pour effacer les poches que j'ai à force de penser à mon père.

Elle leva la tête et regarda vers le bas, puis effleura la paupière avec un petit pinceau.

– L'ombre à paupières, c'est ce qui distingue les amateurs des pros, commenta-t-elle. Les petites bleues, elles ne mettent qu'une ou deux couleurs. Selon les circonstances, un mannequin peut utiliser jusqu'à quatre ou cinq tons différents.

Elle haussa les sourcils et posa une touche de brillant argenté juste en dessous.

– Brume argent vers l'intérieur, corail satin et ambre corail au milieu.

Elle leva de nouveau les sourcils.

– Et satin argent vers l'extérieur, dit-elle en finissant la ligne argentée. Ces nouvelles ombres métalliques, on peut même les faire ressortir en passant ensuite une éponge humide dessus.

Elle suivit la paupière d'un trait d'eye-liner noir charbon. Werner plissa les yeux rien qu'à voir le stylo si près de l'œil nu. La main de Félicia avait l'assurance de celle d'un ophtalmologue, et ses yeux ne clignaient pas lorsque la pointe passait tout près. Elle se recourba les cils avec une paire de clamps («Des fers à cils, pas des clamps, gros bêta!»), puis s'épila et se redessina les sourcils. Elle fit gonfler les cils au mascara avant d'utiliser une épingle droite pour les séparer. Elle ajouta des reflets roses et blancs par-dessus l'ombre à paupières, mit sur ses pommettes du blush qu'elle étala jusqu'aux tempes à l'aide d'un pinceau de soie. D'un coup de crayon à lèvres, elle redessina le contour de sa bouche. Puis avec grand soin, elle couvrit de rose toutes les petites stries.

– Ça, c'est du rouge à lèvres, c'est ça? demanda Werner.

– Du brillant à lèvres, répondit-elle avec impatience. Plus personne n'utilise de rouge à lèvres, papy.

Félicia apporta la touche finale en saupoudrant son visage d'un peu de poussière d'argent, comme si la reine des fées en personne était responsable de pareil enchantement. Ensuite, elle fila vers la salle de bains remettre son maillot et resta quelques minutes devant le miroir, à s'interroger sur sa coiffure. Werner, quant à lui, observait sa poitrine serrée par le Lycra.

La nuit tomba doucement tandis qu'elle s'apprêtait devant le miroir; l'appartement devint de plus en plus sombre. Bientôt, le miroir fut la seule source de lumière et éclaira son visage, éblouissement de couleurs et d'ombres, brume d'argent déposée sur sa peau. Elle régla le cadran sur «extérieur jour».

– Et voilà le travail! dit-elle en souriant à son reflet. Maintenant, il ne me manque plus que quelques bleus et un collier de chien clouté, et je suis prête.

Elle revint sur «crépuscule».

– Tu vois ce visage. Chaque femme qui verra ce visage pensera: «Il faut que je m'achète les produits Renée Feral.» Et chaque homme qui le verra dira: «Waouw!»

– Waouw! dit Werner.

Elle fixa de nouveau le miroir pour y admirer définitivement son travail.

190

– Tout est absolument parfait, commenta-t-elle. Sauf que quand je serai chez Renée Feral à L.A., mon père, lui, sera toujours ici, en train de souffrir. Quand je serai en train de déjeuner avec ces gens de la pub, lui, on sera en train de le drainer. Quand moi, je prendrai des photos, lui, on lui plantera des aiguilles dans le corps. Et quand enfin je rentrerai à mon hôtel le soir, lui, il restera attaché à son respirateur.

Ses épaules se soulevèrent, accompagnant un profond soupir. Ses cheveux pendaient sur ses épaules et formaient des guirlandes de boucles autour de sa poitrine. Elle le regarda dans la semi-pénombre et renifla.

– Tu vas m'aider ? murmura-t-elle.

Werner se rapprocha d'elle et lui toucha légèrement la cuisse.

– Tu as déjà ton ordre de suspension, qu'est-ce que tu veux que je fasse de plus ?

– Mon avocat m'a mis les points sur les « i » aujourd'hui, répondit-elle d'une voix douce. Même si on gagne en face du juge, l'hôpital ou Connie pourront faire appel. Il dit que, dans des cas pareils, ils font toujours appel. Ça peut prendre des mois avant qu'il se passe quoi que ce soit, et alors il sera trop tard.

– Trop tard pour quoi ? demanda Werner en la regardant droit dans les yeux.

– Trop tard pour lui épargner six mois de torture, répondit-elle. Mon avocat dit que la plupart des patients meurent avant que la cour réussisse à prendre une décision.

Werner l'enlaça et lui caressa les cheveux.

– Avec tout ce qui s'est déjà passé, l'hôpital ne va pas accepter l'interruption de quoi que ce soit sans décision de justice. C'est trop dangereux. Tu as un avocat, Connie a un avocat...

– Je sais, dit-elle en le fixant à son tour dans les yeux. Je sais tout ça. C'est pour ça que, s'il y a un moyen, je te demande de mettre fin à la vie de mon père.

Werner essaya de détourner la tête, mais son regard rencontra dans le miroir les yeux de Félicia, brillants comme deux joyaux dans leurs écrins peints.

– Tu veux dire le tuer ?

– Ça n'est pas vraiment le tuer, corrigea-t-elle, c'est le laisser mourir. Juste le laisser mourir. Éteindre les machines pendant une heure. Tenter quelque chose. Je suis sûre que tu connais un millier de façons d'y parvenir.

Elle fit glisser la fermeture Éclair de son sac et attrapa une cigarette longue. Elle alluma son briquet, et une petite langue orange dansa pendant une seconde, exactement là où elle le voulait, juste assez longue pour allumer la cigarette et libérer la première bouffée de fumée bleue. Elle gonfla les poumons comme un nouveau-né avide d'air.

Werner regarda le maillot lustré miroiter à chacune de ses inspirations. Il se rapprocha encore, caressa une boucle brune et embrassa Félicia sur l'épaule.

– Ce que je crois, c'est que tu ne sais plus ce que tu dis. Pourquoi c'est si important à tes yeux ? Ça tourne à l'obsession.

Il vit son front se rembrunir. L'orage couvait.

– C'est mon père. Elle éclata en sanglots indécents. Il m'a demandé de faire ça pour lui au cas où il finirait de cette façon, et je n'ai pas fait mon boulot, ça te va ?

C'est Hamlet, pensa Werner, elle est Hamlet. Son père la hante et l'implore de lui rendre une mort sereine. «De ton père je suis l'âme / Condamnée pour un temps à errer dans la nuit / Et tout le jour à souffrir le jeun et les flammes / Tant que les sombres crimes commis de mon vivant / Ne seront pas expiés dans le feu et le sang.» Dans ce cas, Werner devait être Claudius, l'exécuteur du vil dessein. Elle devait agir, mais toute action l'entraînait vers le mal, comme demander à Werner de servir au Cinq une coupe de vin empoisonné.

– Nous devons faire quelque chose, dit-elle.

Werner nota avec quelle imprudence elle utilisait le plus risqué des pronoms. Nous ?

– Il n'y a pas d'autre raison, tu es sûre ?

Je veux dire, supposons que les avocats et les juges aient lu tous les documents et entendu tous les témoins dans cette affaire. Il n'y aurait rien qui pourrait leur donner à penser que tu fais tout ça pour une raison ou pour une autre ? Parce qu'il me semble que ça serait plutôt ennuyeux.

192

Elle saisit son regard dans le miroir.

— Toi, tu as parlé à Connie, dit-elle en reniflant.

— C'est elle qui me parle. Je suis le médecin de ton père, je te rappelle.

— Alors elle t'a raconté, pour la banque ?

Werner haussa les épaules, affectant la nonchalance.

— Tout ce que je me rappelle, c'est que ça a un rapport avec les soixante-dix ans de ton père.

— Ouais, dit Félicia. Si mon père meurt avant cet âge, il y a une grosse somme, mise de côté par ma mère, qui ira à moi et à Connie. J'en reçois une moitié ; elle reçoit l'autre. Ma mère n'a pas fait de chouchoute, même s'il y avait de quoi.

— D'accord. Et qu'est-ce qui se passe si ton père dépasse cet âge ?

— Eh bien ! l'argent lui revient. Tout l'argent.

Werner tendit la main vers elle.

— Je ne sous-entends rien. C'est juste que je ne veux pas que tu aies des ennuis. Tu ne crois pas qu'un avocat ou un juge pourrait te soupçonner d'avoir de bonnes raisons de vouloir la mort de ton père avant ses soixante-dix ans ?

Elle souffla de la fumée sur le miroir, puis se tourna vers Werner.

— Tu crois que je fais tout ça juste pour l'argent ?

— J'ai dit que quelqu'un d'autre pourrait le croire, protesta Werner.

— Tu as parlé à Connie, répéta Félicia. Elle croit qu'elle peut gagner le gros lot, si elle joue les bonnes cartes.

— C'est-à-dire ?

A présent la pièce baignait dans une obscurité totale, hormis la lueur crépusculaire diffusée par le miroir. Le visage de Félicia n'était plus qu'un voile d'ombres, strié de reflets colorés et métalliques.

— Si mon père vit au-delà de soixante-dix ans et reçoit l'argent de ma mère, expliqua-t-elle, alors tout cet argent passera dans son testament, d'après ce que m'a dit mon avocat.

— Et... ? demanda Werner.

— Connie a le testament fait par mon père il y a cinq ans.

A cette époque, mon père et moi, on ne s'entendait pas. Connie a dû te raconter tout ça en détail.

– Elle a mentionné le fait que vous aviez eu un passage à vide, c'est vrai, précisa Werner.

– Il n'approuvait pas ma façon de mener ma vie, expliqua-t-elle. Il me laissait de l'argent dans ce testament, mais seulement sur des comptes par fidéicommis. Tout le reste allait à Connie, y compris l'argent de ma mère s'il dépassait l'âge fatidique, même si ça n'était pas clairement précisé dans le testament.

Werner attendit de voir si elle comprenait bien ce qu'elle était en train de dire.

– Donc, si ton père vit au-delà de cet âge de soixante-dix ans, c'est Connie qui ramasse tout l'argent laissé par ta mère...

– C'est ce que dit le testament, admit Félicia. C'est pour ça que Connie se tue à la tâche pour qu'on mette ce tube et qu'on maintienne le respirateur, c'est parce qu'elle est sûre qu'elle va gagner le jackpot.

– Comment tu sais que c'est pour ça qu'elle le fait ? demanda Werner.

– Facile ! Il y a deux ans, Papa était à l'hôpital pour sa première attaque. Et là, Connie les suppliait de ne pas le faire souffrir pour rien. Elle a dit haut et fort qu'elle ne voulait pas de mesures extraordinaires, et patati, et patata. Ça, c'était avant que son avocat lui explique le principe du testament. Parce que, après ça, elle a sorti le chapelet et a commencé à dire que Dieu le guérirait, mais que Dieu voulait qu'on fasse quand même tout ce qui était humainement possible, juste au cas où...

Félicia s'appuya sur ses coudes et lâcha un panache de fumée à travers ses lèvres arrondies. Werner regarda les volutes se dissoudre dans l'ombre.

– Ce que Connie ne sait pas, c'est qu'il y a un autre testament, reprit Félicia. Celui qu'elle a n'est plus valable.

– Un autre testament ?

– Avant de tomber malade, mon père m'a donné la clé d'un coffre qu'il m'a dit avoir ouvert à mon nom, au cas où il lui

194

arriverait quoi que ce soit. Au moment où il est tombé malade, j'ai vidé le coffre et j'y ai trouvé un nouveau testament. Celui-là nous traite exactement de la même manière, Connie et moi. Elle a une moitié, j'ai l'autre. Ce testament révoque le précédent. Attends un peu qu'elle apprenne ça.

– Pourquoi tu ne vas pas le lui dire, tout simplement ?

Elle inspira profondément et tapota le bout de sa cigarette sur le bord d'une boîte de bière vide.

– Au moment où j'ai vidé le coffre, j'ai appris qu'elle avait consulté un avocat. Alors j'ai apporté tous les papiers au mien, qui m'a dit de ne surtout parler de rien à Connie, afin d'éviter qu'elle puisse s'en servir contre moi au tribunal. Il m'a dit qu'elle essaierait de démontrer que le nouveau testament est nul ou que j'ai forcé mon père à le refaire. Tu vois, il la connaît bien. Elle peut être très très drôle, mais pas dans le genre qui fait rigoler, si tu vois ce que je veux dire.

– Et je suppose qu'elle n'aura pas accès à ce testament avant la mort de ton père, ajouta Werner.

– Je ne lui parle plus, dit Félicia. Mais elle va découvrir tout ça très bientôt, parce que mon avocat prétend que la cour s'apprête à demander aux avocats d'échanger leurs documents concernant l'héritage de mon père ou le legs de ma mère.

Ses lèvres peintes s'arrondirent autour du filtre.

– J'ai hâte de voir sa tête quand elle lira le nouveau testament.

– Tout ça va tourner au massacre, assura Werner. Je suppose que tu le sais.

– C'est pour ça que je te demande ton aide. Ma sœur essaie de garder mon père en vie, parce qu'elle croit qu'elle va tout empocher à sa mort. Moi j'essaie juste de faire ce qu'il m'a demandé.

Werner prit les mains de Félicia dans les siennes.

– Je ne peux pas faire une chose pareille, murmura-t-il. C'est trop...

– Risqué, c'est ça ? Donc, tu sais que c'est bien. C'est juste risqué. Je sais que tu ressens la même chose que moi. Tu me l'as dit. Tu as dit que c'était la chose à faire. Tu sais aussi bien

195

que moi que mon père ne va pas s'en remettre. Pourquoi tu ne peux pas le dire simplement?

– On est formés pour ne pas dire : «Oh ! ce patient-là, c'est un cas désespéré, alors on éteint tout et on rentre à la maison.» Parce que six mois plus tard, on a un avocat qui débarque avec trois experts médicaux pour annoncer qu'on a eu tort. Non. Le plus sûr, c'est de continuer à traiter le patient, sauf si la famille va devant le tribunal et obtient la suspension. Après, s'il y a une erreur, c'est la faute de la cour, pas la nôtre.

– Mais il y a des gens comme mon père qui passent des mois, et même des années, à souffrir, pendant que les avocats discutent et n'arrêtent pas de faire appel dans tous les sens. Et regarde un peu les frais médicaux que ça représente, pendant ce temps-là. C'est criminel ! Je sais que tu penses que c'est criminel. Je le vois à ta tête, quand tu te promènes dans ton service. Tu ne crois pas à ce que tu fais. Pourquoi est-ce que tu ne veux pas m'aider à entreprendre ce que tous les deux on juge bien?

– Il faut que j'y réfléchisse, dit-il.

– Bien, conclut Félicia en ramassant ses cheveux sur la nuque pour les soulever. En attendant, tu veux bien m'aider à me débarrasser de ce maillot?

Le désir amenait Werner au-delà de l'épuisement, au-delà de la frustration, et droit à l'hystérie. Il fit descendre le maillot en le roulant, puis la regarda sortir, marcher et se glisser dans un peignoir en soie. Combien de temps pourrait-il supporter ça? L'inconscient prenait les commandes.

Il la prit dans ses bras et fourra son nez dans un nid de boucles chaudes et parfumées lovées sur sa clavicule. Tout ce qu'il voulait, c'était ramper dans la grotte, faire un feu, peindre des bisons et des scènes de chasse sur les murs. Il fixa la lumière du miroir et se mit à rêver qu'il s'endormait. Et, dans ses rêves, il plongeait sa tête aux cheveux blancs dans les ténèbres profondes, dans les cathédrales voûtées des enfers. Ni vitraux, ni lumière, rien que l'obscurité du sang qui s'engouffre et le silence des nerfs qui s'enflamment.

Alors qu'ils avaient oublié jusqu'à son existence, le téléphone se mit à sonner et les fit bondir.

— Merde ! lâcha Werner.

Il était de garde, il lui fallait répondre.

— Wiener (c'était la voix de Stella Stanley), ça fait une heure et demie qu'on code votre type en 5.

— Oh ! dit Werner en serrant l'écouteur aussi près que possible de son oreille. Qu'est-ce qui s'est passé ?

— J'étais au box 7 parce que le patient était sur le point de s'y mettre, lui aussi, expliqua-t-elle précipitamment. Butz a mis le Sept en code plein, aussi.

— Je sais, je sais.

— Quand je suis revenue à la console, j'ai jeté un œil aux moniteurs cardiaques, et le Cinq était en train de fibriller. Alors j'ai dit à l'opérateur d'appeler une équipe pour qu'elle rapplique vite fait. Il était violet comme une aubergine.

— Il est parti ?

— On l'a ramené. Rien de spécial. Deux ou trois coups de défibrillateur, puis épinéphrine, bicarbonate et atropine. Un code type, mais il nous en a fait voir.

— Ouais, dit Werner en regardant Félicia se débarrasser de ses accessoires. Tout va bien, maintenant ?

Félicia se mit à chantonner et passa dans la salle de bains.

— Comme je vous l'ai expliqué, il a viré à l'aubergine, mais il a retrouvé un rythme correct et le cerveau n'a probablement pas bougé, répondit Stella. Harold a patrouillé avec son chariot, mais je ne crois pas que le moment soit venu... Pas tout à fait.

— Qui s'en est occupé ?

— Marlowe. Dommage que ça soit pas arrivé la nuit dernière, pendant que c'était Hansen. Il l'aurait fait plonger vite fait.

— Tenez-moi au courant, dit Werner avant de raccrocher le récepteur avec précaution.

Félicia était en train de fumer une cigarette, assise sur le bord du lit.

— Il faut que tu ailles à l'hôpital ? demanda-t-elle.

– Non, ce n'était pas important.

Il l'entoura de ses bras et voulut l'embrasser. Elle tourna la tête pour prendre une bouffée de cigarette.

Il l'embrassa dans le cou et murmura :

– J'ai apporté tout ce qu'il faut pour le traitement.

– Pas ce soir, répondit-elle en prenant une nouvelle bouffée.

– Mais..., commença Werner.

– Je ne veux pas en parler. On ne peut pas le faire ce soir, c'est tout.

Werner laissa ses mains retomber sur ses genoux et sentit la rage lui remonter le long de la carotide jusqu'au cerveau. C'est peut-être comme ça que se produisent les ruptures d'anévrisme, pensa-t-il. Il retourna dans la cuisine et descendit le scotch du placard, puis il alla jusqu'au congélateur et sortit deux glaçons. Deux glaçons, deux doigts de scotch.

– Il faut que je rappelle l'hôpital, dit-il en attrapant le téléphone.

Il lui tourna le dos et décrocha le combiné, tout en gardant le doigt sur le bouton de l'appareil. Il enfonça sept touches et appuya le combiné silencieux contre son oreille.

– Oui, Dr Ernst à l'appareil. J'ai des messages ? (Il marqua une pause.) Est-ce que vous pourriez me transférer au neuvième, aux Soins intensifs ? Je viens de recevoir un appel au sujet du patient alité au box 7. (Une nouvelle pause.) Merci. Oui, Dr Ernst à l'appareil. Comment ça se passe avec le Sept ? (Il s'arrêta de nouveau.) Oh ! Oh, non ! Quand ? Qu'est-ce qui s'est passé ? demanda Werner, en entrecoupant ses questions de silences. Non. Mon Dieu ! Il va bien ? Alors le Dr Marlowe est là ? D'accord, tenez-moi au courant. Est-ce qu'on a informé le Dr Butz ? Rappelez-moi s'il se passe quoi que ce soit.

Werner raccrocha et alluma la lampe à côté du lit rabattable. Elle s'agrippa à un drap défait et regarda Werner fixement.

– Qu'est-ce qui se passe ? demanda-t-elle, la lèvre tremblante.

– Ton père a fait un arrêt cardiaque.

Elle se raidit, puis se redressa avec lenteur et s'assit sur le rebord du lit. Son visage blêmit sous le maquillage. Elle regarda Werner et articula sans bruit : «Papa. Mon Papa.»

Elle se mit à se balancer lentement, répétant «Papa» au milieu de ses larmes.

– Ils l'ont ressuscité, la rassura Werner. Son cœur est reparti, mais il est passé très près.

Elle se pencha en avant et inspira deux ou trois fois très profondément.

– Là, doucement, dit Werner en s'asseyant à côté d'elle et en passant son bras autour d'elle.

– De l'air ! gémit-elle en le repoussant loin de son visage. De l'air !

Elle s'agrippa à son bras. En trente secondes, elle fut à trente-six inspirations par minute. Couchée en avant à partir de la taille, elle suffoquait en essayant désespérément de trouver de l'air. Werner avait déjà vu ça au moins une centaine de fois : expiration prolongée, angoisse dans le regard. Souffle court, tachypnée, douleurs respiratoires. Sans s'en rendre compte, Werner retomba dans la vieille routine des urgences.

– Est-ce que tu es asthmatique ?

Elle fit non de la tête.

– Ça tourne, j'ai la tête qui tourne.

– Est-ce que tu suis un traitement ?

Non, encore une fois. Puis elle y réfléchit et montra du doigt la petite poche de son sac.

Werner fit glisser la fermeture Éclair et retourna le sac. Cinq flacons tombèrent, tous des médicaments délivrés sur ordonnance : Xanax, Lomotil, Compazine, Phénobarbital et Maalox. Autrement dit, des anti-acides, des tranquillisants, des anticholigéniques, des anti-émétiques et des sédatifs. Prescrits en général pour les «nerfs», l'acidité gastrique excessive, les nausées, les vomissements et la diarrhée. Son médecin et elle prenaient très au sérieux cette histoire de spasmes du côlon.

– Est-ce que tu as pris l'un d'entre eux pour la première fois aujourd'hui ?

Elle secoua la tête.

Il prit son pouls. Cent quarante.

– Est-ce que ça t'est déjà arrivé ?

Nouveau signe négatif de la tête.

199

– Je t'emmène aux urgences, dit Werner. Je ne peux rien faire pour toi ici.

Elle secoua la tête et courut à la fenêtre. Elle s'agenouilla, fit sauter la guillotine et sortit la tête dans la nuit.

– Tu sais, ça n'est pas une petite alerte de rien du tout. C'est de l'asthme. D'après moi, tu es peut-être en état de choc anaphylactique. Je pense qu'on devrait aller aux urgences et trouver ce qui t'arrive.

Il la prit par les épaules et la secoua doucement pour essayer de la raisonner.

– Ici, on n'a pas de labo, expliqua-t-il. On ne peut pas te faire de radio. On ne peut pas te faire d'analyses de sang.

– Il est mort ? gémit-elle.

– Non. Ils l'ont ramené, je t'ai dit. Ils l'ont remis sous respirateur. Je me sentirais mieux si on allait aux urgences, répéta-t-il.

– Ça n'est pas la peine, dit-elle en ralentissant progressivement sa respiration. J'ai déjà eu ça. Ça va passer. Pendant une minute, j'ai cru qu'il était mort.

– Alors, tu as déjà eu ça ? Pourquoi tu ne me l'as pas dit ? Tu es allée voir un médecin ?

– Oui.

– Et alors ? hurla presque Werner, comme s'il criait pour que quelqu'un lui apporte le dossier de cette patiente. Qu'a dit le médecin ? Il pense que c'est de l'asthme ou quoi ?

– Il a fallu que j'aille en voir un autre. Ils n'arrivaient pas à trouver ce que c'était. Ils ont dit que c'était peut-être de l'asthme.

– Alors tu es allée voir un pneumologue ?

– Je ne sais pas. Laisse-moi tranquille.

– Mais qu'ont donné les examens ? cria Werner, au bord de l'exaspération totale. Est-ce qu'ils t'ont fait des examens ? Une stimulation par bronchodilatateurs ? Les gaz du sang ? Les tests d'allergie ? Est-ce que tu es allergique à quelque chose ? On n'arrive pas dans ton état sans raison.

– Je ne me souviens pas de ce qu'ils ont dit, gémit-elle en se recroquevillant sur le bord de la fenêtre. Laisse-moi tranquille, ça va aller.

– Je suis désolé, dit Werner lui posant la main sur l'épaule. J'essaie juste de comprendre. Ça n'est pas commun de se retrouver, comme ça, en pleine suffocation quand on n'a jamais eu ça avant.

– Je suis quelqu'un de pas commun. Je ne peux pas supporter de le voir vivre comme ça, mais l'imaginer mort, c'est encore pire.

– C'est ce qui pourrait arriver de mieux, suggéra Werner en lui caressant l'épaule.

– Et alors ? Il est mort, c'est ça ? Je ne peux pas l'imaginer. Je déteste entendre ce mot. Mort ! dit-elle en pleurant par la fenêtre.

– C'est ce qui pourrait arriver de mieux, répéta Werner.

– Pour lui, pas pour moi. Je ne peux pas l'appeler et lui dire que je regrette. C'est trop tard. Je ne peux pas m'asseoir dans la véranda et passer la journée avec lui. J'aurais pu, autrefois. Mais j'avais d'autres choses à faire et je n'avais pas le temps.

– Ne te monte pas la tête, dit Werner. C'est fini. Tu as fait ce qu'il fallait.

– Ils vont le mettre dans la terre, poursuivit-elle, le regard fixe dans la nuit. Dans un cercueil froid. L'eau va lui couler dessus. Ses ongles des mains et des pieds vont continuer à pousser, pourtant, il sera mort.

Elle se pencha un peu plus par la fenêtre, parlant à la nuit.

– Quand ma mère a eu le cancer, dit-elle en sanglotant, elle s'est transformée en squelette juste avant de mourir. Elle portait un filet en papier sur les cheveux, et les os de son visage ressortaient. Elle m'a regardée et m'a dit : « Je vais au pays de la noirceur et du désordre, où les ténèbres sont la seule lumière. »

– Reviens à l'intérieur, suggéra Werner.

– Connie a expliqué que ça venait de la Bible, murmura Félicia. Je n'ai jamais pu oublier ça. Elle a dit qu'elle allait au pays de la noirceur et du désordre où les ténèbres sont la seule lumière. Et maintenant, c'est Papa qui y va. Et un jour, j'irai là-bas, moi aussi. Moi aussi, je serai dans un cercueil. Mes meubles, les photos de moi, tout ça, ça restera là, mais moi, je serai partie. Ça n'a pas de sens qu'un meuble puisse vivre plus longtemps qu'une personne.

Werner mit ses deux mains sur les épaules de Félicia et essaya de la ramener à l'intérieur.

– Qu'est-ce que ça veut dire ? demanda-t-elle en fixant l'obscurité. Je suis sûre que toi, tu es content qu'ils l'aient gardé en vie. Ils lui ont tapé sur les côtes ? Ils lui ont planté des aiguilles partout dans le corps pour lui balancer de l'électricité ?

– Arrête, dit Werner.

– Ma grand-mère disait toujours qu'après sa mort, on pouvait voir de l'intérieur les gens qu'on a laissés. Qu'on pouvait regarder dans leur tête et voir leurs pensées. Et si c'était vrai ? Et si les morts pouvaient voir en nous ?

– N'y pense pas.

– Il faut que j'aille vomir. Ensuite, j'irai à l'hôpital.

Elle se leva, resserra son peignoir autour d'elle et se dirigea vers la salle de bains.

– Ne me suis pas, dit-elle.

Chapitre 11

Stella quitta le box 5, laissant Poindexter et le Dr Marlowe discuter du mélange adéquat à mettre dans le goutte-à-goutte après un code. Elle se rendit en 2, où le jeune syndrome de Goodpasture se préparait à fausser compagnie aux machines.

La tête du Deux se tourna vers elle, les yeux roulant dans leur orbite. Il tordit une de ses mains attachées et fit signe qu'il voulait écrire. Stella prit le bloc sous son bras.

– Ce n'est pas la peine de l'écrire encore une fois, dit-elle. Je sais ce que vous voulez.

Le Deux parvint à écarter ses deux paumes entravées et les tourna vers le plafond, comme pour dire : « Alors, vous me répondez quoi ? »

Stella jeta un œil à la console centrale où, seule, une technicienne de surveillance somnolait en face des huit moniteurs. Stella aperçut une arythmie étrange et de mauvais augure sur le moniteur du Deux. Elle étudia le rythme pendant quelques secondes, puis appuya sur un bouton sous l'écran pour en imprimer un relevé. Elle se précipita chez le Cinq, interrompit Poindexter et Marlowe, et demanda au premier de venir l'aider à retourner le Deux.

Poindexter sortit avec deux sacs IV sur les épaules, des flacons et des ampoules plein les mains et une seringue plantée dans le bouchon d'une petite bouteille. Des capuchons de seringues multicolores sortaient de sa bouche comme des mégots de sucre d'orge.

– Ça ne peut pas attendre ? s'enquit Poindexter. Je prépare des cocktails.

– Je ne veux pas le retourner, dit Stella en montrant du doigt le moniteur. Je voulais juste que tu files un coup d'œil à ce rythme cardiaque.

Poindexter remonta ses lunettes sur son nez avec le dos de sa main gantée de caoutchouc.

– Des torsades... Ça fait cinq ans que j'ai pas vu de torsades. J'aimerais bien voir ce que donnerait un ECG.

– Il me semblait bien que c'était ça. Tu penses que le Dr Marlowe nous signera un ECG ?

– Appelle la cardio et demande-leur l'ECG toi-même. Si Marlowe signe pas, on demandera au Dr Wisenheimer demain.

– Des torsades, reprit Stella. C'est pas croyable.

– Des torsades de pointes, précisa Poindexter. Une arythmie très rare et extrêmement destructrice. J'ai dû en voir deux fois en tout.

– Il descend en flammes. Il est en code plein, lui aussi.

– Qui a décidé ça ? interrogea Poindexter, les dents serrées autour des capuchons.

Il extirpa avec adresse la seringue du bouchon et dirigea l'aiguille vers son visage, avant de la planter d'un mouvement fluide dans un des capuchons.

– C'est la famille qui a décidé pour le code plein ?

– Je déteste quand tu fais ça, fit remarquer Stella, qui recula en voyant l'aiguille nue pénétrer entre les lèvres de Poindexter.

– Tu es jalouse, c'est tout. Oh ! dit-il en fronçant les sourcils vers le moniteur, regarde ça !

– Des ultra-torsades...

– Ce type tout orange est en train de plonger, déclara Poindexter. Et mon instinct me dit qu'il va faire ça ce soir, juste après l'épave du Cinq et juste avant l'épave du Sept. Tous les deux, ils tournent autour du pot depuis la relève de jour.

– Qu'est-ce que tu dirais de laisser celui-là en code lent, Poin ? suggéra Stella.

– Je ne sais pas, dit-il en jouant avec sa seringue d'épinéphrine sur le montant du pied de perfusion. La Grosse Martha est là, ce soir, et avec tout ce remue-ménage, ils ont planté une technicienne à la console pour surveiller les moniteurs cardiaques. Ce serait plutôt dur d'en éteindre un. La fille va crier au meurtre si elle voit une arythmie anormale. Elle appellera l'équipe du code, et nous, on aura l'air de deux dindes en blouse blanche.

— Elle est nouvelle, ça m'étonnerait qu'elle ait déjà vu des torsades. Elle croira sans doute que c'est dû à un mouvement du patient...

— On peut lui raconter que les torsades, c'est une pâtisserie française à la crème, reprit Poindexter en sortant d'un pas tranquille, les sacs IV lui battant l'omoplate.

— J'aurai peut-être une idée un peu plus tard...

Poindexter lança un regard d'adieu à la forme orange et émaciée posée dans le lit 2.

— Préviens-moi dès que tu auras trouvé, conclut-il. Il faut pas les laisser faire ce putain de code.

Le Deux ne savait pas très bien s'il se réveillait ou s'il s'endormait lorsqu'il trouva le Cornu penché au-dessus de son lit. Il nota toutefois combien la blouse blanche contrastait avec les écailles calcinées du torse et remarqua que ses mains de reptile laissaient des traînées de suie sur les montants du lit. Les yeux orange se plissèrent à la lecture de son dossier métallique.

— Allez-vous-en, gémit le Deux. Je suis malade.

— Et encore, vous n'avez rien vu, mon vieux, dit le Cornu en grattant sa barbe de paille de fer. Attendez un peu d'être sorti de ce sac d'os que vous appelez votre corps, et je vais vous en montrer, moi, des malades.

— Qu'est-ce que vous voulez ? gémit le Deux. Je suis en train de mourir. Je suis en train de mourir, enfin. Je le sens. Alors allez-vous-en et fichez-moi la paix.

— Je sais bien que vous êtes en train de mourir. C'est pour ça que je suis là. Il faut qu'on parle des choses importantes. La mort, la vie éternelle, votre âme... Vous allez bientôt prendre un certain nombre de décisions qui vont se révéler cruciales et qui auront des conséquences durables. Je suis là pour vous conseiller dans ce domaine. Je facture mes interventions à l'heure. Vous n'avez pas le choix, vous ne pouvez pas vous permettre de refuser mes services.

– Alors il y a un Dieu, dit le Deux. Et une vie après la mort, c'est bien ce que vous êtes en train de me dire ?

Le Cornu s'installa sur le rebord de la fenêtre et croisa les mains.

– C'est ça, la meilleure partie de mon travail, expliqua-t-il, rayonnant de contentement. Je me retrouve à parler avec des gens qui, en fin de compte, savent enfin ce qui est important. Les vivants manquent tellement de discernement, surtout dans votre pays. Aux États-Unis, les vivants ne se soucient que de savoir s'ils ont trop de lipides mono-insaturés ou de lipides poly-insaturés ; des carrières entières sont gaspillées à prédire ce que la Réserve fédérale va faire avec les taux d'intérêt ; ou bien ils se raccrochent à la différence qu'il y a entre une berline deux portes et un monospace quatre portes, ou entre une pelle et un ordinateur individuel, ou entre un moyen de contraception et, disons, une agrafeuse... Rien que des distinctions insignifiantes entre de stupides objets inanimés. Pourquoi diable faut-il que les humains se gaspillent le cerveau sur des fariboles, des gratte-moi-là, des machins-trucs-chouettes et des regarde-un-peu-comment-je-danse-la-gigue ? Je veux dire, comment peut-on décemment admettre que c'est le même cerveau qui compose une symphonie et qui se lève le lendemain matin et passe toute la journée à essayer de s'imaginer la différence entre un revenu net et une réduction d'impôt ?

– Je m'en fiche, de tout ça.

– Précisément, répondit le Cornu en faisant claquer ses mains écailleuses. Est-ce que ce n'est pas beau, l'espace ? Vue du dessus, la Terre n'est plus qu'une minuscule tache de lumière. Et la voiture à deux portes, la pelle, l'ordinateur, le contraceptif, l'agrafeuse, la Réserve fédérale, rien que de minuscules, minuscules taches de lumière, perdues dans une lointaine galaxie. Et les petits ou les grands moments, les longues années, les gens que vous avez connus et aimés, les produits que vous avez consommés, votre petit confort, tout ça n'est pas plus gros que la minuscule tête d'une minuscule épingle de lumière. En somme, tout semble s'annuler pour nous laisser seuls, juste vous et moi, pour parler de votre avenir, continua le Cornu. Vous avez un diplôme d'ingénieur, pas vrai ? Et vous vouliez être quoi ? Un expert en missiles ? Et c'est parce que vous vouliez aider les gens, sans aucun doute. J'ai raison ?

– Oui, répondit le Deux. Préserver la force du pays et faire vivre une famille sur un bon salaire. Qu'est-ce qu'il y a de mal à ça ?

– Hé ! Ne réagissez pas comme ça ! Je suis le dernier à émettre un jugement sur qui que ce soit. Je trouve que vous avez fait un excellent choix de carrière. Dommage qu'elle s'arrête si vite. Mais ne nous éternisons pas sur ce qui aurait pu se produire. Parlons plutôt de votre avenir.

– Est-ce que je vais aller au ciel ? demanda le Deux. Est-ce que je vais voir Dieu le Père ?

– Ce sont deux questions distinctes, gloussa le Cornu. Je répondrai d'abord à la deuxième, parce que si je réponds en premier à la première et en second à la seconde, vous risquez d'être perdu ou affolé. Alors que si je réponds en premier à la seconde et en second à la première, vous comprendrez sans doute mieux ce qui vous attend. Et ne vous inquiétez pas si vous perdez le fil. J'ai des cassettes audio et vidéo et d'autres modules de rattrapage, que je pourrai vous laisser pour vous aider à comprendre tout ça, d'accord ?

– Je voulais savoir si j'allais voir Dieu, répéta faiblement le Deux.

– Dieu est mort, répondit le Cornu. Ça, je peux vous assurer que Dieu est mort. Les rumeurs sont fondées. Son cœur s'est brisé. C'était très triste. Il était immortel, tout-puissant, omniscient, tout, quoi. Mais Il avait Son talon d'Achille. Un peu comme Superman avec la Kryptonite. Rien dans tout l'univers ne pouvait L'atteindre, sauf l'inhumanité que l'homme pouvait manifester envers ses semblables. A la longue, la cruauté incessante des hommes L'a affaibli. Elle L'a rendu malade à en

207

mourir, elle Lui a causé des douleurs dans la poitrine, elle a fait monter Sa tension, elle Lui a donné la fièvre. Toutes les choses immondes que les gens font aux autres – et surtout aux enfants –, Il les ressentait toutes, et Il les ressentait à l'échelle cosmique. A la fin, elles L'ont rendu fou. Il s'est supprimé. Il ne pouvait plus supporter cette torture.

– Ça n'a pas de sens, protesta le Deux. Dieu est tout-puissant et éternel. Il ne peut pas mourir !

– La prémisse est correcte, mais la conclusion est erronée. Par définition, être capable d'accomplir toutes choses signifie être capable d'attenter à sa propre vie, et c'est ce qu'Il a fait. Je crois que c'est arrivé le lendemain de la création de la télévision commerciale. Là, c'était la fin. Il s'est traîné dans Son lit et a baissé les stores pour la dernière fois.

– Je ne vous crois pas, rétorqua le Deux en versant quelques larmes égarées et en mâchant son tube. Vous dites n'importe quoi.

– Comme vous voudrez, aboya le Cornu. Dieu est un homme blanc d'âge moyen, grand et musclé, avec de longs cheveux blancs et une barbe. Groupe sanguin I, pour Ikhôr. Il possède sept coupés Mercedes aux couleurs de bonbons – une pour chaque jour de la semaine. Et au ciel, on peut faire la fête sans arrêt. Les drogues n'ont pas d'effets secondaires. Il y a des solariums ouverts 24 heures sur 24 et des piscines chauffées. Le sexe y est omniprésent. On peut se plonger la tête dans l'endorphine et se piquer un sprint sans lever le petit doigt. Si on est du genre demeuré ascète, on peut se mettre dans la position du lotus et être transporté dans des délires mystiques. On peut se lever tous les matins et se plonger dans l'extase au son de la voix de Dieu. Si on a une conduite morale, on peut demander l'autorisation de regarder la souffrance des damnés. On en obtient parfois l'autorisation, ce qui remplit de joie ces types vertueux qui ne se sentent vraiment heureux que quand ils voient tous les autres souffrir. Vous vous sentez mieux, maintenant ?

– Je ne veux plus vous parler.

208

– Bien sûr. Vous préférez faire l'autruche. Je vais vous dire une chose : là où vous allez, rien ne change. C'est toujours chacun pour soi. Et je suis là pour vous préparer aux mesures. Si vous voulez, je peux vous représenter au procès, je peux être votre avocat. Comme vous l'avez sans doute remarqué, vous n'êtes mentalement pas en état d'assurer votre défense de façon correcte.

– Quelle sorte de mesures ?

– Comment ça, « quelle sorte de mesures ? », assena le Cornu d'un ton sarcastique. *Le Jugement dernier*, tête de nœud ! Tu en as déjà entendu parler, non ? Tu croyais que t'étais dans un conte de fées, ou quoi ? Tu as vu à quoi ça ressemble, un jury de douze personnes ? C'est plutôt impressionnant, non ? Eh bien ! tu vas être jugé par des milliards de gens. Chaque rencontre que tu as faite avec un membre de l'espèce humaine va être examinée par des comités de milliers de personnes. Et chaque comité sera présidé par quelqu'un que tu auras mis dans la merde pour satisfaire tes propres appétits !

Le Deux frémit sous son drap et essaya de lever les mains.

– Ne dis rien, reprit le Cornu en l'interrompant d'un geste. Tu dois être en train de penser : « C'est impossible. Comment ils pourrait monter ce genre de procès pour chaque être humain qui meurt ? » Ah ! S'ils ont quelque chose, c'est bien du temps ! Les plus hautes montagnes seront devenues des petits tas de cailloux qu'ils auront à peine commencé à étudier ton cas.

– Mais je n'ai rien fait ! protesta le Deux. Je n'ai commis aucun des péchés capitaux. J'ai peut-être commis quelques petits péchés, des péchés véniels, comme on les appelle, je crois, mais c'est tout.

– C'est vrai, répondit le Cornu dans un rire féroce. T'as strictement rien fait ! Ton mea culpa est un peu exagéré, je trouve. Tu n'es plus allé à l'église depuis Vatican II, ou même depuis la sainte Cène. Tu t'inquiètes de savoir si tu as commis un péché mortel le jour où tu n'es pas allé à l'église parce

que tu avais la grippe ? Mais c'est fini, ce temps-là, on a sim-
plifié le schéma ! Tu étais censé aimer Dieu et ton prochain.
Tu n'as fait ni l'un ni l'autre. Tu as eu ton diplôme en physique nucléaire, et ensuite tu es tombé amoureux d'une gen-
tille et jolie jeune fille. Quel altruisme ! Tu as aimé ton papa et
ta maman. Les chimpanzés aussi les aiment. Tu n'as pas soulagé les malades, tu n'as pas nourri les affamés, tu n'as pas fait
l'aumône aux pauvres, si ? Non. Tu n'as aimé les gens que
dans la mesure où ils étaient utiles ou amusants, ou bien tout
juste as-tu consenti à faire un effort pour un membre de ta
famille. La belle affaire ! Même les hyènes partagent les
cadavres avec les autres membres de la meute. Et maintenant,
comme tu n'as pas fait ce qu'on attendait de toi, tu vas avoir
une très mauvaise passe, à moins que tu ne trouves une
défense crédible pour expliquer ton comportement.

— Mais je n'ai pas fait le mal ni quoi que ce soit, se défendit
le Deux. Je n'ai fait souffrir personne !

— Attends, c'est à un montant du lit que je suis en train de
parler, ou quoi ? Tu n'as pas l'air de comprendre. Je vais te
montrer ce que je veux dire. Si tu as un instant pour jeter un
œil sur ta vie, je peux te la faire défiler, image par image, sur
l'écran qui est là. D'un autre côté, à quoi bon ? Nous savons
tous les deux à quoi ta vie ressemble. C'est la chronique de la
satisfaction de tes appétits, avec, pendant ton temps libre, un
petit coup de main à ceux susceptibles de te renvoyer l'ascenseur. Il faut aussi que tu te défasses de ta conception de la
justice terrestre, dans laquelle les gens regardent ce que tu as
fait, tes actions. La justice divine est fondée sur l'étude de cet
obscur magma de pensées et d'actions qu'on appelle «être».

Le Cornu marqua une pause et se lustra les écailles qui lui
servaient d'ongles. Il en décolla une carbonisée avant de la
jeter dans la corbeille.

— Je parie que tu as deviné que j'étais professeur de philosophie, avant, dit-il en battant de ses cils roussis. Mais
peu importe. Les jugements divins sont, dans l'absolu, plus
complexes que ceux des hommes, chez lesquels le verdict

tombe après que deux avocats mielleux ont pris la parole une heure ou deux. Ici, ce dont il est question, ce sont des comités qui vont interroger chaque nanoseconde de ton existence. Ils vont s'arrêter sur toutes les images et les projeter sur écran géant. Il y aura des réunions pour essayer de comprendre pourquoi tu as marché sur ce sans-abri pour accéder à l'épicerie fine.

— J'étais jeune, bredouilla le Deux. Bon sang, je n'ai que vingt-trois ans ! Je n'ai jamais eu la chance d'avoir une épiphanie ou un choc spirituel. Je sortais juste de l'école quand tout ça est arrivé. Donnez-moi cinq minutes !

— Économise ton éloquence pour le tribunal, conseilla le Cornu en se curant la suie sous les ongles avec un scalpel. Et regarde les choses sous un autre angle. La Raison s'éveille en principe à l'âge de sept ans, mais toi, tu n'as rien foutu pour qui que ce soit, à part toi-même, depuis que tu sais tes tables de multiplication. Tu vas être changé en putain de beignet fantôme, si c'est tout ce que tu trouves comme excuse !

— Ils comprendront, n'est-ce pas ? pleurnicha le Deux. Je leur expliquerai moi-même. Je ne veux pas que vous parliez à ma place. J'assurerai ma propre défense.

— Comme tu voudras, dit le Cornu d'une petite voix chantante. Tu peux même aller les voir à dos de chameau et danser nu sur une table, ça m'est complètement égal !

Le Cornu partit d'un rire éclatant, agitant joyeusement sa queue pointue derrière lui, puis extirpa un stéthoscope d'un tas de braises qui gisait sur la table de nuit. L'oreille métallique rougeoyait sous les néons.

— Excuse-moi, je voudrais juste écouter quelque chose...

Le Cornu posa le lobe métallique sur la poitrine du Deux, qui le sentit s'imprimer en brûlant sa chair.

— Tu as un impressionnant frottement péricardique au quatrième espace intercostal au-dessus de la ligne claviculaire moyenne. Je voulais juste l'entendre par moi-même. Tu veux écouter, toi aussi ?

Le Deux secoua la tête.

– Allez, insista le Cornu, écoute donc.

Il plaça les pointes du stéthoscope dans les oreilles du Deux et se remit à appuyer le métal chauffé à blanc sur sa poitrine.

– Écoute un peu ça, reprit-il dans un éclat de rire, sa voix résonnant tout à coup dans la caisse formée par les côtes desséchées du Deux. ÇA, C'EST UN SACRÉ FROTTEMENT PÉRICARDIQUE AU QUATRIÈME ESPACE INTERCOSTAL AU-DESSUS DE LA LIGNE CLAVICULAIRE MOYENNE. ALORS, QU'EST-CE QUE TU EN DIS? IMPRESSIONNANT, PAS VRAI?

Stella regarda une nouvelle poussée de torsades traverser le moniteur du Deux. Cette fois, le rythme fatal persista. La technicienne était au téléphone avec un prétendant, tout en gardant un œil sur le moniteur du Deux. Stella sentit le moment où elle allait raccrocher pour appeler de l'aide, comme la Grosse Martha ou un médecin. Elle se glissa dans le box 2 et tira les stores, tout en laissant un petit jour par lequel surveiller la fille au téléphone. Elle se savait un peu en avance pour les soins, mais pas assez pour que cela semble d'une quelconque manière suspect.

Les yeux du Deux étaient écarquillés dans leurs orbites orange, fixés sur les lampes et sur le trou noir de l'éternité au-dessus de sa tête. Stella déboutonna sa blouse et colla des électrodes d'ECG sur un triangle formé au-dessus de la cicatrice chirurgicale du patient. Elle attacha les fils aux électrodes et les fit passer par un relâchement de sa blouse, entre deux boutons, à la taille.

– Je lui remets ses fils, cria-t-elle à la technicienne en éteignant l'alarme.

Elle jeta un œil à l'extérieur, et vit que la fille levait le pouce pour dire «OK». Elle débrancha alors le Deux du moniteur. En une seconde, elle raccorda les fils aux électrodes sur sa poitrine et regarda son propre rythme cardiaque au-dessus de la tête du Deux.

– Pas mal, dit-elle.

Peut-être un ou deux pics par-ci par-là, mais à part ça, elle avait l'air en grande forme.

La tête du Deux se mit alors à trembler sur l'oreiller. Stella lui détacha les mains et les garda dans les siennes.

– Je t'aime, lui dit-elle. Maintenant, tu peux rentrer chez toi. Quand tu arriveras, ferme bien la porte derrière toi. Lorsqu'il sera trop tard pour qu'ils te ramènent, je te rebrancherai et j'appellerai l'équipe des codes.

Les lumières s'éteignirent quand le Cornu agrippa le bras du Deux.

– Accroche-toi, Orville, dit-il. C'est un rude voyage !

Un ouragan entraîna le Cornu et le Deux dans un tunnel tout plissé. Le Deux se retrouva pris dans une montée vertigineuse, cul par-dessus tête, dans une sorte de gosier noir. Lorsqu'il essaya de s'accrocher aux parois, ses mains glissèrent sur du tissu musculaire chaud et mouillé, du cartilage et des ligaments.

De fortes rafales le poussaient le long du tunnel.

– Où sommes-nous ? cria-t-il pour couvrir les hurlements du vent.

– C'est ou bien le trou de balle, ou bien le canal de la vie ! hurla le Cornu. On ne peut pas le savoir avant d'être arrivé à l'autre bout. Si c'est le trou de balle, j'ai pas besoin de te dire à quoi tu vas ressembler, espèce de pauvre merde !

Le Deux et le Cornu furent soudain éjectés dans une cavité rouge. Les parois étaient couvertes de mucus et de veines dans lesquelles passait du sang.

– C'est ta dernière chance, dit le Cornu, haletant pour retrouver son souffle. Dans une minute, cet endroit va imploser et te propulser dans le tribunal, où tu passeras l'éternité avec tous ces vieux ploucs dont t'as rien eu à secouer pendant ta vie. Ou alors tu peux venir avec moi et te reposer dans un environnement serein, libéré de toute culpabilité et sans aucune obligation d'aucune sorte. Ça ne dépend que de toi. Dès qu'on est mort, on fait tout ce qu'on veut.

– Je veux voir mon Père, dit le Deux.

– Ouais, répondit le Cornu. Et si tu te rappelles un peu toutes les choses merveilleuses que tu as faites pour lui et pour ses enfants, tu peux imaginer comme il va être transporté de joie en te voyant débouler. «Mon fils, l'expert en missiles !» Tu n'as pas à passer par le tribunal. Tu peux éviter toutes ces formalités en changeant de juridiction.

La cavité se mit à bouger, comme secouée par un tremblement de terre.

– Tu ne pourras pas dire que je ne t'avais pas prévenu, hurla le Cornu par-dessus son épaule. Tous les cons que tu as entubés pendant toute ta misérable vie sont là, à t'attendre à l'autre bout, dans l'espoir de te rendre la monnaie de ta pièce. Viens avec moi, et tu n'auras même pas à poser les yeux sur eux, jamais. A toi de choisir...

Les muscles des parois se contractèrent, se rapprochèrent du Deux jusqu'à expulser tout l'air contenu en lui. Il glissa dans un orifice et en ressortit en petit Samson chauve et tout bleu, dans une pièce inondée de lumière. Du liquide s'écoula brutalement de ses oreilles, laissant ses tympans nus en plein vent. Des symphonies se mirent à résonner, puis des sons arrondis et des mots inconnus et merveilleux, comme si on faisait chanter les cordes vocales d'êtres magnifiques. Du vent s'engouffra et glaça ses petits poumons roses tout neufs, et lorsqu'il respira pour la première fois, il se mit à crier des chants de joie faits de tous les gaz mêlés de l'univers. Sa douleur se transforma en un souffle d'extase et il s'éleva, porté en avant par son propre élan intense et pénétrant, s'élançant sur le crescendo d'une ouverture, en une montée douce et palpitante vers la lumière.

Chapitre 12

Équipe de nuit. Werner était de retour à la console. Les internes de deuxième et troisième année avaient bien ri avant leur départ, en prenant des paris sur ce que la soirée allait réserver au pauvre pigeon qui serait de garde. Hansen le cowboy lui tendit une pile de bilans de santé et les dossiers de deux nouvelles admissions, avec un sachet de gelée lubrifiante agrafé au coin gauche de la feuille du dessus – un petit gage d'affection de la part du duo d'opérette Hansen-Marlowe, qui rentraient chez eux ce soir. Le cadeau était complété par un petit gribouillis : « Penche-toi un peu là-dessus, et bonne nuit... de garde ! » Quatre effroyables mutants, trois blessés de guerre, deux croûtons coagulés et un « chou bouilli » au box 3. Werner trouva en outre un mémo humoristique collé sur la console. Sur le papier à en-tête du Centre, il reconnut une police particulière de l'ordinateur portable de Poindexter. Le message se terminait par une signature photocopiée du Dr Hofstader, et était adressé à tous les services de réanimation du Centre médical.

A : Tous les médecins
De : Dr Richard Hofstader
Objet : Les Quatre Piliers de la Médecine Moderne.

Le Gouvernement des États-Unis et l'industrie de l'assurance-maladie ont fait savoir au Centre médical qu'ils ne prendraient désormais plus en charge les Soins intensifs pour les groupes de patients suivants :

1) Les fumeurs

2) Les alcooliques chroniques

3) Les patients âgés de plus de soixante-douze ans

4) Les patients ayant une surcharge pondérale de plus de quinze kilogrammes.

Dorénavant, les Soins intensifs ne seront prodigués aux patients concernés par une ou plusieurs de ces catégories que sur la base d'un paiement comptant et direct au personnel. Merci de votre coopération dans l'application de ces nouvelles directives.

Pour tous renseignements, s'adresser au Dr Weimaraner von Wisenheimer, des Soins intensifs du neuvième étage.

Ce mémo fut pour Werner la seule occasion de rire de toute la nuit. Après ça, tout contribua à le plonger dans l'angoisse.

Le premier point à l'ordre du jour était la Famille. Deux ou trois gros spécimens – probablement venus pour le Sept – attendaient dans une salle de pouvoir parler à l'interne de garde. Werner s'apprêta à faire un survol des bilans de santé et de la pile de dossiers, mais sut bientôt qu'il serait incapable de se concentrer tant qu'il ne se serait pas débarrassé de cette histoire de famille. Et il lui faudrait au moins deux heures avant de pouvoir s'installer dans sa tour de contrôle et travailler sans être interrompu.

Il prit un gobelet de café pour avoir de la compagnie, puis se dirigea vers la salle des visites où des dizaines de parents tristes et las montraient des visages gris et s'agglutinaient en grappes, comme de petites tribus de primates apeurés. En passant devant eux, Werner les voyait le montrer du doigt et les entendait murmurer, se poussant les uns les autres à aller parler au docteur pour en savoir plus. Werner avait l'impression de traverser une clairière dans une jungle humide, attendant que les indigènes lui jettent sur le dos, comme des filets de chasse, les rets de leurs émotions moites.

Il emmena finalement la famille du Sept dans une salle de réunion, bien décidé à se débarrasser du pire en premier.

Le fils du Sept, d'âge moyen, était le genre de type stoïque qui assume, qui s'est juré de rester fort et de tirer au clair la question suivante : pourquoi son père qui, en entrant ici, était encore un monsieur digne à la chevelure d'argent souffrant d'une simple petite douleur à l'estomac, était devenu un légume branché sur un respirateur ? Le fils du Sept avait la réputation de toujours essayer de tout savoir concernant le Centre médical et les Soins intensifs, et il croyait souvent se montrer dur avec les bonnes personnes. Il passait un temps incalculable collé à son téléphone cellulaire, à s'entretenir avec plusieurs spécialistes de ses amis. Ensuite, le fils du Sept confirmait ou critiquait les décisions de Werner concernant le traitement de son père.

Le fils du Sept ne perdait jamais une occasion de préciser que son père ne restait là qu'en attendant d'être transféré à la clinique de Mayo ; il connaissait des gens haut placés, et ce n'était qu'une question de temps.

Le fils du Sept s'adressait à Werner comme si le jeune interne était un serveur incompétent dans un grill.

– Ce que je vous demande, c'est pourquoi, depuis six semaines que mon père est aux Soins intensifs, vous n'avez toujours fait aucun progrès, lui dit Monsieur-le-fils-du-Sept.

Werner se remémora les deux catégories de maladies des poumons : d'une part, les distensions thoraciques en forme de tonneau chez les patients emphysémiques, patients généralement roses gonflés à la Ventoline, qui deviennent de plus en plus essoufflés et de plus en plus rachitiques, jusqu'au jour où ils tombent raides morts. D'autre part, les bronchitiques chroniques obèses, patients qui, eux, deviennent de plus en plus obèses et de plus en plus bleus, jusqu'au jour où un accident cardio-vasculaire les fait tomber raides morts. Morts nobles l'une comme l'autre, mais cliniquement distinctes.

Le fils du Sept se classait dans la catégorie de ceux qui virent au bleu, pensa Werner. Le Sept était un légume, et son fils d'âge moyen était un apprenti légume. Des veines encrassées de graisse ressortaient sur son cou, tandis que le bleu froid de la cyanose commençait à gagner ses mains et son visage rouge sang. Sa plomberie vasculaire était entretenue à la viande rouge et à la boisson, entre autres douceurs. Les premiers signes de l'œdème étaient déjà là.

Werner bascula dans l'une de ses rêveries spatiales préférées : un jour, dans l'avenir, tout le monde aurait dans la poitrine un petit écran à affichage digital sur lequel on pourrait lire les gaz du sang, les électrolytes et un enregistrement d'ECG. Les retombées en matière de médecine seraient stupéfiantes. « Ouvrez votre chemise, on va jeter un œil à votre moniteur. » On pourrait alors établir un diagnostic d'un simple coup d'œil. L'idée n'était certes pas nouvelle, puisque Momos, cette déesse grecque querelleuse et fainéante, fille de la déesse de la Nuit, pensait déjà que Zeus aurait dû faire les hommes avec une fenêtre dans la poitrine, pour qu'on puisse y voir leurs vraies pensées. Mais qu'est-ce qu'on avait à faire des pensées, si on pouvait utiliser la fenêtre pour un ECG ?

– Est-ce qu'il y a du nouveau ? demanda le fils du Sept.

– Son pH va mieux, répondit Werner.

– Et ça donne quoi, son pH ?

Alors qu'il posait cette question, le mésomorphe sortit un calepin de son costume, ainsi que le nécessaire stylo en or. Vingt-quatre carats. Le genre qu'on perd tous.

– Il est de 7,24. Je peux cependant aller chercher le dossier s'il vous faut le chiffre au millième près.

– Je suis un homme d'affaires, moi, monsieur l'interne, dit le fils du Sept, pressentant la mauvaise volonté de Werner.

Il appuya ses propos en le tançant d'un regard viril, faisant de son mieux pour avoir l'air du type avec lequel on ne rigole pas. Mais tout ce que vit Werner, c'est le travail des glandes sébacées qui couvraient le front bleu d'un voile huileux.

Devant la gravité de la situation, le visage porcin de Monsieur-le-fils-du-Sept se fit plus sévère et vira à l'écarlate.

– Et en tant qu'homme d'affaires, continua Monsieur-le-fils-du-Sept, je n'ai pas pour habitude d'investir une somme pareille sans voir de résultats. Tout ce que je veux, c'est qu'on procède aux bonnes approches.

« Ça fait du bien que vous soyez là, pensa Werner. Jusqu'à ce que je tombe sur vous, je n'avais jamais procédé qu'aux mauvaises approches. »

«Monsieur l'interne.» C'est bien ça qu'il avait dit? Oui, c'était ça. Et dire qu'il s'en était tiré comme ça. Werner prit ce camouflet en pleine figure. Jusque-là, il s'était accroché à l'idée que, tant qu'il n'attirerait pas l'attention sur lui ou sur le traitement qu'il prescrivait au Sept, il serait libre de faire les choses comme bon lui semblerait.

— Le Dr Hofstader est là, aujourd'hui, non? demanda le boursouflé. Je veux savoir ce que lui dira de tout ça.

Werner joua le jeune interne humble et consciencieux. Il servit à Monsieur-le-fils-du-Sept les conneries habituelles – «Nous nous concertons en permanence, nous sommes une équipe très soudée» –, sachant très bien que l'espoir d'être soutenu par Hofstader ou par n'importe quel autre médecin était une douce illusion.

Le fils du Sept n'aima pas du tout le ton vague de Werner, ce qui enchanta ce dernier. Les femmes de la famille avaient pour leur part des préoccupations typiquement féminines. Le boursouflé essaya tactiquement de gagner du temps, puis leur fit signe de se ruer sur Werner, comme un général donnant le signal au flanc droit.

— Est-ce qu'il souffre? demanda la fille du Sept. Est-ce qu'il sent ce qui lui arrive?

— Les anti-inflammatoires sont là pour empêcher la douleur, répondit Werner, s'attendant à voir le boursouflé bleu exiger le détail des dosages.

Les femmes avaient vraiment l'air dignes de compassion. Dans ce cas précis, la seule solution était de prendre les filles et l'épouse à part et de les consoler. Après ça, Werner pourrait pousser le boursouflé dans une salle de consultation privée et lui balancer dans la figure la triste réalité. «Monsieur la Famille, votre père est un rutabaga. Votre père est un navet, une pomme de terre, un légume, un macchabée, un hamburger. Réveillez-vous, digérez la nouvelle et barrez-vous.»

Ce que Werner trouvait le plus invraisemblable, c'était cette façon qu'avait le gros type de débarquer et de prétendre maîtriser une chose aussi terrifiante que la mort. Quel péché d'orgueil révoltant, ah ! ça oui. Un simple commercial qui essaie de secouer tous les professionnels de la mort pour qu'il y ait de l'action, pour que ça bouge un peu, là-dedans. Un futur Nemrod qui se balade en liberté.

Il posa des questions précises à Werner quant aux dosages de vaso-presseurs et à l'évolution de la pression sanguine. Ce dernier évalua d'un œil la fragilité de son crâne et aperçut de l'autre un extincteur accroché au mur.

Plutôt dangereux, pensa Werner, enfermé dans cette pièce bien éclairée avec un autre intellect barbare. Plutôt dangereux, quand ils montraient tous les deux les crocs comme des hyènes, en utilisant pour tout moyen de communication des grondements sourds. Le seul désir du fils du Sept était de poursuivre Werner en justice afin qu'il ne puisse plus jamais exercer la médecine. Quant à Werner, il se figurait avec réalisme la pure joie clinique et la facilité qu'il aurait à arracher les jugulaires graisseuses du cou de cet homme sans utiliser aucun instrument.

Après quelques rounds avec Monsieur-le-fils-du-Sept, Werner expliqua les résultats de la coloscopie à la famille de la Trois, composée de frères et de sœurs obèses et septuagénaires qui attendaient leur tour pour entrer aux Soins intensifs. Ils avaient en commun avec leur sœur une surdité congénitale et une stupidité crasse dès qu'il fallait comprendre quoi que ce soit de médical.

Après ça, ce fut le tour de la famille de la Huit. La Huit était un infarctus cérébral. Alors qu'elle se plaignait à un vendeur des grands magasins du lait pour le corps qu'elle avait acheté la veille, elle s'était soudain attrapé la nuque avant de s'écrouler, entraînant dans sa chute un présentoir chargé de vernis à ongles. Quelque chose avait coupé l'arrivée de sang dans la moelle, sans doute un caillot ou une thrombose. Au final, chacun de ses organes était en super forme, excepté le cerveau. La seule mesure sensée aurait été de prélever ces organes et de les donner à d'autres.

Les papiers officiels, les formulaires d'autopsie et de transport, tout avait été rempli, réglé, signé, lorsque la famille avait finalement tout annulé. Ils avaient fait front et s'étaient affolés à l'idée de l'autopsie et des procédures de don. Puis ils s'étaient mis à penser à ce que ça leur ferait, lors de la veillée mortuaire, de se dire que l'on avait vidé la Huit comme un poisson, et qu'on l'avait rembourrée de sciure et de plastique. De quoi elle aurait l'air, dans ce cercueil ouvert, sans yeux, sans reins, sans cœur, ou sans foie à l'intérieur ? Alors ils en avaient discuté pendant trois ou quatre jours, puis étaient revenus avec un escadron de prêtres catholiques pour donner un coup de main à l'équipe maison. Ils avaient tourné et retourné les aspects moraux, éthiques, religieux et fiscaux du marché, jusqu'au moment où la tension de la Huit s'était effondrée, et où elle avait coulé si vite que son médecin ne savait pas si on avait pu la rattraper à temps... pour préserver l'intégrité de ses organes.

En plein milieu de cette pagaille, le bip de Werner lui indiqua qu'on l'attendait en bas, où l'interne de première année s'était laissé déborder. Le Quatre des Soins intensifs du huitième s'était encore extubé. Werner se brossa les mains à fond dans l'évier du huitième, appuyant sur les pédales chaud et froid à l'aide de ses tennis recouvertes de chaussons chirurgicaux bleus. Il se savonna et se brossa, se préparant à refaire la putain d'intubation du Quatre.

— Est-ce que ça n'est pas déjà arrivé deux fois pendant ma dernière garde ? demanda Werner aux marsupiaux débiles qui avaient laissé le patient arracher son tube l'avant-veille.

De toute évidence, ces satanés réanimateurs et ces gourdes d'infirmières étaient incapables de faire un nœud qui tienne. Si ces boudins avaient correctement collé le tube, comme des bons garçons et des bonnes filles, avant d'attacher correctement les mains du Quatre et de lui balancer dans le tube ce qui était prescrit dans son dossier, tout se serait bien passé. Mais non, ils avaient joué les cœurs tendres. Ils avaient détaché les mains du type parce qu'il avait l'air de vouloir se gratter les parties, et paf! il avait de nouveau arraché son tube. Combien de fois il faudrait que ces andouilles tombent dans le panneau ? Un jour, pensa Werner, on pourrait dresser des chimpanzés pour être réanimateurs ou infirmières, et alors il n'y aurait plus d'interférence de ce genre.

Il pouvait à présent les voir, dans le box du Quatre, aboyant, se hurlant des ordres et lâchant des instruments. Trois ou quatre infirmières se rentrèrent dedans en cherchant frénétiquement un sac ambu. Tous ces gens courant dans tous les sens donnaient à cet endroit l'air d'un service de Soins intensifs, avec du personnel surexcité et inefficace.

Ce genre de choses n'arrivait jamais aux Soins intensifs du neuvième, parce que Stella et Poindexter y veillaient. Aux autres étages, les infirmières, voire parfois les internes, avaient tellement peur de faire une bêtise et de tuer un cadavre qu'en général ils finissaient par faire une bêtise et par tuer un cadavre. Et, pour couronner le tout, le patient mourait souvent avant le changement d'équipe. Ces gens-là étaient vraiment des cas.

Au neuvième, on pouvait être occupé, mais on ne devenait jamais hystérique. Stella et Poindexter en savaient trop pour jamais se dépêcher. Se dépêcher leur faisait mal aux fesses, et ce genre de douleur n'avait pas sa place aux Soins intensifs. Contrairement à ce qu'auraient pu croire certains membres du service en regardant leur propre rôle dans les séries télé, une urgence, ça n'existe pas. Il y a des urgences en pédiatrie, mais pas chez les adultes en réanimation. Cette idée que chaque seconde compte en cas d'urgence médicale est un truc de scénariste pour faire tourner les sagas hospitalières. Deux ou trois secondes, voire deux ou trois minutes ou heures ne changent rien dans le traitement d'un vieux bonhomme qui à déjà un pied dans la tombe.

Werner jura sans discontinuer pendant toute l'opération, insulta tout le monde au huitième et remonta au neuvième, où Stella Stanley l'attendait, une tasse de café à la main.

– Bonjour, Dr Ernst, chantonna Martha Henderson, alors que Werner passait les portes automatiques en retenant son souffle.

Werner nota l'heure, ce qui vint confirmer son hypothèse : les spasmes nocturnes de bonne humeur de la Grosse Martha coïncidaient avec l'ouverture de la cafétéria du Centre à 2 heures du matin. Chaque nuit, à 1 h 45 précise, un des satellites de la Grosse Martha prenait les commandes de tout le service et revenait une demi-heure plus tard en poussant un chariot chargé de sacs en papier blancs.

Werner retrouva le lot habituel de marsupiaux à gros derrière en train de bâfrer dans leurs auges de polystyrène, tout ça face aux moniteurs cardiaques qu'elles surveillaient d'un œil vague. Sachant dans quel état était alors Werner, il se dit que la Grosse Martha et ses comparses ressemblaient à la Vénus de Brassempouy flanquée d'australopithèques femelles – toutes réunies autour d'une carcasse de girafe pour une orgie de graisse et de protéines.

Ses narines reniflèrent l'odeur de la graisse frite, et il les regarda s'empiffrer de boulettes de bœuf et de bâtonnets de poulet, de chips et d'oignons frits. Il voyait la graisse s'installer dans leurs fesses comme des morceaux de saindoux coulant à pic dans une bassine d'eau froide. Il voyait des globules de graisse s'entasser dans leurs artères coronaires.

De leur côté, elles s'efforçaient de surveiller les moniteurs tout en engouffrant des bouts d'animaux morts. Un beau jour, les grosses vaches se lèveraient chacune de leur tabouret, s'attraperaient la gorge d'une main, tituberaient jusque dans des box vides et se colleraient des électrodes sur la poitrine, juste à temps pour voir leur propre cœur s'arrêter sur le moniteur au-dessus du lit.

– Stella, dit Werner en sortant une pile de dossiers du classeur situé au centre du service, je vous aime, ma chérie. Pourquoi ne voulez-vous pas m'épouser et m'emmener loin de tout ça ?

Stella accrocha une poche plastique de médicament liquide sur un pied de perfusion et planta dedans un Soluset.

– Hé ! Poindexter, appela Stella.

– Quoi ? répondit Poindexter dans la semi-pénombre du box 5.

– Viens un peu ici. Le Dr Mégalosperme est sur le point de me demander en mariage.

Werner jeta un œil au moniteur du Cinq. Ça pourrait se faire, et même facilement, pensa-t-il. Il lui suffisait de baisser la perfusion de dopamine, par exemple. En moins d'une heure, la pression sanguine s'effondrerait et... Parfaitement naturel. Un type qui avait fait un code quelques nuits plus tôt recommencerait tout naturellement. Il pouvait aussi modifier les dosages de gaz inspirés ; il passerait de 70 % d'oxygène à 21 % d'air ambiant, et cela sans déclencher l'alarme du spiromètre. Le spiromètre contrôlait le volume de gaz expiré, pas le contenu.

– Qui voudrait vous épouser ? répliqua Stella en interrompant brusquement la réflexion de Werner. Il faudrait que j'attende que l'argent rentre, merci bien. Et puis une fois que l'argent rentrera, vous irez à l'étage au-dessus pour une coloscopie, et ils trouveront des ulcères hémorragiques. Et là vous commencerez à avoir des douleurs dans la poitrine. Et vous commencerez à vous dire qu'un jour vous passerez l'arme à gauche, comme vos patients. Vous paniquerez et vous comprendrez combien la vie est courte. Alors vous achèterez une voiture de sport et vous vous mettrez à sortir avec des infirmières de vingt ans. Hé, les médecins, je les connais encore mieux que les patients.

– Mais je vous aime, Stella, je pourrais vous rendre heureuse. Vous avez regardé les résultats de coagulation de ce type ?

– Qui ça ? demanda Stella en faisant monter quelques bulles minuscules dans le tube de la perfusion.

– Le Sept, dit-il avec un gloussement de stupéfaction.

Ces résultats étaient parmi les pires qu'il ait jamais vus de sa vie. Tellement mauvais qu'ils en devenaient risibles et qu'ils suscitaient une curiosité presque diabolique, car il n'y avait aucune raison médicale pour qu'ils soient si mauvais.

– Coagulation intravasculaire diffuse, constata-t-il dans un hennissement d'incrédulité. Ce type est une vraie passoire ; et maintenant son sang est en train de tourner en lait caillé. Mais peu importe tout ça. Ce qui compte, ce sont mes sentiments pour vous. Là, tout au fond de mon cœur.

– Il est toujours en code plein, vous savez.

– Je croyais qu'il était en code lent, répondit Werner.

Stella vérifia d'un coup de tête circulaire qu'elle était hors de portée de voix des marsupiaux en train de s'empiffrer.

– Poindexter ! souffla-t-elle d'une voix forte, tu sais, le Dr Wienerschnitzel von Ernst, l'expert spermoblastique et spermoplasmique en vaginomanie ? Eh bien ! il vient juste de changer le code du Sept !

– Et pile au bon moment. T'as vu ses gaz du sang ?

– Avec un peu de chance, on va pouvoir mettre le Cinq aussi en code lent ce soir, fit observer Werner.

– Il y a trop d'avocats en train de renifler dans le coin, le mit en garde Stella. Ils ont envoyé un consultant en neurologie ici, pendant plusieurs jours. Il semble que le type ait été engagé par une des filles. Il a essayé de nous faire croire que les fasciculations du Cinq étaient des tentatives conscientes de communication.

Werner se leva de derrière la console et alla chez le Cinq. Il se plaça à côté du lit et regarda le crâne drapé de peau mauve. Il entendit le léger tapotement des doigts sur le montant métallique.

– Monsieur ? cria Werner en prenant la main décharnée du Cinq dans la sienne. Il faut que nous sachions si vous pouvez nous entendre. Vous voulez bien serrer ma main si vous m'entendez ? C'est votre médecin.

Les paupières du Cinq s'ouvrirent, et deux ronds bleus et vides se fixèrent au plafond. Il souleva la tête de l'oreiller pendant une demi-seconde, puis referma les yeux et retourna gambader au pays des simplets.

– Stella ! hurla Werner.

– Quoi ?

– Il vient juste d'ouvrir les yeux et de soulever la tête de son oreiller ! s'étonna Werner.

– Et alors ? Il l'a déjà fait. Ça ne signifie rien.

– Ah ! oui, c'est vrai, je n'y pensais plus...

– Allez faire un petit somme, lui conseilla Stella. Vous avez une tête de cadavre.

– Vous avez raison. J'avais juste oublié que l'IRM et le scanner montraient que l'irrigation sanguine de son cortex était deux fois moins importante que dans un cerveau normal...

– Ouais, et c'est aussi ce que montrerait votre IRM, et pourtant vous avez fait l'École de médecine.

– Serrez ma main, répéta-t-il au patient.

Les doigts du Cinq refermèrent leur emprise dans un léger tremblement. Ce n'était pas à proprement parler un serrement volontaire, mais qui pourrait affirmer qu'un tremblement inconscient ne signifie rien ? Peut-être s'agissait-il pour le Cinq d'un mouvement volontaire qui équivaudrait précisément à tenir et serrer une main, qui sait ?

– Détendez-vous, d'accord ? suggéra Stella. Un autre neurologue consultant est venu juste après et a dit que le cortex de ce type, c'était du tofu, et que ses spasmes étaient causés par des déficits cérébraux.

– Je veux voir ces deux rapports, déclara Werner.

– Vous ne pouvez pas, ils ont été faits par des experts extérieurs. Ils ont dit qu'ils transmettraient leurs conclusions à leurs avocats respectifs, pour leur permettre de témoigner à la prochaine audience.

– Nos avocats les obtiendront, rétorqua Werner. Et alors j'y jetterai un œil.

– En tout cas, conclut Stella, pas de code lent pour celui-là. Il y a trop d'avocats qui lisent son dossier.

Le terme «code plein» signifiait que, lorsque le patient cessait de respirer ou qu'il avait un arrêt cardiaque, tout devait être mis en œuvre pour le sauver. Le patient était alors en code. «Coder» était un verbe transitif qui voulait dire «lui sauter dessus au moment exact de la mort». Ce qui avait pour résultat le débarquement d'une équipe d'assaut surentraînée chargée de fixer la tête de pont – à cela près qu'un code bleu coûtait plus cher qu'une tête de pont. Un peu de théâtre médical, un peu de technologie de pointe, des drogues de luxe et les meilleurs esprits formés par les meilleures institutions. C'était tellement excitant – en tout cas pour les internes.

226

Personne ne survivait jamais à un code plein, personne ne sortait de l'hôpital après, cependant il faut croire que ça n'avait aucune importance. Le patient mourait de toute façon, mais le raisonnement tenait bon. Pourquoi ne pas essayer au moins de le ressusciter ? L'implacable logique scientifique en face de l'éternité. Les médecins s'accrochaient à leur conviction que la mort était la pire chose qui puisse arriver à qui que ce soit, même après avoir brisé les côtes de patients de quatre-vingt-cinq ans et les avoir électrocutés au cours de codes bleus.

Le code chimique était plus humain. Il n'entraînait pas de violence sur le patient, sauf l'insertion d'IV pour lui injecter divers mélanges. Ni côtes cassées, ni électrocution.

Mais le statut préféré de Werner, c'était le non code. Il signifiait que personne n'avait le droit de rien faire. Il était rare de pouvoir obtenir un non code, surtout de la part de types comme Cul-de-Bouteille, parce que ça n'était pas rentable : on ne pouvait facturer à un patient mort que les services rendus avant le constat de décès. Le code bleu était un moyen d'administrer le maximum de soins en un minimum de temps, le tout couronné par un relevé très scrupuleux des dernières mesures de sauvetage. Après ça, le médecin revenait et déclarait le patient mort et non facturable. A partir de là, les pompes funèbres héritaient de la facture – à leur profit, naturellement.

Si les non codes étaient aussi difficiles à obtenir, c'est également parce que personne n'aimait se balader les mains dans les poches quand la mort rôdait dans le coin. Le réflexe était de faire quelque chose, n'importe quoi, mais si possible quelque chose de médical. Et puis il y avait la Famille, et puis il y avait la culpabilité. Qui accepterait de laisser les siens succomber à la mort sans se battre ? Même un assaut absurde et coûteux, c'était mieux que rien.

Et puis venaient les procès. Il n'était pas rare de voir la Famille accepter le non code pour ensuite être rongée de remords après la mort du patient. On appelait alors un bon avocat, qui poursuivait l'hôpital et les médecins pour non-assistance à personne en danger.

227

La dernière catégorie était le code lent, qu'on ne trouve dans aucun manuel ou guide de procédures médicales. Un code lent signifiait que le médecin ou la famille du patient, ou les deux, avaient insisté pour faire un code plein d'une personne sans défense, âgée et cliniquement morte, mais qu'au moment de l'arrêt cardiaque du patient, les infirmières et les internes avaient du mal à se rappeler le numéro qu'ils étaient censés composer pour annoncer un code bleu. Est-ce que c'était «A» comme annonce? Ou «S» comme standard? Ou bien le 911? Ou un appel extérieur? («Est-ce qu'il faut d'abord faire le 9 pour sortir?») Et le Sept était bon pour un code lent, à condition que la Grosse Martha ne soit pas à l'étage au moment où il devait faire le grand saut.

Werner tira de sa poche un des dix stylos publicitaires et fit jouer le piston deux ou trois fois. Il griffonna les dosages et les résultats que Stella lui débitait à toute allure. De retour à la console, il se replongea dans les résultats du Sept. Il fit entrer et sortir le piston du stylo si vite que chaque «clic» en devint indistinct et se fondit dans un bourdonnement continu, presque expressif, comme s'il émanait des nerfs en feu de Werner. Un concerto pour stylo en clic majeur, un hymne funèbre intitulé *La Mort du Sept*. Werner feuilleta le dossier, et le stylo accéléra encore la cadence. Poindexter affirmait que si l'on avait pu représenter la fréquence des clics sur un axe X et la tension intracrânienne de Werner sur l'axe Y, la courbe aurait montré un lien direct entre les deux. Et par transposition et inversion, on aurait pu en déduire le diagnostic de chaque patient du service: lorsque le patient touchait le fond, Werner crevait le plafond.

Stella passa la tête hors du box 4 et siffla à l'intention de Werner, lui signifiant de la rejoindre.

– C'est la nouvelle, dit Stella. Une hémorragie sous-durale. Son CO_2 est de 50 et la tension intra-crânienne de 120.

– Quel âge? demanda Werner.

– Quatre-vingts. Un chou bouilli de premier ordre.

– Est-ce qu'elle est réactive?

– Ah! ça, pour sûr. Entrez voir.

La nouvelle Quatre avait la tête largement bandée, ce qui la faisait ressembler à un gros jambon de Noël.

Stella attrapa quelques mouchoirs en papier et essuya la bave sur le menton de la patiente. Elle vérifia les branchements de la perfusion et de l'uromètre.

– Le docteur vient vous voir, dit Stella sur le ton chantant réservé aux enfants et aux malades. C'est le Dr Wienerschnitzel von Ernst. C'est lui votre médecin, lorsque le Dr Butz n'est pas là. C'est lui qui s'occupe de l'Unité des Soins intensifs.

– Pizza, dit la Quatre dans une sorte de spasme causé par l'effort de prononciation.

– Pizza ? répéta Werner.

– Attendez, dit Stella, le meilleur est à venir.

Werner et Stella se tenaient chacun d'un côté du lit. Werner vérifia le moniteur d'un œil distrait.

– Dites au Dr Wienerschnitzel à qui vous faites vos prières tous les soirs, demanda Stella.

– Pizza, répondit la Quatre, la jambe droite secouée par un spasme.

– D'accord. Oubliez les prières. Quel est votre plat préféré du samedi soir ?

– Jésus, répliqua la Quatre en ponctuant sa réponse d'un coup sur le montant métallique.

– Dois-je procéder aux vérifications des paires crâniennes, Dr Ernst ?

– Faites donc, Infirmière Stanley, ordonna Werner en attrapant le premier bloc venu pour relever les résultats.

– Pouvez-vous me dire où nous sommes ?

– Jésus.

– D'accord. Vous pouvez me dire quel jour on est ?

– Pizza.

– Et maintenant, poursuivit Stella en réajustant le drap et en vérifiant les nœuds des entraves, qui est président des États-Unis ?

– Jésus, répondit la patiente en secouant sa main bandée et en tirant sur l'entrave.

229

La maïeutique de Stella fut interrompue par des bruits de chocs et des appels à l'aide en provenance du box 3, où la coloscopie obèse de quatre-vingt-trois ans avait sauté par-dessus les montants du lit et arraché tous ses tubes et cathéters. Poindexter était en train de la hisser sur une chaise au milieu d'une flaque d'urine, de sang et de solution intraveineuse. Werner fut sidéré par les dégâts occasionnés par cette femme en trente secondes à peine.

Il ne fallut pas attendre plus de vingt minutes pour que le service ne soit plus que plaintes, alarmes sifflantes, bourdonnements et lumières clignotantes. Une vraie maison de fous. Le personnel en tenue chirurgicale bondissait de box en box, lâchant un juron à mi-voix lorsqu'ils venaient à se percuter au beau milieu des Soins intensifs. Poindexter et Marie Quelque-Chose étaient en 8, sur un anévrisme cérébral. Une équipe de réa s'affairait au box 6, entrant et sortant aussitôt presque en courant, à la recherche d'un respirateur assez puissant pour gonfler les poumons d'Orca. Le moniteur du Sept montrait une inquiétante série d'extrasystoles. La Grosse Martha était en 3, en train de hurler quelque chose au sujet des gaz du sang d'un patient...

L'infirmière aux lunettes rectangulaires et au décolleté flasque et tacheté apparut à côté de Werner.

– Nous avons une patiente en 1 avec une hypertension pulmonaire grave, et qui va droit vers l'arrêt cardiaque. Elle ne réagit plus. Sa pression sanguine est de 70 avec le Doppler. Ses gaz artériels sont: PO_2: 55; PCO_2: 79; pH: 7,31. Elle a eu quarante de Lasix il y a une heure, et elle a une perf d'Isudrel à cinq microgrammes minute. Son potassium est à 6 et les poumons vont mal.

Werner rechercha les gribouillis inscrits par Butz lors de l'admission, juste pour voir s'il n'y avait pas une remarque médicale d'importance. Il en trouva une, particulièrement éclairante, qui barrait la feuille en diagonale. « Patient semble très malade et parfois même souffrant. » Beau boulot, Cul-de-Bouteille, beau boulot...

230

Werner voulut se rendre compte par lui-même, mais n'apprécia pas ce spectacle d'une jeune femme ronde et nue attachée sur un lit, dans le décor classique des pieds de perfusions, du tube et de son collier adhésif. Son ventre était couvert de plaques roses et bleues. Le moniteur, au-dessus de sa tête, affichait des pics farfelus de tachycardie.

– Ça rigole pas des masses, dans le coin, Dr Wienerschnitzel, dit Stella en utilisant une grande seringue à réservoir pour extraire du liquide brun de la sonde gastrique. Je me demandais quand est-ce que vous viendriez. Sa pression sanguine est basse mais pas catastrophique, si ce n'est que la pression capillaire pulmonaire monte comme si tout allait exploser.

– Hypertension pulmonaire primitive, diagnostiqua Werner.

– C'est quoi ? demanda Marie Quelque-Chose.

– Eh bien ! commença Werner, cela signifie que les vaisseaux sanguins dans les poumons de cette femme sont en état de constriction permanente. Pomper du sang par ces vaisseaux, c'est comme si on reliait un tuyau d'arrosage à une paille et qu'on ouvrait l'eau à fond. Le sang remonte dans le cœur, ce qui l'épuise, et à partir de là tout va mal. «Primaire» signifie juste que ce trouble n'est pas consécutif à autre chose, et que personne ne sait d'où il provient. Pendant ce temps, de l'autre côté du cœur, la pression sanguine est trop basse. Donc, chaque fois qu'on lui donne un médicament pour faire descendre sa pression capillaire pulmonaire, ça fait descendre la tension partout ailleurs, du même coup.

– Alors qu'est-ce qu'on fait ?

– Une greffe cœur-poumons. Mais on n'a pas de donneurs, et la liste des patients en attente d'une transplantation est très longue. Maintenant, si vous me promettez que ça restera top secret, on peut se faufiler discrètement jusqu'à la salle de repos, gazer la Grosse Martha au protoxyde d'azote, lui ouvrir la cage thoracique sur la table basse, lui retirer le cœur et les poumons, les mettre dans la patiente, descendre la patiente au huitième, et envoyer la Grosse Martha à la morgue pour une petite dissection.

– Et en même temps, précisa Stella, on est en train de donner à cette patiente de la dopamine pour maintenir sa pression sanguine assez haut, et de la nitroprusside pour faire baisser sa tension pulmonaire. C'est comme si on versait de l'essence et de l'eau sur un barbecue, en espérant que l'eau va éteindre le feu et que l'essence va faire monter les flammes.

Werner retourna à la console pour consulter le dossier 1.

– Merde, murmura-t-il en sentant la sueur apparaître sous ses aisselles. Où est le premier relevé des gaz du sang de cet après-midi ? Où est son bilan d'admission ? Où est cette putain d'hémoglobine qu'ils étaient censés faire cet après-midi ?

Personne ne répondit à ses questions. Tous étaient dans des box, occupés à régler des machines. Il se mit à écrire, marqua un temps d'arrêt pour faire cliqueter son stylo, se remit à écrire, et ainsi de suite.

– Comment ils veulent que je pratique correctement la médecine sans ces putains de résultats ?

Poindexter émergea du box 8, traînant derrière lui un ruban de papier millimétré. Il tapota l'épaule de Werner, sans tenir compte de l'écriteau «Ne pas déranger» qu'un petit farceur avait scotché sur le dos de la blouse du Dr Ernst.

– Wiener, dit Poindexter, je sais que vous êtes très occupé avec la Un, mais la pression sanguine du Huit est à 50 avec le Doppler, et la pompe est déjà au maximum.

– Dites, Poin, où est-ce qu'on trouve ces stylos ? Ils viennent du labo, non ?

– Ouais. Pourquoi ?

– Est-ce que vous pourriez m'en avoir un autre ? Celui-là commence à fatiguer. Ce que j'aime, c'est quand il y a un vrai bon «clic» quand j'appuie. Mais, au bout d'une semaine ou deux, le ressort se détend, ou je ne sais pas...

– Je m'en occupe dès que possible, Dr Wiener.

A 4 heures du matin, Werner réussit à se faufiler dans la salle de repos des médecins de garde pour y faire un petit somme. Il tomba dans un sommeil profond pendant trois minutes puis fut réveillé par des gémissements stridents. Il était coincé sur la couchette du bas dans la salle de repos

232

obscure. Des ombres noires et brusques lui battaient la figure de leurs ailes. Des chauves-souris à visages humains hurlaient et grouillaient autour de sa tête, et leurs crocs blancs cherchaient ses yeux. Werner donna des coups dans l'air, secouant les bras pour les chasser, jusqu'au moment où il comprit que cette bande de démons hurleurs, c'était son bip. Il était férocement accroché à la ceinture de Werner, suçant son sang nuit et jour. Pour l'instant, il criait : « code bleu, Soins intensifs du neuvième. code bleu, Soins intensifs du neuvième. »

Werner leva les jambes et sauta au sol, puis essaya de se repérer grâce à l'œil rouge de l'unité de recharge du bip sur le coin de la table. Il parvint à distinguer le rai de lumière sous la porte et n'eut alors aucun mal à se retrouver dehors.

Les lumières fluorescentes du couloir l'aveuglèrent. « Y a intérêt à ce que ça soit important, pensa-t-il. Y a intérêt à ce que ça soit un patient de moins de soixante-douze ans. » Si le patient avait plus de soixante-douze ans, Werner descendrait avec ses petites jambes chez le prêteur sur gages ouvert 24 heures sur 24, il achèterait un .357 Magnum et remonterait aux Soins intensifs pour étancher sa soif de sang. D'abord, il viderait un chargeur dans les rotules de la Grosse Martha. Puis il donnerait à tous les malades des reins des litres et des litres d'eau et débrancherait les respirateurs de tous les insuffisants respiratoires. Ensuite, l'arme au poing, il irait de box en box – Werner, le Joe Dalton des Soins intensifs – demander aux patients s'ils voulaient mourir maintenant ou bien s'ils préféraient rester d'abord trois mois de plus dans le service. Le silence et l'incapacité de répondre seraient interprétés comme une réponse positive au premier terme de l'alternative.

Dans la mythologie grecque, le destin des hommes était contrôlé par trois vieilles femmes appelées Parques, les sœurs du dieu de la Nuit. Elles filaient le fil de la Vie et choisissaient arbitrairement les points où commençait et finissait l'existence de chacun. Il y avait Clotho, qui tenait la quenouille de l'écheveau de laine ou de lin, Lachésis, qui dévidait le fil et le mesurait et enfin Atropos, qui coupait le fil avec une paire de ciseaux lorsque la vie s'achevait. On les disait cruelles parce qu'elles ne tenaient aucun compte des vœux et des supplications des hommes. Zeus lui-même devait se soumettre à leurs sentences.

– Qu'est-ce que vous en pensez, les filles, on coupe ? demandait Lachésis.

– Nan, répondait Clotho en dévidant du fil. Laissons-en encore un petit bout, pour voir si on peut rigoler un peu.

Peut-être que les Parques faisaient la loi dans la Grèce antique avec leur fil, mais au neuvième, c'était Werner qui tirait les ficelles.

Les portes automatiques coulissèrent, laissant Werner pénétrer dans le labo de la mort. Il était ce chevalier qui entreprenait avec vaillance un nouveau voyage périlleux à travers les noires horreurs des Soins intensifs, où rien n'éclairait sa route que le flambeau de la Raison brillant impétueusement sur son front. Ses pas ne rencontraient que sang et douleur, ses os étaient las et son cerveau épuisé.

Le neuvième avait été envahi par l'équipe des codes bleus, une escouade composée d'infirmières étrangères qui croyaient de toute leur fougue que la mort d'un octagénaire était une urgence médicale.

L'endroit n'était plus qu'un asile plein de chamailleries et d'incompétence. Des crises de colère. Des groupes de personnel en blanc qui couraient le long des couloirs en remorquant des chariots et des machines diverses.

L'opératrice se brancha sur le système de haut-parleurs de l'hôpital et annonça de nouveau le code bleu.

– Où c'est ? demanda Werner.

– Le Sept ! Fibrillations ventriculaires !

Les infirmières et les techniciens convergeaient vers le box 7, tirant derrière eux des moniteurs et des équipements montés sur roulettes. Une dizaine de personnes avec des machines entouraient le patient – un vieil homme, émacié comme un enfant affamé, avec des sutures et des tubes un peu partout.

On sortit les instruments, aiguilles, tubes et électrodes.

– Où est l'interne ? cria une petite nouvelle des codes

bleus. J'ai essayé de rattacher sa sonde d'intubation, mais ça ne tient pas. Le tube est sorti ! Il ne reçoit plus d'oxygène !

– Ouais, dit Werner avec une grimace. Et moi, je ne dors pas. Déjà, calmez-vous, pour commencer.

Les cheveux de Werner n'étaient qu'une masse de boucles emmêlées ; ses yeux étaient injectés de sang et harassés de sommeil. Il attacha le bas de sa blouse chirurgicale et entra dans le box 7.

– Servez-vous un verre, au besoin. Mais calmez-vous. Est-ce que le O_2 est connecté au sac ambu ?

Quelqu'un à la tête du lit couvrit le visage du Sept d'un masque et d'un sac de caoutchouc noir, qu'une infirmière se mit à écraser pour insuffler de l'oxygène pur dans les voies respiratoires du patient. Un autre infirmier, solidement charpenté et venant d'un autre service, monta sur un tabouret et appuya de toute la force de ses poings sur le thorax et le sternum agrafés du patient.

– Oh ! là ! lui dit Werner en touchant le bras de l'homme. Allez-y tout doux, d'accord ? Vous avez entendu ce grand « crac » ? Ça suffit peut-être, non ?

– Eh ! répondit l'homme, ils l'ont ouvert il y a deux jours. Alors il y aura de la casse de toute façon.

– Peut-être, rétorqua Werner d'un ton tranchant, mais en attendant, vous faites ce que je vous dis.

Une femme plus âgée en tenue de bloc, un filet en papier sur les cheveux, entra dans le box en tenant un sac noir et une série de poches plastifiées contenant des tubes.

– C'est l'anesthésie ? demanda Werner sans lever les yeux du moniteur cardiaque.

– Non, dit l'infirmière anesthésiste en se plaçant derrière lui. C'est Madonna. Je viens vous en pousser une petite.

– Allez, on lui remet le tube, soupira Werner.

L'anesthésiste se plaça à l'avant du lit et tira la tête du Sept d'un coup sec en arrière, jusqu'à ce que sa pomme d'Adam ressorte le long de la gorge maigre comme un cou de poulet.

– D'accord, cow-boy, restez comme ça juste une seconde,

235

dit-elle en faisant passer dans la gorge un tube du diamètre d'un gros majeur. Eh ! merde, il le mâche.

– Eh ! ajouta-t-elle en se penchant vers l'oreille du patient, ne mordez pas ce tube, vous m'entendez ?

– Balancez-lui dix milligrammes d'Anectine, ordonna Werner. Ça affaiblira suffisamment le réflexe oppositionnel pour mettre ce tube. Posez une seconde voie veineuse et faites-moi les gaz du sang.

Des aiguilles pénétrèrent dans les deux bras, d'autres dans son cou, et on accentua le massage cardiaque.

– OK pour l'Anectine.

– J'ai la perf.

L'anesthésiste au filet en papier ouvrit de nouveau la mâchoire du Sept pour y insérer le tube.

– Ça devrait marcher, commenta-t-elle. Que quelqu'un contrôle l'arrivée d'air.

On retira le masque du sac noir, pour attacher ce dernier au tube. La cage thoracique du Sept se souleva et retomba au rythme des pressions sur le sac.

Une infirmière saisit deux disques électriques en métal munis de poignées et reliés à des cordons de téléphone.

– Combien ? demanda-t-elle en levant les yeux vers Werner.

– Deux cents, répondit ce dernier en regardant intensément les gribouillis verts sur le moniteur. Rendons un rythme à ce type, pour la postérité.

Un infirmier déposa deux noix de gel sur le torse du Sept, une pour chaque électrode, pour empêcher les traces de brûlure sur la peau.

– On dégage ! cria l'infirmière en posant les disques sur les noix de gel.

Le Sept sursauta comme une grenouille. Tout le monde s'immobilisa et observa les divers écrans pour voir le résultat. De toute évidence, il n'était pas satisfaisant, car l'infirmière se tint de nouveau prête avec les deux électrodes.

– Qu'est-ce que c'est que ça ? Il fibrille encore ? glapit Werner. OK, on remet ça.

– On dégage, tout le monde ! cria une nouvelle fois l'infirmière, à contrecœur. Le Sept convulsa sous le choc électrique.

– Très bien, dit Werner en apercevant un curseur vert fluorescent zigzaguer sur l'écran, voyons ce qu'on a, maintenant. Arrêtez le massage. Des saloperies de spaghettis, voilà ce qu'on a. Reprenez le massage. OK, on essaie une nouvelle ampoule de bicarb, de l'épinéphrine, et peut-être bien de l'atropine. Ah ! oui, et un hot dog bien chaud. Ce n'est pas ce monsieur qui a commandé un hot dog avec mayo et moutarde forte ?

Tout le box éclata de rire.

– OK pour le bicarb, dit une infirmière.

– OK pour l'épinéphrine, dit une autre.

Werner souleva le drap et observa tout l'attirail branché sur le Sept. Des canules Sheldon. Une voie artérielle. Un cathéter Hickman. Deux drains.

– Défaillance multiviscérale, lança quelqu'un. On le perd.

– Quel âge a-t-il ? demanda Werner.

– Soixante-dix-neuf ans.

Après encore quinze ou vingt minutes de coups, de chocs, de piqûres et de vagues bizarres sur les écrans, les choses se calmèrent un peu. Les lobes d'oreilles du Sept devinrent bleus, puis virèrent au mauve, au violet, à un noir aussi profond et aussi irréel que les ténèbres bleues et fumantes dans les *Gentianes de Bavière* de Lawrence.

Une infirmière répondit au téléphone à la console centrale, retenant le combiné entre son menton et son épaule pendant qu'elle lisait des mètres de résultats d'ECG.

– J'ai les résultats du labo, hurla-t-elle. PO_2 : 12 ; CO_2 : 94 ; pH à 7,03. Potassium à 7, sodium à...

Les chiffres étaient un tel désastre que tout le monde se mit à rire.

Werner tendit sa main ouverte et dit :

– Pourrais-je avoir une aiguille, je vous prie ?

Une infirmière prépara une seringue avec une grosse aiguille, qui scintilla sous les lampes d'un éclat lugubre. Elle la tendit à Werner.

Werner la tint à la verticale et fit gicler quelques gouttes dans l'air. Puis il piqua juste sous la cage thoracique et orienta l'aiguille vers le haut, en direction du cœur.

– Si ça ne marche pas, on l'appelle.

Ça ne marcha pas et une infirmière appela Harold à la morgue.

Aussitôt la routine sembla reprendre ses droits ; des rires et le lent ronronnement des machines se firent entendre. Quelqu'un avait réglé la télé du Sept sur un combat de catch. Les blagues des codes bleus. Toujours de très bon goût.

Un marsupial toucha le coude de Werner et l'avertit que la famille du Sept l'attendait.

– Qui, au juste ?

– Sa femme. Le fils était rentré chez lui, mais il est en route pour le Centre. La femme attend dans la salle de réunion B.

Werner sortit dans le couloir d'un pas nonchalant. Sa tête se balançait, embuée par l'épuisement, tandis qu'il essayait d'éprouver de la compassion pour la famille du Sept, de se rappeler ce que les gens normaux ressentaient lorsqu'ils se retrouvaient complètement éperdus, suite à la mort d'un proche. Il ne se rappelait pas. La mort était devenue quelque chose d'aussi banal que le ramassage des feuilles mortes à l'automne. Pourquoi tout le monde était-il aussi bouleversé ? Ils voulaient peut-être ramener le Sept à la maison et le garder couché comme ça pendant des années ?

Il tourna au coin, traversa résolument le champ des familles épuisées et hébétées agglutinées dans le hall, et se dirigea vers la salle B. Il ouvrit la porte et trouva une vieille femme seule, agenouillée sur le sol carrelé, la tête courbée et un chapelet entre les doigts.

Quatre-vingts, évalua intérieurement Werner. Obésité, cataracte, audiophone, chaussures orthopédiques, couperose faciale, goitre possible, carence en iode...

Sa main, qu'elle mordait, était inondée de larmes.

– Je vous en prie, dites-moi que vous avez pu le sauver, supplia-t-elle en attrapant la main de Werner. Dites-moi que je ne suis pas seule. Je vous en prie, docteur, dites-moi que je ne suis pas seule.

« Possible paralysie de Bell », pensa Werner en remarquant l'affaissement de la partie gauche de la mâchoire. Peut-être un début de Parkinson.

– Votre époux n'a pas survécu, lui annonça-t-il. On n'a rien pu faire.

Il posa la main sur son épaule et se sentit tout à coup normal, comme s'il pouvait s'asseoir et pleurer avec elle pour de bon. Elle se tordit les mains et s'écroula sur le sol. Werner la souleva et la déposa sur une chaise à dossier droit.

– Je vous en prie, s'il vous plaît, retournez-y et sauvez-le, d'accord ? dit-elle en appuyant la main de Werner contre sa joue mouillée. Vous allez sauver mon mari, n'est-ce pas ?

– Nous avons fait tout ce qui était en notre pouvoir, répondit Werner d'une voix douce. Une infirmière va venir vous voir.

– Ne laissez pas Dieu me l'enlever. Ne Le laissez pas m'abandonner.

Après ça, Werner retourna en chancelant à la console pour faire un rapport détaillé du code.

– Sa femme est effondrée, hein ? demanda Stella.

– Vous pensez qu'elle est effondrée en ce moment ? Attendez un peu qu'elle reçoive la facture.

– Vous avez une tête affreuse. Pourquoi vous ne feriez pas un petit somme avant de remplir le dossier ? proposa Stella.

– A quoi bon dormir ? marmonna Werner. Ça fait réfléchir, c'est tout.

– Je ne plaisante pas, insista Stella. Vous avez vraiment très mauvaise mine. Vous n'êtes pas en état de vous occuper de patients.

– Au contraire, rétorqua Werner. C'est parce que je suis dans cet état que je prodigue des soins d'une qualité aussi remarquable ! Vous partez sûrement du principe qu'un médecin qui n'a pas fermé l'œil depuis deux jours n'est pas en mesure d'être efficace. Ha ! Vous ne croyez pas que la profession médicale – un des pouvoirs les plus puissants de ce pays – accepterait pareille organisation si ça ne faisait pas de leurs internes de meilleurs médecins ? La profession médicale abhorre tout comportement susceptible de nuire à la compétence de ses médecins. Réfléchissez, c'est limpide. Au lieu d'engager trois médecins qui travailleront chacun huit heures par jour, prenez-en un seul et faites-le travailler vingt-quatre heures d'affilée ! Non seulement ça génèrera plus de profits, mais en plus, pendant les seize dernières heures de garde, les médecins seront de meilleurs médecins parce qu'ils ne pourront plus penser qu'à une seule chose : la médecine ! Ils nous gardent pendant quarante-huit heures, jusqu'à ce qu'on tombe dans une sorte de torpeur due au manque de sommeil et au surmenage. Cet état empêche toute production de pensées non médicales. Et s'ils vous tiennent éveillé pendant, mettons, deux ou trois ans, alors les effets sur la mémoire à long terme sont encore plus stupéfiants. Le médecin oublie bientôt tout le savoir inutile qui avait encombré son cerveau avant l'École de médecine.

– Rentrez chez vous, ordonna Stella. Rentrez et couchez-vous avant qu'il ne soit trop tard.

Werner attrapa son bip qui hurlait, baissa le volume et obéit à l'ordre de descendre au huitième.

– Je dois y aller et exercer mon art, conformément au serment d'Hippocrate, avec droiture et honneur, pour le bien de mes patients.

– Ouais, répliqua Stella. Seulement, vous oubliez la partie qui dit qu'avant tout, vous ne devez pas leur faire de mal...

Chapitre 13

A l'aube, Werner se mit au compte rendu du code raté sur le Sept. Ce n'est que plus tard que Harold apparut avec son chariot à double fond.

– Me voilà, dit-il à Stella en retirant le couvercle de vinyle et en ouvrant le compartiment métallique. Où elle est, notre bestiole à sang froid ?

– Box 7, répondit Stella.

– Souffrir et mourir, souffrir et mourir, gémit Harold. Quelqu'un pourrait pas varier un peu, pour changer ? T'rappelles ce type, y a quelques années, qui s'était assis et qu'avait r'tiré son tube ? Et l'constat de décès qu'était déjà rempli ! Là, c'était aut' chose.

Stella acheva d'imprimer les étiquettes pour le corps et les tendit à Harold.

– Quand ce sera ton tour, Harold, arrange-toi pour nous faire quelque chose de grand, suggéra Stella. Si tu veux vraiment te faire un nom, attends trois jours après ton certificat de décès, et fais quelque chose.

Harold envoya son premier mâchouillis du matin dans la poche de chemise aménagée en crachoir.

– Qu'est-ce qu'il avait ? demanda Harold en désignant le Sept de la tête.

– Défaillance multiviscérale, répondit Werner sans lever le nez de ses papiers.

– Et comment ça s'attrape ?

241

– Dès qu'on aura nettoyé le chambard qu'il a laissé, on te mettra dans son lit pour te montrer.

– Oh ! non, répondit Harold. Non, merci beaucoup, m'dame. J'ai pas été malade une seule fois dans ma vie. Pas de « souffrir et mourir » pour moi, pour l'moment.

– Ne vous inquiétez pas, si vous n'avez jamais été malade. Vous savez, il suffit d'une fois. Ça n'est pas le fait d'être malade qui aura votre peau, c'est juste le fait de ne pas être bien. Et là, la mort ne prend pas plus de vingt-quatre heures. C'est la partie souffrance qui varie.

Harold ramassa les tubes et les fils du Sept et les jeta dans des sacs-poubelle. Il retira la sonde d'intubation et referma la mâchoire. L'alliance alla dans une enveloppe jaune. Il ferma les paupières et aligna le corps.

Werner regarda à travers la vitre du box et, pendant une seconde, il se sentit jaloux du repos éternel du Sept. Il feuilleta le dossier depuis la première page. Quatre mois plus tôt, le Sept et sa femme étaient propriétaires de leur maison, sans aucune dette à éponger. Il était entré au Centre médical parce qu'il se plaignait d'une douleur abdominale et de difficultés à uriner. Maintenant, c'était le Centre médical qui était propriétaire de sa maison, et il ressortait avec une étiquette à l'orteil.

Werner leva de nouveau les yeux vers le Sept et se demanda si le sommeil qu'il pourrait en tirer vaudrait un suicide. Peut-être que la seule différence entre le sommeil et la mort, pensa-t-il, c'est que la mort, elle tue. Peut-être qu'un jour Werner arriverait à un tel point d'épuisement que la folie grimperait dans son subconscient, s'emparerait de lui et le jetterait sous un bus ou du haut d'une falaise : « On a besoin de dormir, je t'ai dit ! » C'était peut-être son karma. Pour n'avoir pas laissé les patients mourir, Werner serait condamné par Dieu à ne plus jamais dormir.

Werner vérifia le rythme cardiaque du Cinq. Tous les deux, ils entamaient une nouvelle journée de travail. Et aucun d'eux n'avait pu dormir.

Sans se décider à le faire pour de bon, Werner se mit à envisager de commettre l'irréparable. Les réanimateurs faisaient les vérifications de machines toutes les heures, à l'heure pile. Le Cinq avait une perfusion de dopamine – un médicament administré par voie intraveineuse, qui resserrait tous les vaisseaux sanguins et maintenait artificiellement la tension. Sans cette dopamine, le Cinq ferait rapidement un arrêt cardiaque. On vérifiait la tension des patients sous dopamine à la demie.

Le moment idéal, ce serait pendant l'équipe de jour, avec plein de témoins qui pourraient dire que rien d'anormal ne s'était produit. Immédiatement après la vérification du respirateur et de la tension à l'heure pile, Werner pourrait aller baisser la dopamine. Il pourrait aussi changer le mélange à 70 % d'oxygène et le brancher sur l'air ambiant, et cela sans modifier le volume gazeux, donc sans déclencher d'alarme. Et alors il se contenterait d'attendre vingt-cinq minutes. Si jamais le Cinq ne faisait pas un code, Werner pourrait se glisser discrètement dans le box, remettre la dopamine pour le contrôle de la demie et la baisser de nouveau dès que l'infirmière serait sortie. Même si la chute de tension était détectée au bout d'une demi-heure, il serait trop tard pour y remédier ; le Cinq serait déjà en route pour l'arrêt cardiaque. Vu l'état du Cinq, la première demi-heure ferait sans doute l'affaire.

Le comment était facile. C'était le pourquoi qui posait problème. S'il décidait d'aider le Cinq à passer dans l'autre vie, pourquoi ne pas en faire autant avec le Quatre, et le Trois ? Bientôt, il deviendrait l'Anti-médecin qui vient en douce étouffer ses patients, dans l'espoir qu'une équipe de télé déboule pour réaliser un documentaire sur lui. «Le Médecin-Croque-Mort frappe encore. »

Werner se sentait confronté à une énigme morale. Permettre au Cinq de mourir, telle était la solution morale, mais Werner n'était pas le bon exécutant. Le rôle qu'il avait déjà choisi dans la vie était incompatible avec ce qu'il fallait faire pour Félicia et pour le Cinq. Il n'était pas si différent de l'avocat qui a un devoir légal envers son client répugnant, même si l'adversaire de ce dernier est un homme d'Église respectable.

Werner était trop fatigué pour élaborer des théories et justifier sa décision. Il était médecin ; il ne pouvait pas tuer un patient. Une bonne nuit de sommeil rendrait tout ça très rationnel. Lorsqu'elle reviendrait du pays des gogos, il lui dirait non.

L'agitation de l'équipe de jour se transforma bientôt en brouhaha autour de la console, et les Soins intensifs se mirent à grouiller de vrais médecins, de biologistes, d'anesthésistes, d'infirmières et d'infirmiers, de familles et d'internes. Un marsupial toucha le bras de Werner et lui tendit un téléphone.

– Dr Ernst à l'appareil, dit-il en regardant les nouvelles prescriptions pour le Cinq.

– Ah ! Ernst. Wilson à l'appareil. Vous pouvez descendre ici... maintenant ?

– Bien sûr. Qu'est-ce qui se passe ?

– Rien, coupa sèchement la voix. Descendez à l'entresol et demandez à la secrétaire le chemin de la salle de conférence du Service juridique.

Werner emporta une nouvelle tasse de café noir et prit l'ascenseur en compagnie de plein de gens qui paraissaient avoir dormi la nuit précédente. Ils discutaient joyeusement de base-ball, ou bien du lieu de leurs prochaines vacances. Werner avait le cerveau gonflé de fatigue et se demanda si le ton de Wilson signifiait que la procédure de dommages et intérêts était entamée.

A la réception de l'entresol, une femme austère aux cheveux bleus conduisit Werner le long d'un couloir sous une verrière, jusqu'à une double porte en bois. Werner avala son fond de café et jeta le gobelet dans une corbeille très chic. Il ouvrit la porte et pénétra dans la salle de conférence où étaient assis Wilson, le Dr Hofstader et un monsieur maigre avoisinant les quarante ans, portant des lunettes à monture métallique et un costume gris sombre. Ils examinaient des documents autour d'une table. Le pouls de Werner s'emballa à la vue de Hofstader.

Wilson et l'homme en gris se levèrent.

– Dr Ernst, voici Mitchell Payne, dit Wilson. Il est le consultant juridique de l'hôpital dans l'affaire Potter.

– Bonjour, Dr Ernst, dit Payne.

Il lui serra la main d'une poigne sèche et froide, un peu trop longtemps au goût de Werner. Payne était un homme soigné d'un mètre quatre-vingts, avec une chevelure poivre et sel coupée à l'ancienne. Les montures de métal encadraient des yeux verts, que Payne fixa instinctivement sur Werner d'un air inquisiteur.

– Asseyez-vous, je vous en prie, Dr Ernst, proposa-t-il en indiquant une chaise juste en face de Hofstader.

Pas franchement la place qu'aurait choisie Werner. Son cœur accéléra encore, et il regretta le dernier café.

Le Dr Hofstader sourit de ses lèvres pincées sans lever les yeux des documents qu'il parcourait.

Payne prit place en bout de table, juste à droite de Werner, et ouvrit un gros classeur noir d'où sortaient des languettes. Werner apercevait les noms des médecins tapés proprement sur chaque étiquette : Butz, Hofstader, Ernst... Payne s'arrêta sur la languette au nom de Werner et tourna l'intercalaire.

– Comme vous l'a appris M. Wilson, je représente le Centre médical dans l'action en justice engagée par la famille Potter au sujet du traitement d'un patient du nom de Joseph F. Potter. Je vous représente aussi vous, continua Payne, dans les termes définis dans l'accord que vous avez signé.

– Oui, répondit Werner.

– Mais comme le stipule l'accord, mon dévouement va avant tout au Centre médical. Si à quelque moment que ce soit vos intérêts devenaient contraires à ceux du Centre, nous insisterions pour que vous preniez un avocat séparé. Et bien sûr, vous êtes libre d'avoir votre propre avocat, si vous le désirez.

– Je vois, dit Werner en comprenant peu à peu que ce serait un long entretien. Après l'enfer de sa nuit de garde, il se demanda s'il aurait les nerfs assez solides.

– M. Wilson m'a dit que le patient était sous votre responsabilité et sous celle du Dr Butz, entre autres, aux Soins intensifs du neuvième étage du Centre médical. C'est exact ?

– Exact.

Payne s'exprimait en phrases complètes et nerveuses. Werner eut le sentiment que l'avocat n'avait pas dû s'autoriser une pensée vagabonde ou un mot inutile depuis sa plus tendre enfance. Werner voyait l'attache des muscles faciaux de Payne, leurs mouvements sous la peau et les plis du cuir chevelu dès que Payne s'animait.

L'avocat jeta un regard à Wilson et à Hofstader, puis fit à nouveau face à Werner au-dessus du dossier. Il croisa fermement les doigts.

– Comme M. Wilson a dû vous l'expliquer, ce cas menace de devenir un litige sérieux, et cela pour plusieurs raisons. Raison n° 1, cela pourrait tourner en erreur médicale, ou pire encore, le Centre pourrait être poursuivi pour avoir infligé un traitement non recommandé à un patient en état végétatif. Raison n° 2, le jugement prononcé par la Cour suprême dans l'affaire Cruzan contre l'État du Missouri a rendu le sujet très délicat ; les journaux sauteraient sur l'occasion de suivre un cas pareil à l'échelle locale. Ça ferait un barouf médiatique de tous les diables, et on décrirait le Centre et les médecins comme un tas de bureaucrates sans cœur, ou pire, comme des profiteurs qui se mettent dans la poche des milliers de dollars par jour avec des soins dont personne ne veut. Je connais Sheldon Hatchett depuis un petit moment, et il va nous faire l'essentiel du procès aux nouvelles de 20 heures, pas dans le tribunal.

Par la cadence de son discours, Payne donnait l'impression de parler dans un dictaphone. À l'évidence, il avait l'habitude qu'on note mot pour mot ce qu'il disait. Si le téléphone de sa chambre était mis sur écoute, on trouverait certainement, dans les retranscriptions des conversations sur l'oreiller du couple Payne, une syntaxe impeccable et un rapport comparatif des diverses positions expérimentées. Werner songea qu'en fait, la coupe de Payne lui donnait l'air ascétique d'un moine, disons d'un moine guerrier, dont les besoins dans la vie étaient simples et peu nombreux.

– Si je vous précise tout ça, Dr Ernst, continua Payne en fixant Werner dans les yeux derrière les verres immaculés de ses lunettes, c'est parce qu'il est essentiel, pour votre bien et

246

pour celui du Centre, que vous compreniez toute l'importance de cette affaire.

– Mais je comprends, l'assura Werner sans détourner le regard.

Il fut heureux d'entendre que sa gorge desséchée par la caféine ne lui avait pas fait une voix cassée.

– Mais je vous dis ça aussi parce qu'il s'est passé quelque chose de très étrange dans cette affaire. Oui, je dois dire que ça m'a un peu ennuyé.

Payne marqua une pause, et planta son regard tellement profond dans celui de Werner que ce dernier pouvait voir ses réflexes pupillaires.

– Alors j'en ai parlé à M. Wilson, et à votre supérieur, le Dr Hofstader, dit Payne en désignant Hofstader d'un signe de la tête, mais sans quitter Werner des yeux.

Werner jeta un œil en direction de Hofstader. Le chef de la médecine interne lui rendit un regard sans expression.

– Nous avons reçu de l'autre partie une assignation à comparaître à votre nom, vous ordonnant de témoigner lors de l'injonction préliminaire, assena Payne.

Werner sentit une vague de chaleur gonfler dans sa poitrine, puis monter le long de sa carotide et exploser dans les joues et les oreilles. Un gnome vicieux caché dans sa cage thoracique ramassa un marteau en caoutchouc se mit à taper de toute ses forces du côté gauche et Werner fut persuadé qu'on entendait le martèlement tout autour de la table. Le cul-de-sac parfait : ou on se bat, ou on se barre, mais on n'a personne à attaquer et nulle part où se cacher.

– Ça n'est pas un problème, répondit précipitamment Werner, incapable de dissimuler son agitation. Comme je vous l'ai dit à vous, ajouta-t-il en regardant Wilson, dans l'attente d'un peu de soutien, je leur ai dit à eux que je ne témoignerais pas contre le Centre médical. Ils le savent, je le leur ai assez répété.

Payne lâcha un rire bref et faux en jetant un œil à Wilson, qui se tenait la tête dans une main.

– Il n'y a aucun article dans le code civil qui stipule que vous devez donner votre accord pour être assigné à comparaître.

On peut très bien être contraint à témoigner, qu'on le veuille ou non. Beaucoup de témoins ne parleraient pas, s'ils n'y étaient pas forcés.

Payne tendit à Werner un document tamponné dont l'en-tête était semblable à celui des papiers que lui avait donnés Wilson. Werner se concentra sur un paragraphe au milieu de la feuille. Il était convoqué et appelé à témoigner lors de l'audition du 21 août à 9 heures, ainsi que lors de toutes les auditions ultérieures du plaignant, Mlle Félicia Potter, en son nom et en celui de son père. Et en bas à gauche, une signature illisible.

– Je ne comprends pas. Vous voulez dire qu'ils peuvent me faire témoigner même si je ne veux pas, et même si je dois témoigner contre eux ? demanda Werner.

– C'est bien ce qui nous chiffonne, répondit Payne en le dévisageant toujours derrière ses montures métalliques. Nous ne pensons pas que Hatchett vous assignerait à comparaître s'il n'avait pas de bonnes raisons de croire que votre témoignage pourrait lui être utile.

Payne se tut un moment, et Werner se rendit compte que ces petites pauses n'étaient qu'un effet dramatique et que Payne savait exactement ce qu'il avait à dire, et comment grimper dans la tête de Werner pour y jeter un œil.

Payne lança de nouveau un regard à Hofstader et à Wilson, comme pour mobiliser le jury contre le témoin.

– Nous voudrions que vous preniez un moment de réflexion et que vous nous disiez si vous voyez une raison, quelle qu'elle soit, pour laquelle Hatchett voudrait votre témoignage dans cette affaire.

Werner jeta un regard à Hofstader et, l'espace d'une seconde, il imagina la tête de ce dernier s'il savait que, la semaine précédente, la fille du Cinq avait passé la nuit chez Werner.

– Il n'y a rien qui me vienne à l'esprit.

Payne eut un sourire. Il recula dans son fauteuil.

– Avez-vous déjà été mêlé à un procès, auparavant, Dr Ernst ?

– Non, dit Werner en entendant sa voix se briser.

– Bien, alors laissez-moi vous expliquer deux ou trois petites choses.

Payne agita les papiers que Wilson avait présentés à Werner quelques jours plus tôt.

– Tout va très vite, dans ce genre d'affaire. Même si nous obtenons un délai d'une manière ou d'une autre, nous pouvons nous retrouver à l'audition sous deux semaines.

Werner cherchait quelque chose à dire de temps à autre, quelque chose de bon goût, de circonstance, qui prouverait qu'il n'avait pas peur de parler et qu'il n'avait rien à cacher. Il se décida pour «Je comprends». C'était bref et discret, et ça montrait qu'il écoutait avec obéissance.

– A partir de maintenant, vous êtes témoin. La seule chose qui nous intéresse, c'est de savoir pour qui. Ou bien vous êtes notre témoin, ou bien vous êtes le témoin de la plaignante.

– Je ne coopère pas avec eux, protesta Werner. Mon témoignage, ça sera que la gastrotomie est indiquée et qu'on ne peut pas écarter l'hypothèse d'un rétablissement total tant qu'on n'aura pas constaté les effets d'une nutrition appropriée sur le patient.

Werner jeta un regard vers Hofstader en quête d'un signe de tête approbateur. Hofstader lisait des documents.

– Quoi qu'il en soit, reprit Payne sans tenir compte de la défense de Werner, nous rencontrons tous les témoins au début du procès, et nous les préparons à leur témoignage en faveur du Centre médical. C'est le début d'un long processus de préparation, dont le but ultime est d'arriver à la vérité. Une fois que nous connaissons la vérité, nous apprenons à nos témoins à la formuler à leur avantage.

– Je comprends.

– Bien. Vous devez aussi comprendre qu'avant de préparer les témoins, nous devons connaître la vérité. Il est absolument essentiel pour la défense du Centre médical et de toutes les personnes impliquées – y compris vous – que nous connaissions la vérité. Dans le cas contraire, nous ne pourrions pas prendre de décisions adéquates dans cette défense : qui appeler à la barre, quelles questions poser, quelles questions ne pas poser...

– Je comprends, répéta Werner en remarquant que son champ visuel s'élargissait et se rétrécissait en synchronisme avec son pouls. Peut-être un trouble visuel dû à une diminution passagère de la circulation cérébrale ?

– Supposons un instant que vous soyez au courant de certains faits qui pourraient vous faire du tort, à vous ou au Centre médical, si vous êtes amené à témoigner. Vous pourriez avoir quelques réticences à révéler ces faits, par peur peut-être de représailles de la part de la justice ou de vos supérieurs au Centre. C'est pourquoi j'ai invité le Dr Hofstader à assister à cette rencontre. Vous devez bien comprendre que, lors de tout procès mené par des avocats compétents, la vérité ressort toujours ; la seule question, c'est quand. Vous devez encore comprendre qu'il est largement préférable pour vous et pour le Centre médical que la vérité sorte le plus tôt possible. Si dès le début de cette affaire nous révélons les faits préjudiciables, nous pourrons rassembler des preuves pour désamorcer ces faits. Nous pourrons les expliquer. Nous pourrons présenter l'autre aspect de l'histoire. Et si nous y sommes contraints, nous réglerons cette affaire à l'amiable, parce que nous ne voulons pas que ces faits apparaissent dans l'enceinte du tribunal. Bien sûr, nous ne pouvons pas améliorer ces faits tant que nous n'en avons pas connaissance.

– Je comprends.

– Maintenant, je suis persuadé que le Dr Hofstader, M. Wilson et vous, vous serez tous d'accord pour dire que j'ai déjà trop parlé. Nous vous avons fait descendre ici pour vous entendre. Peut-être, à présent, pensez-vous à quelque chose qui aurait pu pousser l'avocat de Mlle Potter à vous citer comme témoin ?

Payne sortit un stylo plume et un bloc et se tint prêt à écrire.

Werner regarda à travers toute la pièce comme s'il cherchait sincèrement à se rappeler quelque chose.

– Je... ne vois vraiment pas ce que ça pourrait être. J'ai parlé plusieurs fois aux deux membres de la famille, mais je ne me souviens pas d'avoir dit quoi que ce soit qui puisse lui être utile dans cette affaire...

— Elle va essayer de prouver que le patient est dans un état végétatif et que tout traitement ultérieur serait inutile, insista Payner sur le ton de la cajolerie. Et vous ne pensez vraiment pas à quelque chose que vous auriez dit qui pourrait l'aider à prouver son point de vue ?

Et alors, dans un petit coin de sa mémoire, Werner la revit poser la main sur sa cuisse : « Dis-moi juste pourquoi j'ai fait le bon choix. Pour ma tranquillité d'esprit, et pour que je puisse dormir la nuit. »

— Je ne vois rien, répéta Werner.

— Je vois, dit Payne avec un vague sourire.

Et Werner comprit que Payne se moquait de lui.

Payne se redressa et se mit à gratter le lobe de son oreille d'un mouvement lent et méthodique. Non pas parce que ça le démangeait, mais parce qu'il y avait dans son lobe une petite molette qui réglait l'intensité des rayons X dans son regard vert.

— Je devrais peut-être prendre le problème autrement, dit Payne en ajustant ses montures métalliques. Mettons que vous ayez dit quelque chose susceptible de lui être utile et que vous l'ayez... oublié, dit-il en affectant une nouvelle pause de réflexion. Vous lui avez dit quelque chose et, à présent, vous ne vous en souvenez pas. C'est la défense à la Ronald Reagan. La défense Je-ne-crois-pas-me-souvenir. Supposons que ce soit le cas ici.

Werner haussa les épaules.

— Si je ne me souviens pas, alors je ne sais pas.

— Tout à fait. Et la déposition sur la foi d'autrui pourra interdire aux autres témoins de témoigner au sujet de ce que vous avez oublié.

Werner sentit déferler sur lui une vague de soulagement. Évidemment ! Elle ne pourrait pas témoigner au sujet de ce qu'il était censé avoir dit. Ce serait sa parole contre celle de Werner.

– Mais il y a une exception à cette règle, continua Payne en arrachant à Werner le joujou qu'il venait de lui donner. Vous êtes attaqué individuellement dans cette affaire. Vous êtes donc ce que l'on appelle une partie. Les déclarations d'une partie peuvent être mises à l'épreuve par d'autres témoignages, ce qui signifie que vous pourrez avoir à rendre compte de ces déclarations, même si vous soutenez l'hypothèse que vous ne vous souvenez de rien.

Werner avait atteint ses limites. Il sentit que dans les minutes qui suivraient, ou bien il perdrait conscience, ou bien il vomirait, ce qui confirmerait à Payne que Werner dissimulait des informations. Il se força à renvoyer à Payne son regard inquisiteur. Les pores sur le visage de l'avocat se mirent à palpiter et ses poils à pousser. Les muscles tendus de sa mâchoire se plissaient à chaque réponse de Werner. Les muscles des mains et du visage semblaient dire : « Ce sont ces mêmes muscles qui ont envoyé à la chambre à gaz des menteurs professionnels. Ne me mens pas, ou alors ça va vraiment être ta fête. »

– Comme je vous l'ai dit, protesta Werner, je ne me souviens de rien.

– Je vois, répéta Payne, de nouveau avec un sourire vague. Et j'espère que vous, vous comprendrez que, par souci d'exactitude, nous repassions toutes vos conversations avec les membres de la famille, une par une. Ainsi nous pourrons décortiquer ces conversations et être certains que rien ne pourra être retenu contre nous par Hatchett.

Deux heures et demie plus tard, Payne interrogeait toujours patiemment Werner au sujet de ses conversations, et Werner répondait toujours avec nervosité. Wilson et Hofstader étaient partis et Payne avait poursuivi ses questions crispées et inquisitrices. Werner avait l'impression que Payne guettait chez lui la crise de nerfs ou l'arrêt cardiaque, de sorte qu'un témoin indésirable serait rayé de la liste au tout début du procès.

Werner reconnut toutes ses conversations avec Constance Potter mais, pour Félicia, il s'en tint à deux : une dans le box du Cinq, une autre dans la salle de repos.

Au sujet des deux conversations avec Félicia, Payne questionnait Werner dans les moindres détails. Puis il demandait : « Y a-t-il quoi que ce soit d'autre au sujet de cette conversation que vous ne m'auriez pas dit ? Avez-vous dit, ou Mlle Potter a-t-elle dit quoi que ce soit d'autre que vous ayiez oublié dans vos déclarations ? »

Enfin, Payne passa en revue toutes ses notes, page après page. Puis il planta ses yeux verts dans ceux de Werner.

– Nous sommes presque à la fin de notre première séance de préparation à l'audience. J'espère que vous constaterez l'importance de ces mises en condition à mesure que nous approcherons de l'audience, et de la vérité.

– Je comprends, dit Werner avec lassitude.

Il se mit à essuyer la paume moite de sa main droite sur son pantalon, sachant qu'il devrait à nouveau serrer la main de Payne avant la fin de l'entrevue.

– Encore une chose, lança Payne comme s'il entendait les nerfs de Werner hurler : « Non ! Quoi, encore ? »

– J'ai insisté sur l'importance de la vérité, mais j'ai oublié de vous mentionner sa principale caractéristique : la vérité ne change jamais. Vous m'avez bien dit que c'était votre première expérience judiciaire ?

– C'est exact.

– J'en déduis que vous n'avez jamais témoigné auparavant ?

– Non.

– Ce qui sous-entend que vous n'avez jamais subi de contre-interrogatoire.

Payne eut un large sourire, et un regard qui signifiait : « Je suis dans le métier depuis vingt-cinq ans et toi, tu n'as jamais vu une salle d'audience... »

– Le contre-interrogatoire est parfois une expérience très désagréable, même pour un témoin qui dit la vérité. Les mensonges qui tiennent le coup sont quasiment impossibles. Les mensonges changent. La vérité ne change pas. Si le témoin franc se sent un peu perdu en cours de route, tout ce qu'il ou elle a à faire, c'est de se rappeler la vérité et de s'y accrocher. Il lui suffit ensuite de donner les mêmes réponses solides à toutes les questions. Même celles auxquelles il n'est pas préparé. Si le témoin ne dit pas la vérité, son histoire changera. Un bon avocat repérera vite ces changements, et il laissera faire le témoin. Puis il le confrontera à chaque variation et lui demandera de l'expliquer. Dans la panique, le témoin ne peut pas se raccrocher à la vérité, parce qu'il ment ; et il ment sous serment, ce qui est un crime. Alors d'autres changements apparaissent inévitablement. Comme vous pouvez l'imaginer, les choses vont de mal en pis... Ça peut être une expérience humiliante.

– Je comprends.

– La seule chose que j'ai oublié de vous préciser, c'est la suivante : il apparaît que le plaignant vous cite comme témoin. Selon les règles de la procédure, vous serez leur témoin, bien que vous soyez employé par le Centre médical. Cela veut dire que Hatchett vous posera les questions en premier, dit Payne avec un sourire, et que c'est moi qui serai chargé du contre-interrogatoire.

– Je comprends, dit Werner en imaginant les rayons X verts plantés sur lui en pleine salle de tribunal. De nouveau, il s'essuya la main sur son pantalon.

Payne lui tendit sa carte.

– Sur cette carte, vous avez mon numéro personnel, celui de mon bureau et celui de mon téléphone de voiture. Si vous repensez à quelque chose que vous ne m'auriez pas dit, appelez-moi. Sur-le-champ.

– Je le ferai.

– Laissez-moi vous remercier pour le temps et la patience que vous m'avez accordés, reprit Payne. Et laissez-moi vous remercier par avance pour tout le temps que vous passerez encore dans les séances de préparation de ce procès extrêmement important.

– Certainement.

– Je vais voir ce que je peux faire de mon côté. J'ai travaillé avec Hatchett dans le bureau du procureur. Peut-être sera-t-il d'accord pour me donner des pistes, pour que je comprenne pourquoi il vous veut comme témoin.

Payne se leva et serra la main moite de Werner. Ce dernier sentit la main froide et sèche s'attarder de nouveau, comme si elle récoltait la sueur de Werner pour une analyse approfondie.

– Je suis sûr que vous seriez soulagé si je pouvais découvrir ce que Hatchett a derrière la tête, dit Payne en serrant toujours la paume de Werner et en le regardant droit dans les yeux.

– Oui, c'est sûr.

– D'une façon ou d'une autre, nous découvrirons le fin mot de cette histoire avant le jour de l'audience, annonça Payne avec un sourire. Ça fait vingt-cinq ans que je fais ce métier, et je n'ai pas été surpris une seule fois en salle d'audience. Je sais tout de mes témoins et du dossier avant le début du procès. Le sourire s'évanouit. Les accidents arrivent de l'autre côté, jamais du mien.

– Je comprends, conclut Werner.

Une fois sorti du Service juridique, Werner se rendit à la salle des médecins de garde et se planta devant un ventilateur dans les toilettes. Il se pencha au-dessus d'un lavabo en porcelaine et regarda dans le miroir son visage harassé de sommeil. Il avait les lèvres bleues. La transpiration avait laissé des auréoles sombres sur sa chemise. Il remarqua sous son menton une plaque de barbe irrégulière qu'il avait ratée au rasage à 6 h 30, avant de se reprécipiter au labo de la mort. Il vit aussi les taches sombres qui se répandaient sous la peau juste en dessous des yeux. Je suis en train de mourir, pensa-t-il. Je paie tout ça trop cher pour l'argent que j'espère retirer de cette profession.

Des hallucinations vives et ensoleillées s'agglutinèrent avec lui dans l'ascenseur. Au moins dix ou douze personnes entassées avec lui dans cet espace hermétique. Tous à lutter pour le même air sans dire un mot. Il oublia tout ce qu'il avait appris ; tout ce qu'il voulait, c'était boire et rêver.

Werner trouva une salle de réunion avec téléphone et prit une ligne extérieure. Il appela le répondeur de Félicia et laissa un message urgent, son nom et le numéro du standard de l'hôpital.

Il était trop épuisé pour mesurer toute la dimension de son nouveau problème avec la Loi. Peut-être cette assignation n'était-elle qu'une formalité comme les autres balancée par un avocat tatillon. Peut-être n'aurait-il même pas à témoigner. Et même s'il y était forcé, leur relation intime ne serait peut-être pas découverte. Peut-être pourrait-il mentir tout le long du contre-interrogatoire. Payne essayait de profiter de lui. Wilson lui avait sans doute dit que Werner avait été de garde toute la nuit, et Payne en avait profité pour le cuisiner. Après une bonne nuit de sommeil, pensa Werner, il pourrait mettre Payne dans sa poche.

Il se jeta dans son siège à la console et se réjouit, en son for intérieur. Il était de retour dans le monde médical.

– Il y a la famille qui vous demande en 5, lui signala un marsupial.

Le cœur de Werner bondit, puis retomba très vite lorsqu'il se rappela qu'elle était à Los Angeles. C'était Connie.

Elle tenait compagnie au Cinq. Les yeux du patient étaient ouverts, une sorte de veille dans le coma. Elle lui tenait la main droite et lisait sa Bible à voix haute : « L'homme ne peut distinguer l'amour de la haine. Leur vanité est égale, en cela que la fin est la même pour tous, pour les justes et les cruels, les bons et les méchants, les purs et les impurs, pour celui qui fait un sacrifice et pour celui qui n'en fait pas. Ce qui sera pour l'homme bon sera aussi pour le pécheur. Ce que souffrira celui qui parjure, celui qui craint le serment le souffrira de même. De toutes les choses qui arrivent sous le soleil, voilà bien la pire, que la fin soit la même pour tous. De là vient que l'esprit des hommes est rempli du mal, et que la folie envahit leur cœur pendant la vie ; et après cela ils rejoignent les morts. »

Elle reposa le livre et sourit d'un air mécontent à Werner.

– Vous avez l'air très fatigué. Vous n'avez pas bonne mine.

– Merci, répondit-il instinctivement.

Toi, tu n'as jamais une bonne tête, mais je n'en rajoute pas.

– Je pense que vous n'êtes pas heureux, poursuivit Connie.

– Je suis juste fatigué. J'ai été de garde toute la nuit. Huit heures de sommeil, et mon problème sera réglé ; quand je me réveillerai demain, je me sentirai mieux.

Toi, tu seras toujours grosse et stupide.

Elle tapota la main du Cinq.

– C'est un moment très difficile pour nous, docteur.

– Je sais.

– Nous devons être vigilants. Toutes les intentions et tous les mobiles sont suspects.

Le regard de Werner rencontra brièvement celui de Connie. Puis il se détourna brusquement. Depuis son entrevue avec Payne, Werner craignait que même ses regards puissent être utilisés contre lui.

– Les intentions et les mobiles de qui ? demanda-t-il en regardant la tête blanche du Cinq sur l'oreiller.

– Ça y est, elle vous a embobiné ? intervint Connie.

Werner appuya sur un bouton du respirateur pour rééquilibrer le dosage en CO_2, ce qui lui donna une raison de ne pas regarder Connie.

– Elle croit que la mort de mon père va la libérer, reprit Constance. Elle a l'âme encore plus petite que la pensée. Elle veut le tuer, mais elle ne peut pas effacer l'horizon d'un coup d'éponge ou arracher la terre au soleil. Une fois qu'il sera mort, elle sentira le souffle froid du vide. Elle ne saura plus où aller. Ses nuits seront longues. Elle entendra les fossoyeurs l'enterrer et elle sentira l'odeur de sa décomposition. Ah ! toutes les ruses qu'elle va devoir inventer pour déjouer le dégoût d'elle-même, ça sera le festival du leurre et du mensonge.

Werner se demanda s'il s'agissait d'un délire psychotique. Il avait déjà vu des patients après une crise, cependant, c'était la première fois qu'il en voyait un péter les plombs en direct.

– Je suis là pour veiller aux besoins médicaux du patient, dit-il en la regardant par-dessus le torse émacié du Cinq. Vous avez une question au sujet des besoins médicaux du patient ?

– Est-ce que c'est vous qui nettoierez le sang sur ses mains, Dr Ernst ? Quand elle se réveillera en sursaut en entendant crier «Assassin !», c'est vous qui lui direz que ce n'est rien, que tout va bien ?

Werner quitta le box 5 et dit à Marie Quelque-Chose d'appeler l'aumônerie et de leur demander du renfort pour les Soins

257

intensifs du neuvième, et sans tarder. Une conversation avec Constance était bien la dernière chose dont il avait besoin. Et après ça, son avocat l'assignerait à comparaître, alors...

Il passa le reste de la matinée à s'occuper d'une nouvelle patiente, une pneumonie de soixante-quinze ans, en 4. Quand il eut fini de remplir ses prescriptions médicales, son bip lui signala un appel extérieur.

Il trouva une salle vide et composa le numéro du standard.

— Est-ce que mon père va bien ? demanda-t-elle.

— Oui, ton père va bien, lâcha Werner. C'est moi qui suis en train de mourir, en ce moment. Ton avocat a envoyé à l'hôpital une assignation m'ordonnant de témoigner à l'audience, hurla-t-il. Je suis dans la merde, quelque chose de bien. Tu m'avais dit que vous tous, là, vous n'auriez pas besoin de mon témoignage, et moi, je t'ai fait confiance.

Toute la terreur et la panique accumulées lors de l'inquisition de Payne ressortaient sous forme de rage.

— C'est bien ce que je craignais, dit-elle. D'après le son de sa voix, elle avait l'air sincèrement embêtée. Mon avocat s'emballe. Juste avant de quitter la ville, je suis retournée le voir. Il m'a demandé de lui répéter tout ce que tu m'avais dit, et sans réfléchir, je lui ai raconté les trucs que tu m'as dits, que c'était le bon choix, que c'était ça que je devais faire. Il a dit qu'il allait t'assigner à comparaître, juste au cas où on aurait besoin de ton témoignage. Il a dit que tout ce que tu m'avais raconté était une preuve qui pourrait être utilisée devant la cour, et que j'avais une responsabilité envers mon père, que je devais m'arranger pour que le juge entende toutes les preuves.

Werner sentit une masse froide se former en dessous de son sternum, puis grossir jusqu'à envahir le cœur et les poumons. Un petit affolement cardiaque.

— Tu ne vas pas laisser ton avocat ramener notre relation personnelle dans tout ça ?

— C'est exactement ce que je lui ai dit. Il m'a répondu qu'avant de penser à toi, je devrais plutôt m'occuper de mon père.

– Il faut que tu comprennes qu'un avocat, c'est comme un garagiste, expliqua Werner en gardant une voix égale, hors de portée de la terreur et de la rage. Tu lui dis ce qu'il doit faire, et s'il ne le fait pas, tu en changes.

– C'est drôle, ce que tu dis. Mon avocat m'a expliqué que c'était les médecins qui étaient exactement comme des garagistes. Et que si je te disais quoi faire et que toi tu refusais, je n'aurais qu'à prendre un autre médecin.

– C'est ton père qui est mon patient, lança Werner d'un ton sec. Et jusqu'à maintenant lui ne m'a pas donné d'instructions, que je sache.

– C'est trop bizarre. On dirait que vous avez répété un numéro, tous les deux. Mon avocat prétend que, jusqu'à ce que la cour nomme une sorte de tuteur, eh bien ! c'est lui qui tient lieu de responsable pour moi et pour mon père. Il m'a aussi dit qu'il allait envoyer l'assignation, que je le veuille ou non, parce que mon père était son client, lui aussi, et qu'il devait s'assurer que tu dirais devant la cour ce que tu pensais vraiment.

– Tu ne peux pas le laisser me forcer à témoigner, objecta Werner, hésitant entre la supplication désespérée et l'ordre catégorique. Tu ne peux pas témoigner au sujet de nous deux, et moi non plus.

– On devrait s'estimer heureux que ce ne soit qu'une assignation, dit-elle sur un ton étrange. Mon avocat est devenu complètement dingue. Il m'a conseillé de t'attaquer pour avoir essayé de profiter de moi quand j'étais si malheureuse parce que mon père était malade. Il m'a dit que, s'il racontait cette histoire devant un jury, il m'obtiendrait un million de dollars et que ta carrière serait foutue. Attends, ne quitte pas.

Werner l'entendit discuter avec les gens de la publicité de Los Angeles. Il s'imagina collé derrière une table face à un jury pendant que Payne et l'avocat de Félicia pointeraient le doigt sur lui à tour de rôle, en disant qu'il était un monstre.

Elle revint en ligne.

– Faudra que j'y aille dans trois minutes, mais je t'appellerai ce soir.

– Juste pour savoir à quoi m'en tenir, dit Werner d'une voix triste, tu vas continuer à employer cet avocat qui veut que tu m'attaques en justice parce que j'ai soi-disant profité de toi ?

– J'ai essayé de lui expliquer ce qu'on ressentait l'un pour l'autre. Et j'ai compris que je n'étais pas sûre de moi. Tu vois, parfois, je sais ce que je ressens, mais toi... C'est comme toujours, tu ne me dis jamais ce que tu penses.

– Mais quand même, on fait... des choses intéressantes, tous les deux, répondit Werner. Tu as reconnu toi-même que c'était de l'intimité. Et moi aussi, je l'ai senti. L'intimité, c'est ce qu'on ressent, ça ne se construit pas avec des mots.

– Mon avocat dit que ça n'est pas de l'intimité. Il dit que j'étais dans un état très vulnérable et que toi, tu as profité de moi.

– Moi, j'ai profité de toi ? hurla Werner. Tu lui as raconté ce que tu m'avais demandé de faire ? Il pense que ça passera comment, en face d'un jury ?

– Il dit que j'ai fait ça uniquement parce que j'étais perdue et que je ne savais plus quoi faire pour abréger les souffrances de mon père. Il a dit des choses terribles. Il a dit que tu ne nous aurais pas aidés, mon père et moi, si je n'avais pas d'abord couché avec toi. Que c'était un manquement grave à ton obligation morale envers mon père et envers moi. Moi, j'ai expliqué que ça ne s'était pas passé comme ça, mais il a répondu que j'étais trop bouleversée et trop impliquée pour être objective. Il veut toujours t'attaquer, et moi je continue à lui demander de ne pas le faire, mais c'est dur.

– C'est dur ? Qu'est-ce que tu entends, par dur ? Werner sentait sa paume moite de sueur glisser sur le combiné. Tu veux dire que tu vas le laisser m'attaquer et lancer toutes ces accusations ridicules ?

– Moi aussi je les trouvais ridicules, mais mon avocat m'a raconté des choses qui m'ont fait réfléchir. Par exemple, il y a quelque chose que je voudrais te demander. La nuit où mon père a failli mourir, tu te souviens ? Eh bien ! j'étais chez toi. Je ne te parle pas de son code machin-chouette, je te parle de la première fois, quand il a eu ce problème au cœur. Tu te rappelles ?

260

– Oui, oui, lança Werner avec impatience.

– Eh bien ! mon avocat reçoit des copies datées des dossiers toutes les semaines. Et il dit qu'une infirmière t'a appelé chez toi pour te dire que mon père était très mal et qu'il était sur le point de faire un arrêt cardiaque. Il dit que l'infirmière a écrit dans le dossier que les Dr Butz et Ernst se sont vu notifier cette nouvelle.

Werner sentit une nouvelle vague de chaleur exploser dans sa cage thoracique.

– Donc, ce que je veux savoir, c'est pourquoi tu ne m'as rien dit.

– C'est une erreur, suggéra Werner, sentant l'odeur de sa propre sueur. La seule fois qu'ils m'ont appelé à la maison, c'est le soir où je t'ai dit qu'il y avait un code bleu.

Une pause à l'autre bout du fil.

– Ils ne t'ont pas appelé la nuit du code bleu, c'est toi qui les as appelés, tu te rappelles ?

– C'est ce que je voulais dire. La nuit où je les ai appelés. C'est la seule fois que je leur ai parlé.

– Peut-être que c'est une erreur. Je ne sais pas. Mon avocat remet toujours ça sur le tapis.

– Je ne peux pas y croire. Je pensais qu'on ressentait quelque chose l'un pour l'autre. Si on pouvait juste se débarrasser de tous ces avocats, tu le verrais, toi aussi.

– J'aimerais tellement qu'il y ait un moyen de faire disparaître tout ça, sanglota-t-elle dans le téléphone. Tout ce gâchis, mon père, les avocats, le procès, tout. J'aimerais que ça disparaisse, comme ça. Et on pourrait tout recommencer à zéro.

C'était peut-être de nouveau de la tendresse que Werner entendait dans sa voix.

– Cette fois, il faut vraiment que j'y aille. Si tu me fais pleurer, je vais leur saccager deux heures de boulot au maquillage. Je t'appellerai. Peut-être qu'il va se passer quelque chose. Peut-être qu'il n'y aura pas d'audience.

– Peut-être que tu changeras d'avocat.

– Je crois que je ne pourrai pas. N'y pense plus. Fais comme tu le sens.

261

Chapitre 14

A 19 heures, il rentra chez lui et attendit l'appel de Félicia. A 21 heures, il se mit à appeler son répondeur. A 22 heures, il contacta les renseignements longue distance et obtint le numéro des produits de beauté Renée Feral. A ce numéro, il tomba sur un répondeur qui lui dit de rappeler pendant les heures ouvrables.

Il essaya de dormir, sans succès.

En avançant dans son internat, il avait appris que la fatigue était une zone entre deux états de veille. La plupart des gens sortent parfaitement reposés d'un état de veille pour finir fatigués le soir, avant d'accéder au sommeil la nuit. Par conséquent, l'erreur courante est de croire que plus on reste éveillé, plus on se fatigue. Les internes en médecine apprennent très vite que l'état de fatigue ne dure que huit heures environ. Ensuite commence cet autre état détestable, cet état parfaitement réveillé de l'épuisement nerveux, le jumeau malfaisant de la pleine forme.

Le subconscient de Werner le mettait en boîte sans pitié : Je t'ai bien entendu dire il y a douze heures que tu devais rester éveillé ? Eh bien, nous y voilà. Tu aurais un jeu de cartes ?

Le scotch finit par obstruer son regard, le noyant dans une torpeur hypnotique. Constance lui apparut immédiatement en songe, déguisée en sorcière et brassant une potion trouble dans un chaudron où marinait Werner : «Ne dormez plus, grognait-elle. Werner assassine le sommeil... La mort de chaque jour de sa vie, le bain du labeur douloureux... Ne dormez plus ! Werner a assassiné le sommeil et, en pénitence, le médecin ne dormira plus jamais, Werner ne dormira plus jamais ! Le médecin ne dormira plus jamais ! Jamais !»

Il se réveilla à 3 heures et alla fouiller dans le réfrigérateur, d'où il sortit une bouteille de deux litres de vieux Coca, à moitié vide, et un paquet de tranches de fromage en sachets individuels. Il secoua le Coca en vain, n'obtenant même pas de petit «pschitt». Il ouvrit un sachet de fromage et se versa un verre d'eau marron sucrée.

Il valait somme toute mieux qu'elle n'ait pas appelé, et c'était tout aussi bien qu'il n'ait pas réussi à la joindre. Vu l'état de fatigue nerveuse dans lequel il était, il ne se serait sûrement pas maîtrisé et l'aurait jetée dans les bras ouverts de ses avocats.

Le sommeil lui avait éclairci les idées. La solution, c'était de sauver le Cinq des calculs des avocats et du zèle des médecins. Werner avait réalisé que le Cinq n'était qu'un pion dans la guerre entre sa famille, les avocats et les médecins. Il se projeta dans l'avenir, vit trois avocats d'un côté du lit du Cinq et trois médecins de l'autre. Et tout ce petit monde allait se chamailler sans discontinuer pendant des semaines et des mois, les avocats étant payés à l'heure et les médecins à l'opération.

Il lui apparut aussi que tout ce drame juridique éclatant autour du Cinq était le genre de gâchis insoluble qui exigeait un bouc émissaire. Et ça tombait bien, il se sentait justement pousser des cornes et des sabots de bouc. La cérémonie aurait lieu dans la salle d'audience ; là, Hatchett, Payne et les autres le rendraient responsable de tous les péchés et de tous les crimes commis autour du Cinq, et Werner serait banni pour toujours.

Si les avocats réussissaient leur coup, on se retrouverait au temps primitif des sorciers de village et des guérisseurs. En ces jours glorieux, la communauté amenait ses mourants chez le guérisseur : ce dernier recevait des cadeaux, du bétail et des céréales si le malade se rétablissait ; mais s'il mourait, le guérisseur se faisait lapider, puis son cadavre était abandonné à la dérive, sur un radeau avec deux poulets égorgés.

L'alternative était simple : la carrière de Werner, qui commençait tout juste, ou bien la vie du Cinq, qui était plus que finie.

A 6 h 45, il était de retour à la console, à regarder le rythme cardiaque du Cinq sur écran. Il sortit le dossier et trouva un compte rendu des rapports des neurologues consultants, rédigé par le Dr Hofstader.

L'expert engagé par la plaignante concluait pour le Cinq à un état végétatif irréversible – une forme de coma permanent avec les yeux ouverts. Selon lui, même si le patient avait de courtes périodes de cycles d'éveil, il n'avait aucune conscience de lui-même ni de son environnement. Son cerveau fonctionnait, mais ne donnait absolument aucun signe de vie cérébrale. Les capacités de mâcher et d'avaler étaient perdues, car elles nécessitaient des hémisphères cérébraux intacts. Quant au taux métabolique de glucose dans le cortex, il ne permettait pas l'état de conscience. Du fait de cet état végétatif qui durait depuis deux mois, on pouvait avancer avec une certitude médicale quasi totale que la condition du patient ne changerait pas et que la pose d'une sonde de gastrotomie ne serait d'aucun bénéfice, ni pour le patient, ni pour sa famille. Le neurologue notait pour finir que ses appréciations étaient compatibles avec les directives de l'Académie américaine de neurologie.

L'expert en neurologie de l'hôpital concluait pour sa part que les scanners et les IRM étaient ambigus et que le taux métabolique de glucose dans les hémisphères cérébraux, bien que diminué, n'indiquait pas nécessairement une perte totale et irréversible des fonctions cérébrales. Pour preuve, le patient levait souvent la tête en présence d'autres personnes dans la pièce. L'expert avait aussi noté toute une série de mouvements spontanés, notamment des coups répétés de la main droite sur les montants de son lit. Il en déduisait qu'il s'agissait, de la part du Cinq, de tentatives de communication avec son environnement. Il témoignait, en outre, qu'il avait personnellement écarté la main du Cinq des montants du lit, et cela à trois reprises. Chaque fois, selon lui, la main droite du Cinq était retournée à sa place initiale et avait repris ses tapotements significatifs dans le but d'attirer l'attention des personnes présentes.

Il admettait cependant que le Cinq ne semblait pas pouvoir répondre lorsqu'on lui demandait de serrer la main de quelqu'un ou de lever la tête, mais il se pouvait que le désir et la capacité de communiquer soient intermittents. Lors d'une expérience conduite par le neurologue lui-même, le Cinq avait serré une main sur commande huit fois sur dix et avait levé la tête trois fois sur cinq.

L'expert en concluait qu'une période de deux mois n'était pas suffisante pour affirmer avec certitude que le Cinq n'avait aucune chance de recouvrer ses facultés cognitives. Il émettait en outre l'hypothèse que les déficits neurologiques apparents et le faible taux métabolique de glucose chez le patient étaient dus à son alitement prolongé ainsi qu'à un mode de nutrition inadapté. Il recommandait donc l'insertion d'une sonde de gastrotomie, suivie d'au moins quatre semaines de nutrition adéquate, à l'issue desquelles d'autres scanners et IRM permettraient d'établir un diagnostic plus probant.

Poindexter apparut à côté de Werner. Il était pâle, plus pâle encore que les jours où il arborait sa mine de croque-mort.

– J'ai besoin de vous en 5 ; je peux vous voir un instant ?

– Qu'est-ce qu'il y a ? demanda Werner en le suivant dans le box bourré de machines.

Le Cinq était aussi bleu et frêle qu'à l'accoutumée. Des bribes du rapport revinrent à Werner, et il fixa son attention sur les doigts du Cinq.

– J'ai remarqué que vous regardiez le rapport de neurologie, dit Poindexter. Je l'ai lu hier soir, au début du service de nuit.

Poindexter eut un sourire gêné, comme s'il hésitait encore à révéler à Werner ce qu'il avait derrière la tête.

– Vous saviez qu'autrefois, ce type était signaleur dans la marine ?

– Non, répondit Werner en se repassant l'histoire de Félicia : un accident en mer, et son père qui lui demandait de ne jamais le laisser maintenir en vie par des machines s'il arrivait quelque chose.

– Eh bien ! vous savez, la grosse fille qui vient toujours avec sa Bible ?

– Constance Potter.

– Oui, c'est ça. Elle a tendance à causer pas mal, et c'est elle qui m'a raconté. Il était signaleur.

– Et alors ? répliqua Werner, étudiant l'état anormal d'excitation et d'incertitude dans lequel se trouvait Poindexter.

– Après avoir lu ce rapport hier soir, je me suis mis à réfléchir à ces tapotements des doigts. Et je me suis demandé... Et si le neurologue de l'hôpital avait raison ? Si c'était vraiment une tentative de communication ?

– Soyons sérieux... Vous avez besoin de sommeil.

– J'ai continué à réfléchir au fait qu'il était signaleur, parce que moi, j'ai fait de la radio amateur pendant des années. Un signaleur, ça connaît le code morse.

– Je retire ce que j'ai dit. Vous n'avez pas besoin de sommeil : vous êtes en pleine crise de délire, et le sang n'arrive pas jusqu'à votre cerveau.

Poindexter rougit.

– Écoutez, si vous voyiez la grosse, quand elle est là avec lui. Elle croit qu'ils ont de vraies conversations, ensemble. Ça m'a fait réfléchir, c'est tout. Et s'il pouvait réellement nous entendre, ou s'il essayait de nous dire quelque chose ?

– S'il essayait de nous dire quelque chose, il pourrait serrer une main sur commande. Ensuite après tout ce qu'on lui a fait, il tendrait carrément tout le bras pour vous arracher les couilles, ou bien il vous balancerait un coup de genou dans les côtes quand vous viendriez pour les soins ! Soyez sérieux, Poindexter. S'il était assez frais pour vous envoyer un message en morse, il pourrait s'asseoir sur son lit et vous cracher dessus.

– C'est ce que j'ai pensé. Et puis je me suis demandé s'il n'y aurait pas un déficit neurologique bizarre, ou si les attaques n'auraient pas pu détruire tous ses moyens de communication, à l'exception d'un. Comme ces patients qui, après une attaque, peuvent encore lire et écrire, mais ne savent plus parler ? Vous savez comment c'est, la neuro. Je ne dis pas qu'il fait du morse. C'était juste une idée un peu folle.

– Carrément loufoque, oui, dit Werner en observant les doigts tremblotants du Cinq.

– En tout cas, vers 2 h 30 ce matin, je me suis mis à regarder ses doigts et à me demander, juste pour en avoir le cœur net, si ça signifiait quelque chose, si c'était bien un message codé qu'il cherchait à envoyer.

– Bon, ça suffit, je m'en vais. Je ne dirai rien de tout ça à personne. Vous n'aurez pas à vous sentir embarrassé devant les autres. Enfin, sauf devant moi.

Poindexter se mit à rire.

– Mais non, ça va, c'est juste une blague !

Il sortit un morceau de papier couvert de points et de barres verticales.

– Je parie que c'est le discours de Gettysburg [3] en code morse, dit Werner.

Poindexter rit de nouveau et demanda :

– Vous savez comment marche ce code ?

– Non, mais ça ressemble à ce qu'aurait pu faire un chimpanzé enfermé dans une pièce avec un bloc et un crayon.

– Les lettres sont représentées par des points et des barres, expliqua Poindexter. Une barre dure trois fois plus longtemps qu'un point. Quand vous étiez scout, on vous a sûrement appris que SOS se disait : « point, point, point – barre, barre, barre – point, point, point. » Trois brèves, trois longues, trois brèves. Les lettres sont séparées par des pauses de la longueur d'une longue – une barre, si vous préférez. Et les mots sont séparés par une longueur de deux barres.

– Et les deux moitiés de votre crâne, elles sont séparées par quoi, au juste ?

– Maintenant, continua Poindexter en allant se placer près de la main droite contractée, regardez juste ses doigts pen-

---

3. Discours prononcé par Abraham Lincoln le 19 novembre 1863 au cimetière national de Gettysburg (Pensylvanie), où se déroula l'une des batailles décisives de la guerre de Sécession.

dant quelques minutes. Imaginez que ses doigts tapent sur un télégraphe et non sur un montant de lit. Il y a des longues et des brèves, avec des pauses au milieu.

– Ben voyons. Et le Père Noël est un gentil vieillard qui vit dans les nuages avec tout plein de lutins.

Werner observait les doigts crispés qui tapaient contre le barreau métallique.

– Ça ne ressemble pas à trois points, trois barres, trois points, selon moi.

– « SOS » était juste un exemple...

– Bon, je parie que vous avez déchiffré un message dans tout ce fouillis, sinon vous ne m'auriez pas demandé de venir.

– Effectivement, murmura Poindexter en se détournant de Werner.

– Et... ? Il veut qu'on lui apporte son pantalon, pour qu'il puisse aller s'acheter un cheeseburger et une portion de frites, c'est ça ?

– Non. Il répète sans arrêt la même chose. Ça ne change jamais. Regardez.

Poindexter tendit le papier à Werner. Les points et les barres étaient agencés en groupes, avec leur traduction alphabétique : « E-S-T-C-E Q-U-E V-O-U-S M-A-I-M-E-Z. »

Werner lut les mots et sentit la déprime s'installer. Pourquoi est-ce que le meilleur infirmier de tout le Centre médical devait lui raconter des âneries pareilles ?

– Si je comprends bien, vous me dites qu'il répète sans arrêt « Est-ce que vous m'aimez ? », c'est bien ça ? Et maintenant, vous allez m'apprendre que c'est un fan des Beatles. Et demain, il va nous faire « Je veux vous tenir la main [4] ».

Werner essaya de maîtriser sa colère, car Poindexter était un élément de qualité dans cette profession colonisée par les marsupiaux.

– OK. Admettons que vous ayez mis le doigt sur quelque chose et qu'il a tout oublié des moyens de communication,

---

4. « Do You Love Me ? » et « I Wanna Hold Your Hand » sont les titres de chansons des Beatles.

excepté le code morse. Pourquoi est-ce que vous ne lui posez pas une question, pour voir s'il tapote une réponse différente ? Pour commencer, demandez-lui par exemple : « C'est moi qui débloque ou vous êtes en train d'envoyer un message en morse ? »

– J'ai essayé.

– Et ?

– Et il m'a répondu : « Est-ce que vous m'aimez ? »

– Vous lui avez demandé autre chose ?

– Ben oui, s'il m'entendait. Et il a tapoté « Est-ce que vous m'aimez ? »

– Poindexter, soupira Werner, une des caractéristiques des patients en état végétatif est de ne pouvoir effectuer qu'un nombre réduit de mouvements mécaniques, qu'ils répètent régulièrement. Ils ont des réflexes, des tremblements, des fasciculations, des spasmes, de la tétanie et des contractions. Ce que vous voyez là, c'est un cerveau endommagé qui envoie une série d'impulsions.

– Je ne sais pas. Je ne comprends pas. Je ne vois pas pourquoi il enverrait sans arrêt le même message, surtout en code morse. Comment un cerveau endommagé pourrait reproduire sans arrêt un schéma aussi complexe ?

– Quand ce type mourra, l'autopsie révélera des dégâts irréparables dans les deux hémisphères cérébraux. Vous le savez et je le sais. Vous tireriez plus d'informations d'une pile bouton plongée dans une assiette de tapioca.

– Peut-être.

– Vous allez mettre tout ça dans le dossier ?

– Je voulais vous en parler d'abord.

– Je n'ai pas de conseils à vous donner, mais si j'étais vous, j'éviterais de reporter dans un dossier une telle spéculation, surtout suite à une nuit blanche.

Poindexter rangea son papier et prit la main du Cinq dans la sienne.

– Je crois que je vais écrire dans le dossier que j'ai peut-être détecté des tentatives de communication dans les mouvements de la main droite du patient, mais que je n'ai pas pu vérifier cette communication. Mes observations seraient conformes à la position du Centre dans ce procès.

Werner eut un haussement d'épaules.

– Est-ce que vos observations seraient conformes à la réalité ?

– J'ai des contrôles à faire, répondit Poindexter en vérifiant la perfusion de dopamine.

– Son FIO_2 était de combien, ces derniers temps ?

– 75 %.

Werner retourna à la console et se mit à relire le résumé des rapports neurologiques. Du gris, encore du gris, rien que du gris. La peau du Cinq était grise. Ses cheveux étaient gris. Son cerveau était gris. Il n'était ni vivant ni mort ; il était gris. Werner chercha dans le dossier les observations des infirmières. Il eut du mal à les trouver, car, comme la plupart des médecins, il ne perdait jamais son temps précieux à lire les remarques professionnelles des infirmières et des infirmiers.

Comme il l'avait soupçonné, plusieurs marsupiaux avaient aussi adopté la ligne de conduite du Centre. Marie Quelque-Chose avait noté qu'elle avait remarqué des larmes dans les yeux du Cinq, et cela pendant les visites des filles du patient. Marie s'était même emballée au point d'affirmer que, d'après son appréciation professionnelle, la quantité de larmes était bien plus importante que les sécrétions naturelles dues aux clignements de paupières, ces dernières ayant pour rôle de maintenir l'humidité de la conjonctive. Marie assurait que si le Cinq pleurait, c'était parce qu'il éprouvait des émotions.

La Grosse Martha avait de son côté écrit que le Cinq avait levé la tête deux fois sur trois à sa demande, et qu'elle «sentait» que lorsqu'elle était dans la pièce, le patient était conscient de sa présence. Peu importent les scanners et les analyses, pensa Werner. Si Martha Henderson «sent» quelque chose, alors on peut foncer.

Werner voyait déjà où tout ça allait mener : à un procès. Après l'audience concernant le traitement du Cinq, l'avocat de Félicia ferait une enquête forcenée sur la tentative de séduction

271

de Werner sur la pauvre fille instable de ce patient. Il avait assez regardé la télé pour savoir ce qui l'attendait au tribunal.

«Mesdames et messieurs les jurés, voici l'histoire d'un médecin qui a abusé de sa position et de ses privilèges pour profiter d'une jeune femme vulnérable et très perturbée émotionnellement. Le père de Félicia Potter était un patient du défendeur, le Dr Peter Werner Ernst. M. Potter était en phase terminale depuis des mois et n'était maintenu en vie, contre sa volonté et celle de sa fille, que par des machines du service des Soins intensifs. Félicia Potter a essayé d'abréger les souffrances de son père, mais les médecins s'y sont opposés.

Alors, lorsqu'elle s'est trouvée démunie et brisée par le désespoir, elle est allée demander de l'aide au défendeur. Le Dr Ernst l'a emmenée dans une salle isolée de l'hôpital pour lui dire qu'elle n'avait pas d'autre choix que d'accepter la poursuite du traitement de son père. Sur une période de plusieurs semaines, alors que son père était mourant dans un lit des Soins intensifs, le Dr Ernst a donné rendez-vous à Félicia Potter, une fois chez elle et deux fois chez lui, et a essayé d'avoir des relations sexuelles avec elle. Elle a refusé. Et lorsqu'elle a refusé, il l'a cajolée, il l'a harcelée, il l'a même menacée.

– Dr Ernst, dirait l'avocat, où étiez-vous la nuit du 4 août, aux environs de 21 heures ?

– Chez moi, à mon appartement.

– Y étiez-vous seul ?

– Non. Félicia Potter m'a rendu visite.

– Dites au témoin de répondre simplement par oui ou par non à la question.

– Pendant que vous étiez à votre appartement avec Mlle Potter, avez-vous reçu un appel téléphonique de l'hôpital ?

– Non.

– Non ? Connaissez-vous une infirmière du nom de Stella Stanley ?

– Oui.

– Si l'infirmière Stella Stanley avait noté dans le dossier qu'elle vous avait appelé chez vous le 4 août pour vous dire que votre patient, M. Potter, était en train de faire un arrêt cardiaque, il s'agirait sans doute d'une erreur de sa part, c'est cela ?

– C'est cela. »

Et ça ne s'arrêterait plus. Constance, le Dr Hofstader, Payne, Wilson, peut-être même Poindexter et Stella, tout le monde ferait front contre lui. D'accord, à ce moment-là, il craquerait.

– Oui, j'ai bien reçu un appel de Mlle Stanley concernant le patient alité en 5, aux Soins intensifs du neuvième étage.

– Et ce patient alité en 5, aux Soins intensifs du neuvième étage, c'était le père de Mlle Félicia Potter, c'est exact ?

– C'est exact.

– Est-ce que vous avez dit à Mlle Potter que son père était dans un état critique ?

– Non.

– Et pourquoi ça ?

– J'ai pensé que ça la bouleverserait.

– Votre réponse, c'est donc que vous avez pensé que l'état critique de son père la bouleverserait, et c'est pour cette raison que vous ne lui avez rien dit ?

– C'est exact.

– Étiez-vous de nouveau à votre appartement avec Mlle Félicia Potter, le soir du 5 août ?

– Oui.

– Et avez-vous reçu de l'hôpital des informations complémentaires au sujet de l'état de santé de M. Potter ?

– Oui. Lorsque j'ai appelé l'hôpital pour prendre des nouvelles d'un autre patient, j'ai appris que M. Potter avait eu un arrêt cardiaque.

– Et avez-vous annoncé cette nouvelle à Mlle Potter ?

– Oui.

– Donc, arrêtez-moi si je me trompe : le 4 août, vous ne dites pas à Mlle Potter que son père est dans un état critique, parce que vous pensez que ça pourrait la bouleverser. Mais vingt-quatre heures plus tard, vous annoncez de but en blanc à la même Mlle Potter que son père vient d'avoir un arrêt cardiaque, mais qu'on l'a ressuscité. Vous pouvez peut-être nous expliquer tout ça, Dr Ernst ? »

Il ne pouvait pas laisser faire une chose pareille. Ce serait la fin de sa vie. La fin de six années de travail brutal, à répéter des formules comme un perroquet, six années de nuits blanches et de journées hallucinatoires, de lutte et d'abnégation. Et pour lui, tout ça finirait à la barre. Il faudrait qu'il se trouve un avocat, au prix de milliers de dollars. Et le procès durerait des années.

– Après avoir reçu ce coup de téléphone de l'infirmière Stanley, qui vous disait que M. Potter était au bord de l'arrêt cardiaque, donc de la mort, avez-vous de nouveau tenté d'avoir des relations sexuelles avec Mlle Potter ?
– Combien de fois avez-vous essayé d'avoir des rapports sexuels avec Mlle Potter ?
– Avez-vous suggéré à Mlle Potter que vous pourriez lui trouver un « traitement », et le lui procurer, afin qu'il soit plus facile pour elle d'avoir des rapports sexuels avec vous ? »

Payne avait dit : « Vous devez bien comprendre que, lors de tout procès mené par des avocats compétents, la vérité ressort toujours. La seule question, c'est quand. »
Mais là, la vérité ne ressortirait pas. Et il y avait un moyen de s'en assurer. L'audience aurait lieu parce que Félicia voulait, par le biais d'une injonction, empêcher tout traitement médical ultérieur chez le patient. Sans patient, il n'y aurait pas d'audience.
Poindexter rentra chez lui et un marsupial de l'équipe de jour prit la relève en 5. A 9 heures, le marsupial donna les soins horaires et changea la perfusion de dopamine. Des biologistes firent des prises de sang au Cinq pour de nouveaux examens, ainsi qu'une radio du thorax pour voir si les antibio-

tiques étaient venus à bout de sa pneumonie. Enfin, le réanimateur vérifia le respirateur avant de sortir.

Une nouvelle admission arriva en 7 sur un brancard, tandis qu'un petit groupe se réunit autour d'une infirmière qui lisait à voix haute les prescriptions aux divers aides-soignants debout près des machines.

Werner se faufila dans le box 5, baissa la dopamine et changea les dosages du respirateur. Vingt secondes plus tard, il était de nouveau à la console. Un peu essoufflé, avec quelques petits papillons devant les yeux, mais rien à signaler côté culpabilité. C'était si facile ! Rien que deux petits réglages sur une ou deux machines. Il n'avait rien fait au Cinq lui-même, il ne l'avait d'ailleurs même pas touché. Il s'était simplement contenté d'ôter de la voie du Cinq quelques obstacles techniques, pour lui permettre ainsi de poursuivre sa descente en paix. Dans une demi-heure, il serait heureux pour l'éternité, Werner serait débarrassé de cette audience et tout serait pour le mieux dans le monde des légumes. Sa seule erreur avait été de faire confiance à Félicia, quand il paraissait évident qu'elle n'était absolument pas fiable.

A 9 h 15, Werner aperçut un pic sur le moniteur. Ça commençait. « Déjà », pensa-t-il. Il vit que les autres infirmières étaient occupées avec l'admission en 7.

Une employée du service lui tendit un téléphone : « C'est pour vous. Appel intérieur. C'est M. Wilson, du service juridique. »

– Dr Ernst à l'appareil, dit Werner en observant une autre extrasystole sur le moniteur.

L'employée se lança dans une discussion avec une religieuse de l'aumônerie.

– Ernst, nous avons les documents, dit Wilson. J'ai pensé que vous aimeriez être au courant.

– Quels documents ? demanda Werner, trépignant déjà à la perspective d'une longue conversation durant laquelle il n'aurait pas la possibilité de retourner auprès du Cinq avant que le marsupial vienne faire les contrôles de tension à la demie.

– Eh bien! les documents de l'autre partie, lança Wilson avec irritation. Le testament, le fidéicommis, tout, quoi.

Et puis il fallait que Werner retourne régler le respirateur avant le code. Ou bien l'équipe des codes bleus trouverait le respirateur en train de diffuser de l'air ambiant, et la dopamine à zéro.

Le cœur de Werner fit un bond de deux mètres lorsqu'il vit l'infirmière conduire la religieuse chez le Cinq. Qu'est-ce qu'elle allait faire là-dedans?

– Super, dit Werner.

– Super? Non, pas super, justement. C'est pile ce qu'on avait prévu. C'est la guerre entre les deux sœurs pour récupérer le pactole laissé par la seconde femme, la mère de Mlle Félicia.

– Qu'est-ce que vous voulez dire? dit Werner en continuant d'observer la religieuse à travers la vitre.

– Ce que je veux dire, cracha Wilson au comble de l'exaspération, c'est qu'on a tout le testament en main, ainsi que les instructions du fidéicommis. Ça dit que, si le Cinq meurt avant soixante-dix ans, la somme totale, les intérêts, tout, absolument tout, reviendra à Mlle Félicia Potter. Deux millions de dollars, nets d'impôt.

Werner déglutit avec difficulté et fixa le Cinq à travers la vitre de son box. Son estomac se rétracta, puis envoya une giclée de sucs digestifs dans l'œsophage.

– Vous en êtes bien sûr? demanda-t-il en avalant l'acide brûlant, un œil sur la dopamine.

Il consulta sa montre à 9 h 22 et vit la religieuse prendre la main du Cinq entre les siennes.

– Comment ça, si je suis sûr? aboya Wilson. J'ai là une copie certifiée conforme des instructions du fidéicommis, et tout a déjà été passé au peigne fin par les experts de chez Payne. Mlle Félicia empoche le tout si le Cinq se fait la traversée du désert d'ici à deux semaines.

A ce moment, un marsupial jeta un coup d'œil aux écrans et retourna en 7. La religieuse ferma les yeux. Priait-elle?

– Et devinez un peu ce qui arrive s'il dépasse les soixante-dix ans? Cette bonne vieille Constance prend le paquet. Elle remporte le tout grâce à la clause résiduelle du testament. Félicia reçoit deux ou trois avoirs par son père, mais la totalité de l'argent amassé par la mère naturelle de Félicia va droit à Constance. Je pense qu'elles jouent le même jeu, toutes les deux.

– Mais...

– Mais quoi ?

– Je ne sais pas, je pensais qu'elles en auraient la moitié chacune. Je croyais que c'était ce que vous aviez dit le jour où on en a parlé.

– Ah ! non, monsieur, j'ai dit qu'on ne savait pas ! Maintenant, on sait. C'est Félicia Potter qui prend l'argent et tout le tremblement, si cet homme passe l'arme à gauche dans les deux prochaines semaines. Dans le cas contraire, c'est Constance qui ramasse.

– Et d'où vient le testament ?

– Attendez voir, répondit Wilson en feuilletant des papiers. Le testament vient de l'avocat de Mlle Félicia Potter. Apparemment, il était dans un coffre à la banque.

– Et c'est le seul et unique testament ? demanda Werner, sentant un frisson lui traverser le corps.

– Bien sûr, que c'est le seul et unique testament ! Elles ont pris, l'une comme l'autre, de bons avocats. Ils jouent le jeu. Si l'un de ces types détenait un autre testament, il l'aurait déjà montré. S'il y avait de la magouille là-dessous, le juge ferait tomber des têtes. Qu'est-ce qui vous fait croire qu'il y a un autre testament ?

– Rien, c'est juste à cause d'un reportage que j'ai vu à la télé. J'ai seulement pensé qu'il pouvait y avoir un autre testament...

– Il faut que je vous mette en garde. Payne est convaincu que vous nous cachez des choses. Moi, je lui répète que vous avez tout dit. Vous voyez ce qui se trame ici. Ces nanas sont en train de jouer avec la vie de ce type comme si c'était une action en Bourse. Ça pourrait devenir très moche pour tout le monde. Je vois déjà venir deux ou trois procès différents dans cette affaire, sans compter les charges criminelles s'il y a de la préméditation là-dessous. Il faut que vous soyez du bon côté de la barrière si tout ça arrive jusqu'au tribunal.

– Je comprends, dit Werner.

Il raccrocha et se rendit dans le box du Cinq. La religieuse ouvrit les yeux et sourit.

– Excusez-moi, murmura Werner, momentanément troublé. Il faut juste que je fasse quelques... réglages.

Il fit remonter la dopamine et regarda la religieuse refermer les yeux. Il se tenait en face d'elle, de l'autre côté du lit. Il était assez près du respirateur pour faire remonter l'oxygène à 75 % à la moindre alerte.

Manipulé ! Tout se passait si vite. Il avait été manipulé. Mais est-ce que ça changeait vraiment quelque chose à ses plans concernant le Cinq ? S'il faisait remonter l'oxygène maintenant, il pourrait peut-être le sauver. Peut-être qu'il pourrait prouver qu'elle l'avait manipulé, qu'elle avait tout manigancé depuis le début. C'est alors elle qui se retrouverait sur des charbons ardents. Mais est-ce qu'il pouvait seulement le prouver ? Et même s'il le pouvait, est-ce que ça le ferait paraître plus malin aux yeux de Hofstader et de toute la profession ? Les avocats du Centre le laisseraient sans doute tomber, pour avoir menti au tout-puissant Payne, ou bien pour une raison légale encore plus efficace. Mais toutes les hypothèses du monde ne changeraient rien au destin du Cinq. Il devait quand même mourir.

La religieuse tenait la main tremblotante du patient entre les siennes. Elle portait une robe de bure qui lui recouvrait la tête, une ceinture de corde à la taille, et un chapelet autour du cou.

– Excusez-moi, répéta Werner.

Elle ouvrit les yeux et sourit de nouveau.

– Je peux vous poser une question ? demanda-t-il, debout en face d'elle. Est-ce que vous avez reçu des signes qui indiqueraient qu'il soit... alerte, en un sens ?

La religieuse haussa les épaules, baissa les yeux sur le masque mortuaire du Cinq et sourit.

– Je ne suis pas qualifiée pour détecter ce genre de... signes. C'est plutôt votre domaine, ça, docteur. Moi, je suis une sœur. Je prie.

Werner regarda encore une fois les doigts crispés du Cinq dans ceux de la religieuse.

– Je me demandais juste si vous le réconfortiez parce que vous aviez remarqué qu'il était... conscient.

Elle eut un large sourire.

– Ce n'est pas si important, si ? demanda-t-elle en tapotant la main du Cinq. Je ne suis même pas sûre de ce que ça veut dire. Les prières sont faites de mots simples et humbles. « L'état de conscience » a des définitions médicales et légales, et c'est au-delà des capacités de mon pauvre cerveau. Je le réconforterais, qu'il soit conscient ou non.

Werner insista.

– Mais s'il n'était pas conscient, il ne saurait pas que vous êtes en train de le réconforter, n'est-ce pas ?

– Vous êtes trop intelligent, répondit-elle avec un sourire sincère. J'avais oublié tout ce qu'on peut faire avec les mots. On m'a dit un jour que Dieu avait donné le Verbe aux hommes pour leur permettre de cacher leurs pensées. Je suis chaque jour ébahie par ce que les gens font avec les mots.

Elle tapota la main du Cinq, puis remonta jusqu'au front, qu'elle se mit à caresser doucement.

– Si je vous demande ça, lâcha Werner, décidé à plonger dans le gouffre de la connaissance, c'est que... enfin, et s'il était déjà mort ? Vous savez – il désigna l'attirail des machines du revers de la main –, ces machines peuvent maintenir des gens en vie très longtemps après leur mort... technique.

– Ça n'a pas d'importance. Je prie pour lui, et je suis là pour lui s'il a besoin de moi. S'il est mort, alors mes prières et Dieu le Père sont auprès de lui. S'il n'est pas mort, alors mes prières et Dieu le Père sont avec lui.

– Mais s'il est mort, poursuivit Werner en fixant de nouveau la main du Cinq, et désireux d'en venir à l'essentiel, alors il ne sent pas que vous lui tenez la main, d'accord ? Il ne sait pas que vous êtes en train de lui tenir la main, il ne le sait pas plus qu'un...

– Qu'un cadavre, dit-elle en glissant son regard dans celui de Werner. Il ne le sait pas plus qu'un cadavre.

– Je suppose. Oui, pas plus qu'un cadavre.

– Je pense que vous accordez à la mort bien plus d'importance qu'elle n'en mérite. C'est un élément important de votre travail. Dans mon domaine à moi, elle n'est pas aussi capitale. Pour nous, c'est un moment heureux et nous le fêtons. C'est comme un grand anniversaire, ou des noces d'argent. Mais, pour celui qui meurt, rien ou presque ne change. Pour moi, c'est comme retirer ses vêtements. Quand on retire ses vêtements, on a l'air différent, et puis on se met au lit et on pense exactement aux mêmes choses que quand on était habillé.

Werner vit le rythme cardiaque du Cinq faiblir.

– Les gens aiment à penser que la mort change tout, reprit-elle. Ils pensent que c'est comme emménager dans une maison immense et magnifique. Mais les gens qui emménagent dans des maisons immenses et magnifiques restent totalement les mêmes. S'ils étaient malheureux avant de déménager, ils seront malheureux dans leur maison immense et magnifique. Pour la mort, c'est pareil. Les gens pensent qu'ils vivent d'une certaine façon et que, quand ils mourront, ils se mettront à vivre de façon totalement différente. Ils croient peut-être qu'ils peuvent passer toute leur vie à aimer les choses matérielles, tant ils sont certains qu'ils pourront les oublier une fois qu'ils auront retiré leurs vêtements.

– Mais après la mort, objecta Werner, quand l'éternité commencera, nous n'aurons plus de corps, il n'y aura plus de choses matérielles ! Voilà une grosse différence.

– Exactement. Après la mort, nous seront obsédés par les mêmes choses que de notre vivant ; seulement, ces choses ne seront plus là. Si, dans sa vie, on n'a aimé que l'argent, on l'aimera encore plus après la mort, et on passera l'éternité à chercher frénétiquement de l'argent. Si on n'a aimé que le pouvoir, ou la gloire, ou la nourriture, ou n'importe quelle autre idole, on deviendra comme elle. Mais vous avez fait une erreur.

280

Vous avez dit : «Après la mort, quand l'éternité commencera», et c'est de là que vient la confusion. L'éternité n'a pas de commencement. Elle n'a pas de fin. Elle est maintenant, et pour toujours. C'est le Temps total, et ça n'est pas du temps. L'éternité ne peut venir après la vie, puisque, par définition, elle inclut la vie. Elle ne peut pas venir après quoi que ce soit, puisqu'elle est tout. Nous faisons l'éternité chaque jour, à chaque heure, à chaque seconde. Nous choisissons ce que sera notre éternité.

Werner remonta l'oxygène du respirateur.

– Mais, et pour ces gens ? fit-il en désignant tout le service d'un mouvement de la tête. Leur vie n'est que souffrance. Vous voulez dire qu'ils continueront à souffrir après ?

– Nous souffrons tous. Souffrir nous apprend à nous aimer les uns les autres. Quand nous voyons les autres souffrir, nous les aimons et nous les réconfortons parce que, nous aussi, nous avons souffert et que nous nous rappelons ce que c'est qu'endurer la douleur ou la solitude, et de sentir une main fraîche nous caresser le front et d'avoir quelqu'un qui nous aime sans raison.

Sa voix paralysait Werner. Il eut la chair de poule. Il avait envie de poser sa tête entre les mains de la religieuse.

– Ces machines. Cet immeuble. Vous et moi. Tout ça, c'est comme un décor de papier à cigarette, dit-elle avec un mouvement évasif de la main. Le moment venu, vous saurez l'écarter comme un rideau.

– Je suppose que nous avons un regard différent sur le monde.

– Vous croyez ? Un jour, un de mes professeurs m'a dit : «Fais attention à la façon dont tu regardes le monde, parce qu'il est comme ça.»

Elle sourit.

– Prenez vous, par exemple.

– Moi ? Quoi, moi ?

– Vous aimez sans doute la science, mais vous l'aimez parce que vous vous en servez pour soigner et pour soulager les gens. Si vous n'aimiez la science que pour elle-même, ce serait une idole, et vous, vous pratiqueriez l'idolâtrie, pas la médecine. Vous ne feriez pas ce que vous faites.

– Non, je ne le ferais pas.

Il sentit une larme perler au coin de son œil droit, et détourna d'elle ce côté de son visage.

– La vérité, ma sœur, c'est que je n'aime pas la science. Je ne sais même pas ce que je fais ici.

– Bien sûr que si, vous le savez. Vous êtes ici pour aider cet homme. Il souffre.

– Mais... ce n'est pas si simple, c'est même très compliqué ! Aider, au sens de qui ? Et qu'est-ce qu'« aider » signifie ? Et qu'est-ce que « signifie » signifie ? Les gens se servent de cet homme. Je... je l'ai fait moi-même. D'autres se sont servis de moi, et de lui.

– De tout temps, les gens se sont servis les uns des autres, dit-elle en lui envoyant un beau sourire. Mais vous, vous ne voulez pas continuer à vous servir des gens ni à ce qu'ils se servent de vous, sinon vous ne seriez pas en train de me parler à moi, n'est-ce pas ?

– Je... je suppose que non, répondit Werner en pleurant à visage découvert.

– Priez, écoutez votre cœur et faites confiance à Dieu. Vous essayez de comprendre trop de choses. La raison rendra toujours obscur ce que nous voulons garder dans l'ombre. Cet homme est votre père. Vous devez l'aimer et le réconforter. Si vous étiez morts tous les deux, et si vous aviez ôté vos vêtements, est-ce que vous le prendriez dans vos bras, ou bien vous vous détourneriez de lui ?

Werner regarda le visage bleuissant du Cinq.

– J'aurais honte, dit-il en essuyant les larmes de ses joues.

– Parce que vous vous êtes servi de lui, et que vous ne l'aimez pas. Mais vous pouvez changer. Vous pouvez apprendre à aimer ce qui est réellement important, et qui sera encore là quand vous retirerez vos vêtements et que vous vous allongerez dans la nuit.

– Selon vous, peu importe ce que l'on aime, puisque plus rien de tout cela ne sera après notre mort. Notre corps, notre esprit, tout aura disparu. Sauf notre âme, ou quelque chose qui y ressemble ; et l'éternité, je suppose.

– Non, répondit-elle en regardant Werner dans les yeux, au-dessus du lit. Je serai toujours là, à tenir la main de cet homme et à prier. Vous serez toujours là, à me poser ces questions importantes, et à lutter pour essayer de m'aimer, et d'aimer cet homme, et de vous aimer vous-même. Dieu le Père sera toujours là, et tous ceux qui ont vécu seront là, aussi. Ils seront toujours là à nous protéger. Et nous aurons cette importante conversation. Pour toujours.

Werner entendit la voix dans le haut-parleur annoncer le code.

– Ma sœur...

Sa voix se déchira et des larmes affluèrent de plus belle au coin de ses yeux.

– ... Ma sœur, je dois vous demander de vous écarter, parce qu'il va y avoir beaucoup de monde dans cette pièce.

Werner montra le moniteur du doigt.

– Son cœur vient de s'arrêter.

DANS LA MÊME COLLECTION

Thomas DRESDEN, *Ne te retourne pas*
Paul ERDMAN, *Délit d'initié*
Lisa GARDNER, *Jusqu'à ce que la mort nous sépare*
Karen HALL, *L'Empreinte du diable*
Jean HELLER, *Mortelle Mélodie*
David IGNATIUS, *Le Scoop*
Iris JOHANSEN, *Bien après minuit*
Jonathan KELLERMAN, *Le Nid de l'araignée*
Anne MCLEAN MATTHEWS, *La Cave*
Philippe MADELIN / Yves RAMONET, *23 Heures pour sauver Paris*
Susanna MOORE, *A vif*
Richard NORTH PATTERSON, *Un témoin silencieux*
Christopher NEWMAN, *Choc en retour*
Robert POE, *Retour à la Maison Usher*
Nancy TAYLOR ROSENBERG, *Justice aveugle*
Nancy TAYLOR ROSENBERG, *La Proie du feu*

*Cet ouvrage composé
par D. V. Arts Graphiques à Chartres
a été achevé d'imprimer sur presse Cameron
dans les ateliers de Brodard et Taupin
à La Flèche (Sarthe)
en février 1999
pour le compte des Éditions de l'Archipel
département éditorial
de la S.A.R.L. Écriture-Communication.*

Imprimé en France
N° d'édition : 255 – N° d'impression : 6348V
Dépôt légal : février 1999